선녀와 회사원

선녀와 회사원

초판1쇄 찍은날 : 2006년 10월 9일
초판1쇄 펴낸날 : 2006년 10월 12일

지은이 : 김병언 윤용호 배명희 구자명 外
펴낸이 : 최윤정
펴낸곳 : 도서출판 나무와 숲

등록 : 22-1277
주소 : 서울특별시 송파구 방이동 22 대우유토피아 1304호
전화 : 02)3474-1114
팩스 : 02)3474-1113
e-mail : namusup@chol.com

값 9,800원
ISBN 89-88138-79-1   03810

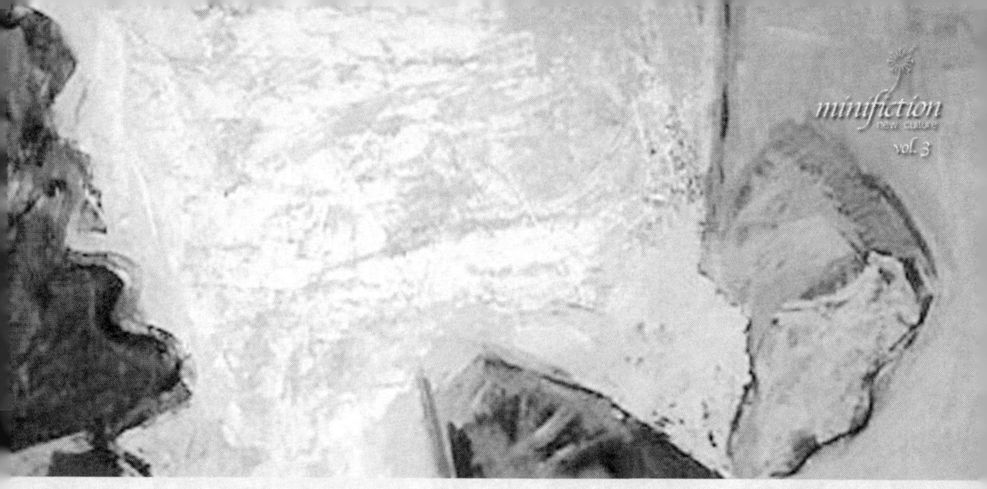

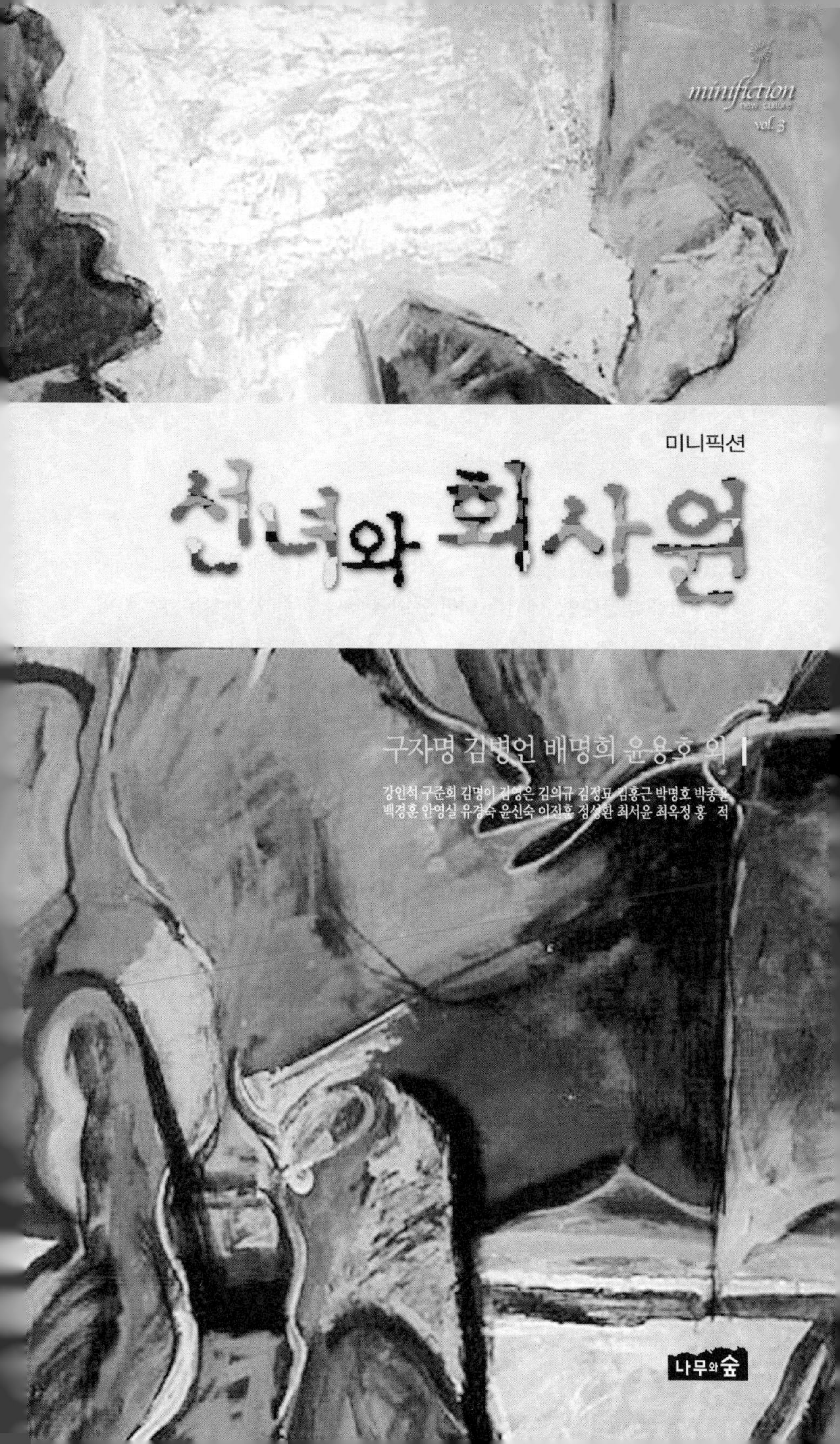

minifiction
new culture
vol. 3

미니픽션

선녀와 회사원

구자명 김병언 배명희 윤용호 외 |

강인석 구준회 김명이 김영은 김의규 김정묘 김홍근 박명호 박종윤
백경훈 안영실 유경숙 윤신숙 이진훈 정성환 최서윤 최옥정 홍 적

나무와숲

미니픽션, 영롱한 언어의 사리

만일 우리가 기독교의 최후의 심판과 부활을 믿는다면, 예컨대 이런 문제에 부닥칠 수 있지 않을까? 내 일생을 거쳐 계속 변화해 간 여러 모습 중에서 부활 뒤 나의 모습은 과연 어떤 것일까? 그때는 시간이 흐르지 않고 영원만이 영원히 지속할 터인데, 나는 과연 어떤 얼굴로 고정된다는 것일까? 아마도 천국이 아니라 지옥에서일 터이지만, 어쨌든 그곳에서의 나는 아기 때의 모습일까? 소년의? 청년의? 장년의? 아니면 늙은이로서?

여기에 대한 해답을 우리는 단테의 『신곡』에서 엿볼 수 있다. 이 작품 속에서 단테 자신이 베르길리우스의 안내를 받아 지옥과 연옥과 천국을 순례하는데, 곳곳에서 사람들을 만나게 된다. 저 세상의 한 모퉁이에서, 자기 일생 중의 한 모습으로 고정되어 영원한 시간을 보내야 하는 인물들은 한결같이 그들의 인생 중에서 가장 결정적인 순간의 모습을 띠고 있다.

예컨대 부정한 사랑을 했던 죄인들이 지내는 지옥에서 만난 파올로와 프란체스카의 경우, 당대를 뒤흔든 그 사랑은 단테도 잘 알고 있었던 스캔들이었다. 동부 이탈리아의 도시국가 리미니의 영주에게 시집 온 라벤나의 공주 프란체스카는 우여곡절 끝에 시동생 파올로와 사랑 에 빠진다. 운명적인 사랑은 발각되고, 두 사람은 함께 처형을 당한다. 단테가 지옥에서 그들을 만났을 때, 두 사람은 서로 꼭 껴안고 있었다. 자신들의 인생에서 가장 결정적인 순간의 그 모습 그대로. 파올로가 프란체스카에게 기사 소설을 읽어 주던 중, 기사 란셀롯과 왕비 기네 비어가 사랑에 빠지던 대목에서 그들도 사랑의 몰약을 마시고 말았던 것이다. "그 순간 이후, 소설 읽기는 그 대목에서 한 걸음도 더 나아가 지 못했다." 그리고 그들도 그 순간의 모습으로 영원히 굳어진 것이다.

아이러니는, 비록 지옥일지라도 그런 모습으로 있는 두 사람을 작가 는 물론 독자들도 부러워한다는 사실이다. 영원한 사랑의 순간으로 굳 어진다면, 지옥도 마다하지 않을 사람이 꽤 있을 것이다.

이 대목처럼, 단테가 지옥이나 연옥 혹은 천국의 코너 코너에서마다 누군가를 만날 때, 그 장면은 어김없이 하나의 미니픽션으로 읽힌다. 한 인간의 일생 중에서, 마치 엿가락을 꺾어 단면만을 드러내는 것처럼, 결정적인 사건에 휩쓸린 그 순간을 뽑아내 영원한 박제로 만드는 단테의 솜씨! 이런 의미에서 『신곡』은 미니픽션 모음집이라고 할 수 있을 것이다.

뒤집어 보면 단테에 의해 소개된 뭇 인간들의 일생이 하나의 사건과 그 묘사에 압축되어 담기듯이, 우리들의 일생도 단 하나의 장면으로 압축되지 말란 법도 없다. 실제로 우리는 가까운 어른들이 돌아가신 뒤, 그분들을 단 하나의 이미지로 기억한다. 수많은 접촉이 있었지만, 둘 사이에서 불꽃이 튀던 단 한 순간으로 상대를 마음속에 영원히 각인하는 것이다. 그 단 하나의 이미지가 바로 미니픽션의 원형이 아닐까?

이렇게 생각해 보면, 미니픽션은 단순히 '짧은 소설'이 아니다. 한 인간의 일생을 담은 한 장의 사진 같은 것. 아니, 인류라는 종을 담아내는 단 한 장의 인물 사진 같은 것. 영원히 기억되는 강렬한 하나의 이미지. 혹은 영원히 잊을 수 없는 촌철살인의 한마디. 이것은 막연히 남의 문제가 아니다. 쓰는 사람이나, 그것을 읽는 사람이나, 하나의 미니픽션을 통해 인생에 대한 통찰을 엿보는 것, 그것은 바로 우리 각자의 문제이다.

시간은 흐를 것이고, 우리도 언젠가 이 땅을 떠날 것이다. 어쩌면 우리보다, 우리가 쓰고 읽고 소통하는 미니픽션 한 편이 더 오래 남을지도 모른다. 인간보다는 돌이 더 오래가고, 돌보다는 언어가 더 오래 간다. 시간 속에서도 증발되지 않는 영롱한 언어의 사리, 미니픽션.

독자와 작가들이여, 우리는 그런 치열성을 가지고 작지만 거대한 미니픽션 앞에 서자. 이 새로운 장르를 접하고 가꾸어 가고 있는 선구자로서, 서로서로 어깨동무를 하고.

2006년 9월

김홍근

Contents
선녀와 회사원

5 | 초여름 산중 차담

6 | 하염없이

뻠 이야기꽃 평 셋

푸른 장미

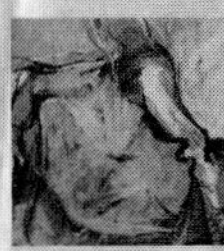

푸른 장미

　　　　　　　　　유토피아생명공학연구소의 Q 박사는 십 년 너머 푸른 장미 개발에 몰두해 왔다. 십여 년 전 라이벌 관계에 있던 외국 연구소의 한 학자가 다른 꽃에서 추출한 파란색 유전자를 이용해 푸른 카네이션을 개발해 낸 것에 자극받은 그는 영어에서 '있을 수 없는 것'을 뜻하는 말로 쓰여 온 블루 로즈, 즉 푸른 장미의 창조에 도전하기로 결심했었다.

　Q 박사는 피튜니아의 파란색 유전자를 수입해 집어넣어 보기도 하고, 도라지에서 추출한 파란색 유전자로 장미의 형질을 전환시켜 보기도 하고, 오래된 파란 염료인 인디고를 만들어 내는 박테리아의 유전자를 이용해 보기도 했다.

　그러나 장미는 제 뾰족한 가시만큼이나 날카로운 저항을 하며 본래의 자기 색깔을 고집했다. 문제는 장미의 액포에 있었다. 세포 내 소기관인 액포에 주로 색소가 모여 꽃의 색깔을 결정짓는데, 장미의 액포는 산성을 띤다는 점이 걸림돌이 되었다. 파란색을 내는 색소는 알칼리성에서만 파란색을 띠고 산성에서는 색을 내지 않는 것이 이유였다.

갖가지 실험 끝에 Q 박사는 드디어 액포의 성질을 마음대로 바꿀 수 있는 어떤 결정적인 단서를 찾아냈다. Q 박사가 그 비밀한 단서에 근거해 개발한 유전자 변형 기술은 진정 획기적인 것으로, 장미뿐 아니라 어떤 꽃도 원하는 빛깔로 육종해 낼 수 있는, 현대 식물 유전공학의 개가였다. 이후 몇 년간 Q 박사는 특허출원한 그 유전자 변형 기술을 통해 푸른 장미를 개발해 세계 시장에 내놓음으로써 많은 돈을 벌었고, 그 돈을 재투자하여 갖가지 다른 꽃들의 색상 변형 연구를 성공시킴으로써 국제 화훼 산업에 지각변동을 일으켰다. 세상에는 이제 분홍 개나리, 노랑 진달래, 검은 백합, 보라색 해바라기 등등 이전엔 '있을 수 없는 것'으로 알려졌던 빛깔의 꽃들이 흔하게 나돌아다니게 되었고, 사람들은 처음엔 그토록 신비하게 생각하여 꿈의 꽃으로 불렀던 푸른 장미를 희거나 붉은 장미와 똑같이 평범한 것으로 여기게 되었다.

머지않아 Q 박사는 새로운 프로젝트에 착수했다. 여하한 유전자 변형 자극에도 본래의 색상이 보존되게 하는, 식물 액포 원형질체에 대한 역방향 연구의 필요성을 느낀 때문이었다. 이후 수년간 그는 아직껏 유전자공학의 영향이 닿지 않은 지역의 희귀종 샘플을 채집하기 위해 세계 각지의 산과 들을 뒤지고 다니느라 학계를 거의 떠나다시피 했으며, 급기야 모종의 풍토병을 얻어 거의 빈사지경에서 집에 돌아왔다. 건강을 잃어 적극적인 연구 활동을 할 수 없게 된 그는 일단 자기 집 마당에 그동안 채집한 수십 가지 낯선 품종의 식물들을 심어 보았다. 이듬해 봄이 되자 성공적인 이식이 이루어진 몇몇 종의 꽃들이 봉오리를 맺기 시작했다. 그 중에는 고산 지대 오지에서 가져온 푸른 빛깔의 장미과 식물도 끼여 있었다.

그해 가을 Q 박사는 유토피아생명공학연구소에 자신이 연구 목적으로 채집한 희귀종 식물을 모두 기증했다. 단, 고산 지대 푸른 장미는 제외시켰는데, 그 이유를 Q 박사 자신도 잘 몰랐다.

새로운 것에 대한 인간의 욕망은 끝이 없다.
허나 깊이 알고 보면 과연 새로운 것이 있을까?

흉가의 새 주인

||| 김 병 언 | | | | | ||||

복부인 중에서 '짱'인 백만금 여사가 그 한남동 가옥을 앞뒤 가릴 겨를도 없이 사들인 건 집값이 시세의 절반에도 못 미쳤기 때문이었다. 이게 웬 떡인가 싶었는데 잔금을 치르고 나서야 아차, 했다.

음료수를 사러 들렀던 그 집 근처 슈퍼의 주인 아낙한테 그 집을 샀다고 하자, 그 여자가 왠지 입이 근지러운 표정을 짓기에 이상하게 여겨 캐물었더니 그 집이 흉가로 소문나 오래 방치됐던 집인데 그 내용인즉, 몇 년 전 포악한 남편의 구타로 살해당한 그 집 안주인이 원귀가 된 나머지 그 집에 이사만 가면 남자가 죽어 나가는 불상사가 되풀이된다는 거였다.

남을 속이는 일엔 익숙해도 자기가 속는 일은 참지 못하는 백만금 여사는 부동산 가게에 달려가 악을 썼지만 이미 복비를 받아 챙긴 소개업자가 눈썹 하나 까딱할 리 없었다.

까짓것, 굿을 해서 원귀를 쫓아내면 되겠지 하는 생각에 단골 무녀를 찾아갔는데 한참 접신의 상태로 낑낑거리던 무녀가 깨어나더니 고개를 설레설레 저었다.

어쩔 수 없어. 원귀가 워낙 강해서 물리치지 못해.

백만금 여사는 눈앞이 캄캄했다. 하지만 그것도 잠시, 돈버는 데는 귀재인 백만금 여사의 뇌리에 하나의 반짝이는 아이디어가 스쳐갔다. 백만금 여사의 은밀한 판촉이 주효하여 곧 그 집에 월세 들겠다는 여자들이 줄을 이었다.

그 여자들에게는 부잣집 마나님이긴 한데 남편이 거들떠보지도 않거나 남편의 하초가 부실해 불만이 쌓여 있다는 공통점이 있었다. 그 여자들은 이혼을 하기보다 그 집에 이사오는 쪽을 택했다. 왜냐하면 그게 금전적으로 훨씬 이익이기 때문이었다. 게다가 길어야 석 달이면 밉살스럽기 짝이 없는 남편을 교통사고라든가 심장마비 따위로 깨끗이 여읠 수 있었으므로 응해 줄지도 모르는 이혼에 관한 말다툼이라든가 가정법원에 출두해야만 하는 귀찮은 절차도 생략할 수 있어 이래저래 편리했다.

더욱이나 백만금 여사의 충고에 따라 여러 군데 생명보험에 가입하여 유산 외에도 거액의 보험금을 가욋돈으로 챙길 수 있으니!

백만금 여사는 월세를 두 배, 세 배로 올렸다. 그래도 폭주하는 수요를 충족시키지 못했다. 그리하여 또 그런 흉가가 없나 해서 전국을 순회하며 수소문하기까지 했다.

거금을 손에 넣고 싱싱하고 크고 단단한 귀두들이 기다릴 환락가를 향해 환희에 차서 출발하는 여자들은 너나없이 백만금 여사의 크나큰 은혜에 눈물을 흘렸다. 개중에는 별도로 두둑한 사례금을 지불

함으로써 백만금 여사로 하여금 여성해방 운동가와도 같은 자부심을 느끼게 만드는 여자들도 한둘이 아니었다.

이처럼 백만금 여사의 흥가 사업이 번창 일로에 있던 어느 날, 여사의 외동딸이 찾아와 은근히 속내를 내비쳤다. 자기가 그 집으로 이사를 오겠다는 거였다. 하긴 백만금 여사도 사위를 눈엣가시처럼 여기던 차였다. 사위는 바람둥인 데다 걸핏하면 딸을 두들겨패는 것이었다. 모녀는 별다른 이견 없이 뜻을 모았다.

딸네가 그 집으로 이사를 하고 나서 백만금 여사는 이제나저제나 낭보(?)를 기다렸다. 사위 모르게 10억 원도 넘는 보험을 들어 둔 것은 말할 나위도 없었다.

한 달쯤 지난 어느 날 백만금 여사의 저택 전화벨 소리가 한밤의 정적을 깨뜨렸다. 그런데 전화를 건 사람은 딸이 아니고 사위였다. 잠자던 아내가 갑자기 목이 졸리는 듯한 시늉을 하며 몸부림을 치기에 곧장 응급실로 옮겼는데 방금 사망하고 말았다는 거였다.

왜 자네가 아니고 내 딸이란 거야? 왜? 왜? 백만금 여사는 울부짖었다.

도무지 이해가 가지 않은 백만금 여사는 병원에 가기에 앞서 허둥지둥 무녀를 다시 찾았다.

에구머니, 집주인이 바뀌었네! 바로 앞에 죽은 남자가 프로레슬러래. 힘이 센 그 남자가 자기를 죽인 여자 원귀를 몰아내고 그 집을 차지했어. 여자에게 한을 품고 이 집에 오는 여자를 다 죽여 버리겠다고 길길이 날뛰고 있구면.

올콩과 올벼 2

||| 윤 용 호 | | | | | ||||

　　　　　　　　　　한 초등학교 2학년쯤 될까, 사내애와 여자애가 낡은 연립주택이 다닥다닥 붙은 비탈진 골목길을 오르고 있었다. 둘은 같은 반 단짝인 것 같았고, 하교 길이지 싶었다.

"오락실에 가고 싶어 미치겠어."

"나도 그래."

둘의 얼굴에는 참을 수 없는 욕망이 이글거리는 것 같았다. 그리고 그 표정에는 더는 인내가 불가능한, 욕망을 위해서라면 무슨 짓이라도 해봐야겠다는 듯한 결의가 역력히 드러나 있었다. 사실 그들 부모는 아이들을 보살피거나 용돈을 챙겨 줄 만한 여유가 전혀 없는 터이기도 했다.

\#

머칠 뒤, 화려한 간판이 빼곡한 거리를 유심히 살피던 사내애와 여자애는 어떤 건물 지하로 내려갔다. 붉은 카펫이 깔린 지하 계단 끝에는 육중한 마호가니 문이 버티고 있었다. 그 앞에서 잠시 주춤거린 둘은 그러나 곧 결연한 모습으로 문을 힘껏 밀었다.

문 안은 딴 세상이었다. 어른들 영화에서나 봄직한 장면이 화려한 실내 장식을 배경으로 아이들 눈앞에 펼쳐졌다.

갑자기 오케스트라 무대에 뛰어든 각설이처럼 '객장'에 남자애와 여자애가 나타나자 '칩'과 '카드' 사이를 오가던 '마이더스'의 시선들이 일제히 아이들 쪽으로 쏠렸다. 놀란 직원이 재빨리 달려왔다.

"얘야, 너희들 어떻게 왔니?"

둘은 이구동성으로 대답했다.

"아빠를 찾으려고요."

이어 여자애가 슬픈 목소리로, 아빠가 게임에 빠져 집에 들어오지 않은 지가 벌써 보름째다, 집도 어느새 저당 잡힌 터라 엄마가 지금 병이 나 있다, 그래서 아빠가 이 일대를 출입한다는 소문을 듣고 우리들이 찾아 나섰다, 이같이 말하고는 다시 덧붙였다.

"여기서 잠깐 기다려 봐도 되겠죠? 혹시 아빠를 만날지도 모르잖아요. 엄마가 너무 불쌍해서 그래요."

그러자 어디선가 홀연히 검은 양복을 입은 사내가 나타났는데, 어쩌면 이곳의 지배인인지도 몰랐다.

"사정은 딱하다만 아이들은 여기에 있을 수가 없단다. 자, 대신 이걸 가지고 엄마께 맛있는 케이크라도 사다 드리려무나. 너희들도 뭐든지 먹고 싶은 걸 사먹고."

#

　다른 곳을 두 군데 더 들러 나오자 남자애와 여자애의 손에는 열 장이 넘는 푸른 지폐가 모였다.

　"이 정도면 당분간은 충분히 오락을 하겠는걸."

　"서울에만도 '카지노 바'가 오백 개는 넘어. 다음에는 다른 동네로 가보자고."

　상기된 둘의 얼굴에는 승리감과 아울러 이제 강력한 자신감이 흘러넘치고 있었다.

지하철

　　　　　지하철을 타러 내려가다 보면 신기하다는 생각이 든다. 이 많은 사람들이 같이 살고 있었다니. 함께 숨쉬고 이 시대를 견뎌 왔었다니. 다들 어찌 어찌 살고 있다는 사실이 엄청난 충격과 신비감으로 찾아온다. 이 많은 사람들에게 가족이 있고, 오늘 밤 누울 곳이 있고 어디론가 갈 곳이 있다는 사실. 한 사람도 벌거벗은 자가 없고 한 사람도 신발을 신지 않은 자가 없고, 목걸이 시계 안경을 걸치고 깨끗한 얼굴로 전철을 타고 누구랄 것도 없이 핸드폰을 누르며 어딘가로 신호를 보내고 있다니. 참으로 오묘하고 위대한 일이라는 생각. 이것은 파도일까, 물거품일까.

　　전철 안. 잡담, 신문 보는 사람과 로뎅의 군상들이 엉킨 공간에 수백 개의 운명이 얽히고 설켜 꿈틀거리고 있다. 이렇게 산다는 일이 이어지는데, 열차는 컴컴한 지하로 끝없이 달리고, 한없이 가벼워지는 자신을 절감하며 모두 자꾸 자신감이 떨어져 갈 때, 남들이 살아

가는 일이 위대해 보이기만 한다.

"글쎄 말이야, 요즈음 젊은 것들은 예절을 몰라."

경로석 앞에 서 있는 할머니 한 분이 앉아 있는 다른 할머니에게 말을 건네고 있었다.

분홍 스웨터 위로 깜장 바탕에 금빛 무늬가 고급스런 스카프를 목에 두른 할머니였다. 조금 아까 정류장에서 탄 두 할머니 중 한 좌석만 비어 한 할머니만 앉았었다. 앉아 있는 할머니도 어디 나들이라도 하고 오는 듯 밝고 화사한 차림새였다. 두 할머니 모두 살짝 화장한 얼굴인데, 젊었을 때 곱다는 말을 들었을 듯 아직도 고운 티가 남아 있어 살아온 지난날이 유복했음을 짐작할 수 있었다. 그 흔한 관절염도 없는 듯 건강하고 활달해 보였다.

"전에 지하철을 탔는데 앞에 젊은 대학생처럼 보이는 애가 눈을 감고 자는 척을 하며 양보를 않더라니까. 원래 경로석은 노인들이 앉아 가라고 있는 거 아니야?"

"그래? 고얀 것이네."

그러면서 서 있는 할머니의 눈이 앉아 있는 할머니의 옆 할아버지에서 그 옆으로 옮겨가고 있었다. 세 명이 앉게 돼 있는 경로석 마지막 좌석엔 젊은 아주머니가 앉아 있는데 푸석한 머리카락에 얼굴은 헬쑥해 보였고 그 앞에 한 소녀가 서 있었다.

전철은 이미 두세 정거장째 서고 출발하기를 반복하고 있었다.

"우리 딸과 함께 어딜 가면 우리 딸은 얼마나 양보를 잘 하는지, 노인네만 보면 일어나서 앉으시라고 끌어다 권한다니까."

"아, 그 간호원 한다는 딸, 그렇게 생겼더라. 싸가지 없는 것들하고는 질이 달라."

할머니의 눈이 왔다 갔다 수없이 움직이며 앉아 있는 할머니와 계속 애기를 나누고 있었는데 아까보다 목소리 톤이 조금 높아지고 있었다.

그때 끝에 앉았던 아주머니가 일어나자 할아버지에게 그쪽으로 옮겨 달라고 하여 할머니끼리 나란히 앉았다.

"끝까지 앉아 있다 내리네. 진작에 일어날 것이지 그렇게 눈총을 줬으면 알아들어야지 젊은 것이 못 들은 척한다니까."

"그러게 말야."

두 할머니는 앉았다는 안도감에 희색이 만면해져 둘이 연신 깔깔 킥킥 즐거워하고 있었다.

"여기 앉으시우."

그때 옆에 앉았던 할아버지가 지팡이를 짚고 일어서며 자리를 양보한 아주머니를 향해 말했다.

"아니에요, 괜찮아요. 할아버지 앉으세요."

아주머니는 일어났던 정거장에서 내리지 않았다. 앞에 서 있던 소녀가 겨드랑이에 손을 넣어 부축을 하였고, 아주머니는 다리를 끌며 간신히 일어나 기둥쇠를 붙잡고 서 있었다. 그 상태로 전철이 서고 또 서고 몇 정거장째 계속 가고 있었다. 치마 밑에 오른쪽 신발은 왼쪽과 달리 두꺼운 신발창이 덧붙은 채 짧고 가는 다리 끝에 매달려 덜렁대고 있었다.

두 사람의 대화에 아주머니의 오른발에 시선이 몰린 두 할머니의 얼굴빛이 전철 창 밖의 어둠처럼 변해 갔다.

보이는 것도 못 보고 사는데 안 보이는 것들은 언제나 보일꼬.
다초점 안경의 시대 가슴은 다초점이 되지 않는데.

특별한 소포

||| 유 경 숙 | | | | | |||

지금, 그는 하이델베르크 구시가지 우체국 앞에 서 있다. 방금 우체국에 들러 소포 하나를 부치고 나오는 길이다. 중년 여자의 눈길이 코트 자락에도 달라붙어 있는 듯 발을 탁탁 구르며 코트 자락을 털어냈다. 그가 데스크에 내민 물건을 접수하던 우체국 직원은 하마처럼 뚱뚱한 몸을 굼뜨게 움직였다. 바로 옆의 전자저울 위로 물품을 올려놓으면서도 하품을 두 번이나 늘어지게 했다. 여자는 책 외에는 다른 것으로 보이지 않는 물품을 들었다 놓으며 뻔한 질문을 했다. "전부, 책입니까?" "예, 그렇소." 아마도 쏟아지는 졸음 때문에 자기 신분을 잊을까 봐 '나는 우체국 직원임' 하고 제 스스로에게 각인시키듯 침이 툭툭 튀는 발음이었다. 여자는 두텁고 짧은 목을 느리게 빼더니 수취인 주소를 확인했다. 펀치 도장을 들어 찍으려다 말고 그를 빤히 올려다본다. 오백 미터도 안 되는 하이델베르크대학 도서관을 옆에 두고 '웬 소포냐고?' 묻고 싶은 심정인가 보다. 그는 여자와

눈을 마주치지 않고 서둘러 요금을 지불하고 우체국을 나왔다.

정년을 다섯 해 남겨둔 그는 올해 안식년을 받았다. 안식년에 정한 최대 목표를 달성하기 위해 서둘러 비행기에 올랐고 하이델베르크에 도착했다. 이곳을 떠난 지 십육 년 만이다. 박사 과정 10년 동안을 이곳에서 보냈다. 무려 칠 년 동안 논문 자료 찾기에 골몰하던 그는 몸이 자주 아팠다. 깐깐한 유대인 교수에게 걸려 혹독한 시달림을 받아 스트레스성 두통이겠거니 하고 수시로 진통제만 복용하며 견뎌 냈었다. 어느 날 기숙사에서 쓰러졌고 응급실로 실려 간 그는 폐결핵임을 판정받았다. 늙은 학생이 종일토록 연구실에서 주임교수 뒷바라지를 하고 저녁 시간에는 도서관 아르바이트까지 하며 무리를 했던 것이다. 조국에서 보내 주던 국비 장학금은 끊긴 지 오래였다. 석사 과정을 했던 대학은 북부에 있었고 겨울이면 기숙사 방의 물이 살얼음이 질 정도였다. 겨울은 길었고 기침은 날로 더해 갔다. 그래서 그는 박사 과정을 남부에 있는 대학으로 선택해서 내려왔다.

천팔백삼십 년대의 프로이센 선제후에 관한 정확한 기록이 있는 서적은 유일하게 그 대학 도서관에 있었고 그것도 단 세 권밖에 없었다. 도서관 사정을 잘 아는 그가 어느 날 자기 가방에 슬쩍 책을 넣었다. 교수가 책을 빌려 오라고 주문했을 때는 이미 대학 도서관엔 책이 없었다. 그는 이 책을 금쪽같이 써먹었다. 북부에 있는 대학에서 이미 공부한 내용이라고 빼기며 노트한 자료를 야금야금 내놓았다. 그 덕분에 깐깐한 교수는 한풀 콧대가 꺾였고 그는 박사 학위를 무사히 받을 수 있었다.

몇 해 전, 후배 교수 하나가 그의 서재에 놀러왔었다. 책꽂이 맨 위 칸에 꽂혀 있던 놈을 빼서 훑어보다가 "형! 도둑이구먼, 책 도둑놈. 대학 도서관 인장이 이렇게 뚜렷하게 찍혀 있는 놈이 왜! 여태껏 형 서재에 꽂혀 있을까?" 하고는 뒤통수를 갈겼다. 그렇지 않아도 놈은 그가 서재에 앉기만 하면 형편없이 쫄아들게 했고 내면을 온통 흔들어 놓는 파놉티콘 같은 존재였다. 해마다 부활 판공 때면 고해소에 들어가 책 도둑이었음을 숨죽여 고백했고 우울한 부활절을 보냈었다. '돌려보내야지, 저놈을 제자리로 보내야지' 하면서도 어느덧 십육 년이란 세월이 흘렀다. 이번엔 결코 놓치지 말고 얼마간의 보상비도 곁들여 내놓기로 결심하고 안식년의 최대 목표를 세워 길을 떠났었다.

하이델베르크 구시가지에 들어서면 화려한 스테인드글라스의 성령교회가 우뚝 서 있고 촘촘하게 깔린 돌조각 보도 블록을 따라 걷다 보면 마르크트 광장이 나타난다. 오래된 캠퍼스는 교문도 울타리도 없이 동네 골목들과 나란히 접해 있다. 광장 오른쪽 끝에 서 있는 건물이 도서관이다. 르네상스와 바로크 양식이 결합되어 웅장함을 뽐내고 있는 건물은 밝은 톤의 벽돌 건물이다. 담쟁이 넝쿨이 휘감아 오르는 창문 옆에는 목백일홍이 서 있고 붉은색을 은은하게 발하고 있다. 그는 손잡이를 당겨 여닫는 수동식 문을 열고 들어섰다. 실내 조명은 여전히 흐릿했고 컴컴한 구석에서 수위 아저씨는 여전히 팔짱을 낀 채로 졸고 앉아 있다. 금발의 곱슬머리 사서는 푸르스름한 형광 불빛 아래서 도서 목록을 뒤적이다가 흘깃 그를 돌아본다. 그는 햇빛 속을 걸어와 갑자기 실내에 들어온 탓이라고 생각하며 안경을 벗어들고 눈두덩을 꾹꾹 누르며 서 있다. 병약해 보이는 검은 머리의 늙은 청년 하나가 고서적들이 수북이 쌓인 책수레를 밀며 서고(書庫) 쪽으로 사라진다. 몹시 지쳐 쓰러질 것 같은 비틀걸음으로……. 오래된 기침을 콜록거리며 비열하고 음울한 낯빛으로 그가 사라져 갔다. 그는 안경을 손에 쥔 채 후다닥 도서관을 뛰쳐나왔다. 넋 나간 사람처럼 광장 한가운데 한참을 우두커니 서 있다가 우체국으로 발길을 돌렸다.

고성(古城)에서부터 내려온 한 줄기 건조한 바람이 그의 희끗희끗한 머리카락을 흔들고 지나간다.

몽정기

||| 김 병 언 | | | | ||||

깊은 산, 어느 암자에 한 노승이 깨달음을 얻기 위해

밤낮으로 수행에 몰두하고 있었다.

그렇다고 전혀 잠을 자지 않았다는 얘긴 아니고

인간의 가장 근원적인 욕구이자 생리 현상인

잠에서 그 역시 자유로울 수는 없었다.

그런데 언제부터인가 수행 중에 선잠이 들면

웬 낯모르는 여자가 꿈속에 나타났고

그 여자와 더불어 그야말로 격렬한 섹스를 하게 되었으며

그 결과물인 정액을 바지 안감에 질벅하게

묻히고 마는 것이었다.

노승은 수행자로서 그런 꿈을 꾼다는 것이

몹시 부끄러웠을 뿐만 아니라

매일 바지를 빠는 짓이 귀찮기 짝이 없었다.

한편으로는 대관절 그 여자가 누구인지 궁금했다.
그 여자와 인연의 뿌리가 어떻게 닿아 있는지
알고 싶어 안달이 날 지경이었다.
그리하여 노승은 가장 유명한 정신분석의를 찾아가
상담을 해보았으나 그 의사는 아무것도 밝혀내지 못했다.
노승은 무당이나 점쟁이까지 찾아다녔으나
결과는 매한가지였다.
그런 중에도 꿈속의 여자는 매일 나타났고
노승의 몽정은 계속되었다.
그런 어느 날, 그날도 다른 날과 마찬가지로
격렬한 섹스가 꿈을 어지럽히는 중이었는데
갑자기 여자가 몸을 사리며 말하는 것이었다.
"오늘이 마지막이에요. 한데 벌써 갈 시간이라 끝을 보지
못하겠네요."
그게 그 여자가 최초로 입을 연 순간이었다.
"아, 말을 할 줄 아시네. 그렇다면 당신이 누구인지
알려 주시고 기왕에 하던 짓을 마저 하고 가시오."
"그럼 둘 중 한 가지를 선택하세요. 내가 누구인지
아시든지, 이 섹스를 완성시키든지."
노승은 당장의 욕구가 너무나 강렬하였기에
후자를 택해 허겁지겁 다시 섹스에 몰입하였다.
꿈을 깨고 보니 끝없이 허망하였으며 다른 날과 마찬가지로
욕망의 결과만이 바지에 얼룩져 있었다.
자신의 선택이 몹시 후회스러웠으나 꿈속의 일이었고

이미 저질러진 일이었다.

혹시나 하고 학수고대했으나 여자는 정말 다시는

꿈에 나타나지 않았다.

다만 여자에 대한 타는 그리움만 남아 있었다.

깊은 고뇌 속에서 노승은 행장을 꾸렸다.

사람들은 드디어 득도를 한 노승이

어디론가 사라진 줄로만 알았다.

삼월의 폭설

||| 최 서 윤 | | | | ||||

　　　　　　　　오늘 아침에 그는 낯선 곳에서 깨어
난 것 같았다. 앞 건물의 지붕, 세워 둔 자동차, 물오른 나뭇가지 위에
눈이 쌓여 있었다. 눈은 세상의 각진 모서리들을 둥그렇게 만들며 계속
내리고 있었다. 어제 밤늦게 집으로 돌아올 때는 눈발이 날리지 않았었
다. 창가에 서서 동화 속 풍경처럼 변한 밖을 내다보며 어제 종일 마음
을 무겁게 누르던 하늘을 떠올렸다.

　"우린 너무 늦게 만났어."

　황망히 헤어지며 나눈 인사가 회한인지, 변명인지 알 수 없었다.

　도로에 쌓인 눈 위에서 출근길 차량들이 뒤엉켰다. 보도에서는 사
람들이 조심조심 발걸음을 내딛다가 미끄러져 넘어지곤 했다. 입춘
과 우수가 지났고, 겨울잠을 자던 개구리가 눈을 뜨는 경칩이 바로
앞으로 다가와 있었다. 한밤중에 기습하듯 내린 눈이 벌써 봄이라고
들떠 있던 사람들의 기분을 무참히 덮어 버렸다. 많은 사람들이 어지

러운 출근길에서 기쁨과 놀라움, 당혹감의 혼란 속에서 허둥댔다.

직장 동료들은 다른 때보다 오랜 커피 타임을 갖고 제각각 출근길 감상을 늘어놓았다.

"교복 치마를 입은 여학생들이 여기저기서 막 넘어지는데, 와! 상쾌한 아침이었어."

"까짓 눈 몇 센티미터에 차들이 설설 기다가 맥없이 부딪치고 하는 걸 보니 어이가 없더군."

"벙어리 일기 예보 때문에 대비를 못해서 그렇지 뭐."

"겨우내 가물더니 뒤늦게 웬 폭설이래?"

"원래 늦바람이 더 무섭다잖아."

그는 아무 말 없이 동료들의 말을 듣기만 했다.

밀려드는 업무에 빠져서 정신없이 하루를 보내고 나서 저물녘에 거리로 나왔다. 아침에 소동을 빚게 했던 눈이 보이지 않았다. 길 한복판의 눈을 쓸어서 전봇대 옆에 쌓아 놓았던 것까지 신기루처럼 사라지고 없었다. 멀리 보이는 산봉우리만 희끗희끗했다.

그는 어둠이 밀려오는 하늘 아래에서 불빛이 들어오기 시작하는 거리를 걷다가 멈춰 섰다.

'나는 그녀를 사랑했을까?'

사랑하는 사람이여! "Don't say, Don't say, it's too late."
(9월, 잠실 운동장에서 내한 공연을 갖는 인기 그룹 웨스트 라이프의 노랫말 중에서)

가슴 시린 독백

||| 윤 용 호 | | | | | ||||

극심한 정신적 충격은 뇌신경에 이상을 초래할 개연성을 높인다. 실제로 주위를 둘러보면 그 생생한 증거가 목격되기도 하는데, 내가 특별히 기억하는 두 친구와 한 친척도 바로 이런 경우라 하겠다. 모두 너무 '지극한 사랑'과 '유별난 정' 때문에 생겨난 불행으로, 운명에 희롱당하는 삶의 한 단면을 보여 주는 안타까운 사례라 하지 않을 수 없다.

먼저 첫 번째 친구의 경우를 보자. 그는 국립대학 교수로, 이 친구가 느닷없이 이상한 증상을 보인 건 '삼대 독자'인 아들을 교통사고로 잃고 난 직후였다. 태평하게 횡단보도를 건너던 금쪽같은 그의 아들은 우선멈춤을 무시하고 달려온 대형 트럭에 의해 화를 당했는데, 이후 그는 주차되어 있는 대형 트럭만 보면 달려가 차 바퀴에 오줌을 갈기며 이같이 저주를 퍼붓곤 했다.

"씨발놈, 크면 다냐."

두 번째 친구는 우리 동기 중에서도 유일하게 '금배지'를 단 녀석이다. 이 선량은 아내와의 순애보로 더 유명한데, 그 사랑이 얼마나 지극했는지는 그의 아내가 암 투병을 시작하자 정기국회 전 회기 동안을 불참한 채 아내 병상을 지킨 것만 봐도 잘 알 수 있다. 하지만 결국 아내가 죽자 비탄에 젖어 있던 그는 삼우제를 지내던 날 갑자기 '여당 대표' 집을 찾아갔다. 평소 어떤 앙금이 있었는지는 모르겠지만 여당 대표를 만나자마자 그가 다짜고짜 내지른 고함은 이랬다.

"당신이 내 마누라 날치기했지. 빨리 돌리도."

자, 이제 고향에 남아 선산을 지키던 비교적 순진한 농사꾼 친척의 이야기를 해얄 것 같다. 나한테는 6촌 형뻘이 되는 이 양반은 동향(同鄕)에서 대학 문 앞에도 못 가본 '나랏님'이 탄생하자 온 동네를 돌아다니며 만세를 부른 사람이었다. 그는 틈만 나면 학교 선배이기도 한 이 '새 군주'의 어릴 적 남달랐던 행동과 영민함을 찬양하며 나라의 대길(大吉)을 예측해 마지않았다. 그러던 것이 선배의 집권이 시작되고 시간이 흘러가자 이 양반의 입에서 차츰 땅이 꺼지는 듯한 한숨 소리가 새어 나오기 시작했다. 한 해가 지나면서부터는 말수까지 뜸해져 대인기피증마저 보이는가 싶더니, 임기가 반환점을 돌아서자 아예 삽짝 걸음조차 하지 않았다.

이즈음은 집안에 틀어박혀 TV만 보며 지내는 그가 혹시 뉴스에 이 선배의 얼굴이라도 나올라치면 혼자서 이같이 중얼거리곤 한단다.

"이 문디, 마이 봤다 아이가. 인자 고마 나오지 마라."

일의 개념

실로 오랜만에 그녀는 목욕탕에 갔다. 지난 두 달 가량 사흘에 한 번 정도 집에서 샤워하는 걸로 모든 피부 위생을 해결해 온 터였다.

가을비는 추적거리는 데다, 원고 마무리 작업으로 며칠 밤을 새다시피 지낸 끝이라 몸 어느 한 구석 쑤시지 않는 곳이 없었다. 원고를 잡지사에 전송하기 전에 그 원고의 발복을 비는 마음에서 목욕재계하리라는 명분에 그러한 몸의 컨디션이 보태져 생겨난 결정은 전에 없이 때밀이 서비스를 받는 것이었다.

원고료 수입이 생기면 최소한 십일조는 자기 자신만을 위해 쓴다는 신조에 따르자면 예상 가용 금액이 3만 원 정도로서 그 절반에 해당하는 때밀이 수고비는 사실 좀 과용이라는 느낌이 없지 않았다. 그러나 수술대 위의 환자마냥 플라스틱 평상에 누워, 때 밀 준비를 하는 아주머니의 등을 쳐다보니 등판 가득히 부항을 뜬 자국들이 붉은 낙인처럼 찍혀 있었다.

세상에, 이 일이 얼마나 고되면 저렇게까지! 저이의 중노동에 비하면 1만 5천 원이란 수고비는 사실 결코 비싼 게 아니야. 그럼, 그렇고말고.

이렇게 생각을 고쳐먹은 그녀는 좀 거칠다 싶게 밀어 대는 아주머니의 손길에 살갗이 따가웠지만 황감한 마음으로 찍소리 않고 몸을 맡겼다. 그런데 어깨 부분에 이르러서 너무 세게 밀어 대는 바람에 자신도 모르게 비명을 지르고 말았을 때 아주머니는 홍홍 웃으며 말하는 것이었다.

"아따, 사모님 뭘 그리 엄살이다요. 딴 사람들은 그거보다 살살 밀면 시원하도 않타 한당게로. 여그 아파트 사모님들은 험한 일 않고 사는 팔자들잉게 몸들이 모다 노골노골하당게요. 근디, 사모님은 시방 오십견이라도 왔능가뵈?"

"아뇨, 그게 아니라 내가 머리하고 눈 많이 쓰는 일을 하고 사는 처지라 만성 견비통이에요."

"뭔 일을 하신다고라?"

"저어…… 그게, 저…… 글 쓰는 일 하거든요, 내가."

"아, 그래라? 긍게 붓글씨를 너무 많이 써분 게라 잉?"

"아니, 그게 아니고 글을 쓰는……."

"이리 뒤집으시요이. 거게는 고만 밀제라."

뭐라 고쳐 대꾸할 새도 없이 그녀는 아주머니의 억센 손길에 떠밀려 도로 등을 바닥에 댄 자세로 눕혀졌다. 아주머니는 다시 처음 시작했던 부위부터 밀어 대며 조근조근 타이르듯 말했다.

"아이고, 사모님 이보씨요. 건피가 겁나게 밀리부리네요. 자주 좀 오시요이. 지가 잘 해드릴 텡게. 전신 마사지도 좀 허시고. 갈철엔 자주 좀 쭈물러 놔야 피부가 찰지당게."

"마사지는 얼만데요?"

"뭐 종류벨로 다른디, 기본이 5만 원이지라. 단골로 댕기시면 4만 원에도 해드리고."

"마사지 받는 사람 많아요, 요새? 경제도 어려운데……."

"이전만 못하지요이. 혀도 하루에 서넛은 받지라."

잠시 후 때 미는 것을 마친 아주머니가 마무리 비누칠을 하고 샤워기로 몸을 헹궈 주는 동안 그녀는 모종의 수학에 정신을 팔았다. 그 '목욕 관리사'의 어림잡은 하루 평균 수입이 지난 두 달간 자신이 노동한 대가로 받게 될 원고료 수입의 육십분의 일과 비교하여 얼마만큼 차이가 나는지를 가늠해 보니 너무 엄청나서 믿어지질 않아 자꾸만 속셈을 거듭했다. 그러느라 아주머니가 그녀의 등판을 찰싹 소리나게 치며 이를 때까지 평상을 비울 생각을 못했다.

"사모님, 다 됐응게 어서 일어나시요이. 다른 손님 또 받아야 항게."

그제야 정신이 든 그녀는 미안해하며 평상에서 내려와 목욕탕 중앙으로 나가다가 아주머니한테 맡겨 둔 옷장 열쇠를 깜빡 잊고 온 것이 생각났다. 다시 때 미는 곳으로 가노라니 옆자리에서 일하는 동료에게 웃으며 얘기하는 아주머니의 목소리가 들려왔다.

"놀러만 댕기는 사모님들은 우리거치 일하는 여자들 사정을 통 모른당게. 글씨 쓰는 취미 활동 겉은 거야 시간 다툴 일이 뭐 있간디?"

요즈음 글쟁이들은 떳떳치 못하다. 글을 죽어라고 써도 별로
돈이 안 되므로 대략 놀고 먹는 기분인 것이다.

냉장고

||| 최 옥 정 | | | | ||||

밤 12시 40분, 어디선가 고양이 울음에 섞인 강아지 소리가 들린다.

처음에 그는 무더위에 잠이 깬 윗집 개가 짖는 줄 알았다.

울음소리는 점점 크고 날카로워졌다. 침대에서 벌떡 몸을 일으켰다.

소음은 부엌 쪽에서 들려왔다.

어제 산 중고 냉장고가 소음의 진원지였다.

고개를 갸웃거리며 냉장고 문을 열었다.

거짓말처럼 개 울음소리가 사라졌다.

이상한 일이다.

냉장고 안에는 생수병과 과일, 비닐 포장된 반찬 몇 가지뿐이었다.

다시 한 번 고개를 갸웃하며 냉장고 문을 닫았다.

기다렸다는 듯이 가르릉거리는 짐승 소리가 다시 들렸다.

문을 열었더니 바로 소음이 사라졌다.

냉장고에서 흘러나오는 냉기 때문에 잠은 벌써 달아나 버렸다.

혹시 어떤 장치가 되어 있는지 몰라 문의 구석구석을 살피고 안을 샅샅이 뒤졌다.

아무것도 없었다.

당연하다. 냉장고 따위에 무슨 장치가 있겠는가.

그래도 돌아서려고 하면 짐승의 애절한 울음이 목덜미를 잡아챘다.

뾰족한 바늘로 귀를 찌르는 듯한 울음소리 때문에 냉장고를 떠날 수가 없었다.

밤새 냉장고 문을 열었다 닫았다 하다 보니 어느새 아침해가 밝아왔다.

냅다 집어서 베란다 밖으로 내던져 버리고 싶은 충동을 가까스로 누르고 냉장고를 산 재활용품센터로 전화를 걸었다.

"냉장고에서 이상한 소리가 나요."

"네?"

"문을 열면 괜찮은데 닫으면 개나 고양이 울음소리가 들려요."

남자는 별 미친 놈 다 보겠다는 듯이 그게 무슨 소리냐고 물었다.

"자꾸 짐승 소리가 들리는데 이전 주인이 무슨 장치를 해놓은 건 아닌가 해서……."

전 주인이 누구더라, 웅얼거리는 남자의 뒤쪽에서 아내임직한 여자의 목소리가 들렸다.

'요 옆 동물병원에서 이사갈 때 주고 간 거잖아.'

"그럼 안락사한 동물 시체를 보관한……."

그는 말을 마치기도 전에 전화를 끊고 냉장고로 달려갔다.

끔찍해, 를 외치며 정신없이 냉장고 속의 음식을 모조리 밖으로 꺼
냈다.

텅 빈 냉장고는 더욱 세진 냉기를 흥분한 그의 얼굴로 쏟아냈다.

그는 고개를 냉장고 안으로 집어넣었다.

이마와 등에 흐르는 진땀이 식자 몸이 한결 가벼워졌다.

상체를 더욱 깊숙이 밀어넣다가 나중에는 선반을 다 빼버리고 아
예 그 안에 들어가 앉았다.

그의 접힌 몸은 냉장고에 꼭 들어맞았다.

날카로운 고양이 울음소리가 들리더니 냉장고 문이 스르르 닫혔다.

……

가을 남자

‖‖ 박 종 윤 ｜ ｜ ｜ ｜ ‖‖

골목길 어귀에 군락을 이루고 있는 사루비아가 눈길을 끈다. 핏빛의 꽃이 가슴에 와서 박힌다. 내 가슴속은 온통 붉게 물들었다.

'아, 가을 하늘과 멍든 핏빛이여!'

시인이 된 듯 시가 저절로 읊조려진다. 젊어서부터 붉은 빛에 유난히 약했던 나는 벌써 콧등이 시큰거린다.

사루비아 앞에 쪼그리고 앉아 꽃씨를 하나 둘 따서 모은다. 내년에는 더 붉은 사루비아를 보게 되리라. 내년, 후년, 그 다음 해에도 계속……

갑자기 등 뒤에서 문이 벌컥 열리는 소리가 나더니 째지는 소리가 마음을 뚫는다.

"에라, 이 씨 도둑놈아!"

노파가 큰 소리로 외치며 나를 쏘아본다.

아무리 생각해도 억울하다. 노파가 왜 나더러 씨도둑이라고 하는지. 노파에게 씨를 잉태하게 한 일은 맹세코 없을진대…….

일어나서 뒤돌아선 내 얼굴은 사루비아 꽃보다 더 붉어진다. 노파는 어디서 본 듯한 얼굴이다. 우렁쉥이처럼 보이는 귀와 실눈, 주름졌지만 앞으로 튀어나온 이마의 각도가 아무래도 낯설지가 않다.

"낫살이나 잡순 양반이 뭐 할 짓이 없어 씨도둑놈이고!"

노파의 소리는 더 높아지고 내 얼굴은 더욱더 붉어진다.

늦가을 삽화

||| 이 진 훈 | | | | | |||

　　　　　　　호성이와 범재는 학교가 파하자마자 책보를 등에 매고 십 리가 넘는 길을 한 걸음에 달려 집에 도착했다. 토요일이라 도시락을 가져가지 않아 여간 배가 고픈 것이 아니었다. 옹솥에 있는 고구마 몇 개를 주머니에 쑤셔 넣고 손에 닿는 대로 삽이며 발(簾)이며 양동이 따위를 집어 들고 신작로로 내달렸다.

　동구 밖에 다다르자 벌써 몇몇 조무래기들이 신작로를 향해 달려가는 것이 눈에 띄었다. 아무래도 학교에는 가지도 않고 산치기를 한 녀석들 같았다. 토요일이면 신작로 다리목 세 개 중 고기가 제일 많이 드는 가운데 다리목을 차지하기 위해 산치기를 하는 녀석들이 곧잘 있었다.

　두 녀석은 가운데 다리목을 빼앗긴 뒤 어쩔 수 없이 첫 다리목을 푸기로 했다. 삽을 가지고 다리로 흘러드는 물길을 막고, 양동이로 퍼내는 물에 고기가 휩쓸려 나가는 것을 막으려고 발을 넓게 둘러쳤다. 늦가을 짧은 해가 떨어지기 전에 다리목에 있는 물을 다 퍼내야 고기를 잡을 수가 있었다. 늦가을 통통한 물고기는 가족들의 요긴한 반찬이 되기 때문에 엄마에게 모처럼 칭찬을 받을 수 있는 기회가 된다.

정신없이 물을 퍼내는 두 아이의 눈에 몇 배미 건너 수청못에 낯선 사내가 앉아 있는 모습이 들어왔다. 석양을 등에 지고 구붓이 앉아 미동도 없었다. 논두렁에 석양을 받아 빛이 나는 새 자전거 한 대가 서 있는 것으로 보아 동네 사람은 더더구나 아니었다. 이 바쁜 추수철에 한가하게 자전거를 논두렁에 세워 놓고 못가에 앉아 있을 사람이 이 동네에는 없었다.

두 녀석은 다리목 물을 퍼내다 말고 낯선 사내에게 가보자는 데 의견을 모았다. 범재는 어쩌면 간첩일지도 모른다고 했고, 호성이는 실성한 사람일지도 모른다고 했다. 범재는 간첩이면 좋겠다고 했다. 지서장이 학교에 와서 거동이 수상한 사람을 신고하면 많은 공책과 상금을 준다고 했던 말이 생각났기 때문이었다. 호성이도 맞장구를 쳤다. 매일 등하굣길 십 리를 오가며 담뱃값을 묻는 사람, 새벽녘 이슬에 바짓가랑이 흠뻑 젖어 두리번거리는 사람, 엉뚱한 길을 묻는 낯선 사람 등을 찾느라 넙치눈이 된 경험을 가진 아이들이었다. 간첩이 맞다면, 그래서 신고하여 상금만 받는다면 입학금 걱정 없이 중학교에 가는 것은 따놓은 당상이다. 등록금이 없어 중학교에 보낼 수 없다는 엄마의 푸념을 이 가을 들어 거의 매일 들어온 두 녀석이었다.

살금살금 다가가 낯선 사내의 얼굴을 보니 지난봄에 새로 부임한 교장 선생님이었다. 긴 대나무 막대기를 못에 드리우고 고기를 낚고 있었다. 두 녀석은 실망을 감추지 못한 얼굴로 교장 선생님께 인사를 꾸벅 하고는 고기를 얼마나 잡으셨냐고 여쭈었다. 교장 선생님은 빙그레 웃으시며 한 마리도 못 잡았다고 했다. 해는 다 넘어가는데 아직 한 마리도 못 잡았냐는 두 녀석의 걱정스런 질문에 교장 선생님은 웃음으로 답만 하실 뿐이었다.

두 녀석은 다리목으로 돌아와 더욱 힘차게 물을 퍼냈다. 학교에서 십 리도 넘는 산골 동네에 생전 처음 교장 선생님이 오셨는데 고기를 한 마리도 못 잡아서 어떡하냐며 늦가을 찬바람 속에서도 얼굴에 비지땀이 흐르도록 다리목의 물을 퍼내었다. 역시 늦가을 다리목은 물 반, 고기 반이었다. 손바닥만한 붕어들, 메기, 빠가사리, 참게, 뱀장어 따위가 바닥을 드러낸 다리 밑에 우글우글했다.

두 녀석은 정신없이 양동이에 고기들을 잡아넣었다. 범재는 빠가사리를 맨손으로 잡다가 가시에 쏘여 퉁퉁 부어오르기까지 했다.

한 양동이를 다 채운 두 녀석은 의기양양하게 교장 선생님께 가져갔다. 낚시로 잡으면 밤을 새워도 이만큼 못 잡는다며 이걸 가지고 가시라고, 해가 넘어가면 관사까지 가는데 무서울 거라는 염려까지 덧붙였다. 교장 선생님은 고맙다며 두 녀석의 머리를 쓰다듬어 주었다.

두 녀석이 다리목으로 돌아와 나머지 고기를 주워 담아 보니 양동이의 반도 차질 않았다. 서둘러 물을 퍼대는 바람에 옷은 온통 흙탕물이었다. 집에 가면 엄마한테 필경 고기도 못 잡은 놈이 옷만 버렸다며 꾸중을 들을 터인데도 집으로 향하는 두 녀석의 발길은 날아갈 듯 가벼웠다.

두 녀석이 동구 안으로 저녁 햇살과 함께 사라진 뒤에야 교장 선생님은 양동이에 가득한 고기를 모두 수청못에 풀어 주고는 낚싯대를 주섬주섬 챙겨 자전거에 싣고 짙붉은 노을 길을 달려갔다.

라그랑주 포인트 1

||| 안 영 실 | | | | ||||

영사의 시신이 발견된 것은 호수 밑창이 빠져 버린 날 저녁이었고, 미국의 CIA 부국장 제이슨은 다음날 아침 도착했다. 그는 자신들의 완벽한 첩보망에 대해 떠벌렸지만, 날짜변경선과 사건이 이루어진 시각을 감안해 보면 영사의 시신이 발견되기도 전에 출발한 것이 분명했다. 미국이 위성으로 전 세계를 감시하고 있다는 소문이 사실인 것 같았다.

제이슨이 제일 먼저 간 곳은 니즈니 노보고로드의 호수였다. 하룻밤 새 물이 모두 빠져나간 호수는 진흙 구덩이로 변해 있었고 주변의 나무들은 모든 팔을 쳐든 채 중심부를 향해 엎드려 있었다. 마치 부활한 신에게 경배를 드리고 있는 듯한 모습이었다.

"용이 되어 승천한 이무기가 내뿜는 불에 물이 말라 버린 거요."

호수에서 낚시를 하며 생계를 잇고 있다는, 구레나룻이 검은 주민의 말이었다.

"이 양반이 모르는 소리를 하네. 이 호수는 이반 뇌제가 쇠꼬챙이를 자식에게 던져 그 장남이 죽었을 때, 그때 흘린 피로 만들어진 분노의 호수라오. 그러니 별 해괴망측한 사건이 계속 나는 거요. 얼마 전에도 호수 근처의 집 세 채가 모두 바닥으로 꺼져 버린 일도 있어요. 난 이 호수에서 잡힌 물고기는 절대 안 먹어요. 화를 참지 못하게 만드니까."

구레나룻의 아내가 머리를 흔들었다.

"무슨 소리야? 그래서 이반 뇌제가 호수 속에 교회를 지었다잖아. 자신의 죄를 참회하려고. 그러니 죄 없는 물고기까지 엮지 말아. 그래도 그놈들이 우리 밥벌이였는데……."

어수선한 주민들의 말과는 달리 지질학자는 원래 지반이 약한 호수였는데, 어떤 이유로 인해 지반이 무너지면서 지하에 있던 수로나 동굴 등으로 물이 갑자기 빠져나갔을 뿐이라고 말했다. 호수 밑바닥에는 채 빠져나가지 못한 물고기의 비늘이 번질거리며 벌써 썩는 냄새를 풍겼다. 주민들 사이에서 외계인이 물이 필요해서 지구의 물을 빼가고 있다는 소문이 증폭되면서 동요는 더욱 심해졌다.

"미국이 결국 여기까지 쳐들어와서 우릴 못 살게 굴고 있어요! 물까지 다 빼내 가다니!"

한 노파의 외침에 마을 주민들이 술렁거렸다. 자신을 바라보는 눈길이 험악해진다 싶자, 제이슨은 급히 대사관으로 돌아왔다.

사건 당일 영사를 마지막으로 만났다는 니제고로드 비누공장 조합장은 자신은 관련이 없다고 투덜거렸다.

"페테르부르그의 넵스키 화장품에서 나온 비누로 부활절 선물을 골랐다기에 항의를 하러 갔던 겁니다. 우리보다 매출은 많을지 몰라도 품질은 니제고로드 비누가 더 낫다고 말했을 뿐입니다.”

“비서 말로는 언쟁이 있었다던데요? 원래 그렇게 잘 흥분하나요?”

조합장의 흥분한 얼굴을 곁눈질하며 제이슨이 말했다. 조합장이 언성을 높일 수도 그러지 않을 수도 없어서 안절부절못하고 있을 때에, 제이슨은 영사의 메모를 발견했다. 메모에는 ‘호수의 물이 빠졌다고? 나타샤는 이제 내 것이다’ 라고 써 있었다.

비서가 머뭇거리면서 가르쳐 준 호숫가에 위치한 나타샤의 집에는 얼굴이 벌건 털북숭이가 술에 취한 채 잠에 빠져 있었다. 제이슨에게 차를 내다 준 나타샤는 유난히 낭창낭창한 허리를 좌우로 흔들면서 걸어왔다. 영사의 메모를 본 그녀는 호수의 물이 그렇게 쉽게 빠질 줄은 아버지도 누구도 몰랐을 것이라며, 술에 취해 한 약속은 잘못이라며 호수처럼 파란 눈에 눈물이 고였다.

호숫가에서 낚싯대를 빌려 주고 잡은 생선으로 음식을 만들어 주며 살아가던 그의 아버지는, 영사가 매일 찾아와서 딸을 달라고 말하자, 저 호수의 물이 하루아침에 빠져 버리지 않는 한 나타샤가 당신 같은 미제 홀아비에게 갈 일은 없을 것이라며 호언장담을 했다고 했다.

“호수 물이 빠졌다는 소문을 듣고 영사가 찾아왔고, 아버지와 다툼이 있었겠군요. 그래서 아버지가 저 삽으로 내리쳤나요?”

제이슨이 구석에 놓여진 삽을 턱으로 가리켰다. 삽은 유난히 깨끗하게 닦여 있었다. 나타샤가 눈을 내리깔며 말했다.

“그런데 정말 당신들이 밤새 그 물을 다 뺐다는 말이 사실인가요?

미국은 정말 그런 일도 할 수 있어요?"

　나타샤는 슬그머니 치마를 걷어올렸다.

　"나를 그곳으로 데려다 줘요."

* 라그랑주 포인트 : 두 천체가 서로 공전하고 있을 때, 그 주변에 중력이 0이 되어 역학적으로 안정
　되는 곳이 있는데, 이곳을 라그랑주 포인트라고 함. 여기서는 서로의 다른 세계(질서)와 시각(관점)
　으로 인해 좁혀질 수 없는 차이로 쓰였음.

▌골목대장에게 인상 찌푸리지 마. 나타샤는 내 품에 있으니까.

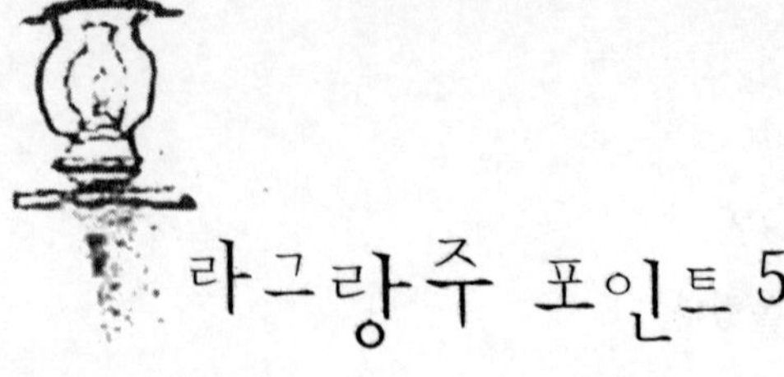

라그랑주 포인트 5

||| 안 영 실 | | | | | |||

"때리지 마세요. 제발."

얼굴을 팔로 가리면서 그가 소리쳤다. 그가 알고 있는 몇 안 되는 한국말 중의 하나였다. 그 말에 운전기사는 들고 있던 대나무 방석을 내려놓았다. 후, 하는 한숨도 함께.

"미안하네. 날도 덥고 해서 내 머리꼭지가 돌았었나 봐."

뜻밖에도 운전기사는 그의 손을 잡고 일으켜 주었다. 그리고 대나무 방석의 네모 무늬가 그의 얼굴과 팔에 울긋불긋한 그림을 그린 모습을 보았다. 잠시 뭐라고 더 말할 것처럼 머뭇거리던 운전기사는 대나무 방석을 운전석에 올려놓더니 서둘러 버스를 몰고 가버렸다.

그는 엉거주춤 일어선 채로 콧방귀를 뀌듯 거무스름한 연기를 뿜고 떠나는 버스 뒤꽁무니를 바라보았다. 그의 주변에 둘러섰던 행인들도 각자 갈 길로 떠났다. 그는 버스 정류장 옆 가로수에 털썩 주저

앉았다. 햇볕을 가려 주기에는 은행나무 그늘이 턱없이 작았다. 거무칙칙한 얼굴이 나무 그늘에 반쯤 가려졌다. 머릿속은 텅 빈 것처럼 몽롱했다. 무섭게 울어대는 매미 때문이다.

차들이 쌩쌩 지나가고 노선버스가 와서 사람을 내려놓고 몇몇 사람을 다시 태우고 출발했다. 택시가 와서 그의 앞에 섰을 때까지는 얼마나 시간이 흘렀는지 모른다.

택시 운전자가 창문을 열고 그에게 타라고 말했다. 그가 돈이 없다고 하자 택시 운전자는 앞을 바라보고 잠시 생각하더니, 그냥 타라고 했다.

택시 뒷좌석에 앉은 그는 갑자기 집 앞에 있던 우물과 물을 푸는 도르래가 생각났다. 할 수만 있다면 지금 도르래를 힘껏 잡아당겨 우물물을 가득 퍼올려 마시고 싶다는 생각을 했다. 수질이 더 좋다는 한국의 물이지만 그는 항상 그 우물물을 향한 갈증에 허덕였다.

하비에르 후센…… 그는 자신의 이름을 가만히 불러 보았다. 일찍 글을 읽고 수와 셈에 밝다며 좋아하던 어머니. 하비에르 성인처럼 남을 도와주는 사람이 되라고 하비에르라고 이름지어 준 아버지. 단거리 달리기를 잘하고 검은 눈썹의 아치가 멋있다며, 살며시 어깨를 기대 오던 아내의 속살 냄새. 상급 학교에 갈 수도 없는데 필요없는 우등상을 타왔다며 한숨을 쉬던 어머니의 수프 맛. 어려워진 신발 공장을 정리해서 한국으로 들어올 때 아직 열 살밖에 안 되던 막내 동생의 모습.

하비에르 후센…… 그는 자신의 이름을 다시 불러 보았다. 더럽고 위험한 일을 해주는 이주 노동자. 한국보다 못사는 나라에서 온 시커

먼 이방인. 냄새나고 지능이 모자란 사람. 허름한 매무새로 눈치를 보는 사람. 무시해도 되는 천한 사람. 한국 사람의 일자리를 빼앗은 사람. 바보 같은 악센트로 버스 가는 길을 묻는 병신. 떠듬거리며 말을 알아듣지 못해 화가 나게 만드는 꼴통. 화가 난 운전자에게 이유도 없이 맞은 바보.

자신의 이름은 어디에 놓여져 있는지 그는 가만히 이름을 불러 본다. 하비에르 후센.

내가 아는 나와 타인이 보는 나에 대한 시선은 항상 다르다.
버스 운전사에게 길을 물어 보다가 얻어맞았다는 그가 나에게 펜을 쥐어 주었다.

모설 毛說

||| 박 명 호 | | | | ||||

세상에 수많은 모집가들이 있다지만 그 '모집가'의 말뜻에 딱 맞게 정말 털을 수집하는 사람이 있다는 말은 처음 들었을 것이다. 평소 황당한 이야기를 잘해 이름하여 '황구라'라는 별명이 붙은 내 친구 황모씨가 그 장본인이다. 하지만 본인은 그 '털 수집가'란 사실을 그리 내세우고 싶어하지 않는다. 굳이 말하자면 '털 전문가'란 말이 더 어울릴지 모른다. 아무런 장비도 없이 털 한 올만 있으면 털 임자의 성별은 물론이요, 나이와 성격, 심지어는 출신 지역까지 정확하게 맞힐 수 있는 정도이니 그쯤 하면 단순한 '구라'로 보기는 어렵지 않을까.

그러고 보니 오래된 기억 하나가 떠오른다. 대학 시절 우리의 단골인 클래식 다방이 있었는데 거기에 우리 공동의 연인이랄 수 있는 '이양'이라는 긴 머리의 예쁜 아가씨가 있었다. 어느 날 황모가 조금은 이색적인 제안을 했다. 그 이양의 머리카락 한 올을 잘라 위아래를 정확하게 맞힐 수 있다며 이양을 걸고 내기를 하자고 했다. 물론 그 내기가 하늘에 떠 있는 달의 소유권 다툼과 같은 것이고 보면 진다 해서 대수로운 것은 아니었고, 나는 그저 그 내기의 호기심에 쉽게 동의했다. 그런데 황모는 정확하게 아래위를 맞혔다.

"자, 보라고……."

이양으로부터 잘려진 머리카락을 받아 쥔 녀석은 한껏 기가 올라서 엄지와 중지로 부볐다. 머리카락은 마술처럼 위로 아래로 오르내렸다. 머리카락에도 결이 있다는 사실을 녀석은 그때 벌써 알고 있었다.

그러고는 20여 년 황모와 사귀면서 털에 대해선 까마득하게 잊고 있었다. 요 몇 년 동안 직장 관계로 타지역에 갔다가 최근에 녀석을 만나 술잔을 마주했다. 그 사이 녀석은 부쩍 나이가 들어 보였다. 벌러덩 벗겨진 이마는 머리숱이 많은 나보다 10년 정도는 늙어 보이게 했다. 털이 많은 나를 부러워하던 황모에게 나는 가슴팍까지 열어 보이며 털 자랑을 했다. 어느 정도 취기가 오르자 녀석은 나에게 사타구니 털을 한 올 뽑아 달라고 했다. 장난치고는 좀 심하다면서 나도 술김에 그가 원하는 털 한 가닥을 뽑아 내밀었다.

"자네 요즈음, 부부 사이가 안 좋구먼…… 관계를 하지 않은 지가 꼭 일 년하고도 육 개월째야."

내 털을 탁자 위에서 이리저리 굴리던 녀석은 점쟁이처럼 정확하게 집어냈다. 나는 입이 벌어져 할 말을 잊어버렸고 녀석은 신이 났던지 정말 전설 같은 그 털에 관한 구라(이야기)를 풀어 갔다.

"내게는 수많은 종류의 털들이 있지. 물론 자네의 음모도 있지. 지난 20여 년 동안 털이란 털은 보이는 대로 수집했으니까…… 내가 남의 집에 가면 우선 하는 일이라곤 방바닥에 흘러 있는 털을 찾는 일이야. 처음에는 눈에 띄지 않게 접수하는 것이 쉽지 않았지만 지금은 거의 순식간이지. 그래서 제법 많은 털을 모았고, 나름대로는 자부심이 상당했는데 말이야. 모든 분야에는 고수가 있는 법이거든. 최근에 소문을 듣고 그 고수를 찾아갔지…… 고수는 내가 가지고 간 털들을 보더니 내가 지금껏 모은 털들은 이삭줍기에 불과하다고 잘라 말하더군. 의아해하는 내게 고수는 자신이 수집한 몇 올의 털을 보여 줬어. 아, 나는 짧은 탄성을 지르고 말았지. 자르르 윤기가 흐르는 것이 한눈에도 그 털은 지금껏 내가 채집해 온 것과는 비교가 되지 않는 것이었어…… 나의 털 수집이 왜 이삭줍기에 불과했는지 고수는 사모(死毛)와 생모(生毛)의 차이라면서 한 수 가르쳐 주더군. 생모란 줍는 것이 아니라 뽑는 것이라고…… 다시 말하면 수명이 다해 몸에서 떨어져 나온 것은 하품이라는 것이야. 고수는 그 밖에도 몇 개의 상자를 더 개봉했고, 나는 그만 그 자리에 무릎을 꿇고 말았지……. 한두 수라면 몰라도 어떻게 이렇듯 많은 모를 뽑는단 말입니까? 고수는 내 존경스런 눈빛을 거두면서 그것이 능력이라 했어. 그러면서 고수는 금으로 된 작은 상자를 하나 더 보여 주더군. 나는 또 한 번 입이 딱 하니 벌어지고 말았지. 그 속에는 내가 지금껏 보아 온 그 어떤 털보다 생기가 넘쳐나는 모가 한 올 가지런히 누워 있었어. 어찌나 아름답던지 입에서 침이 절로 흘렀고, 온몸은 강한 전류에 감전된 것처럼 떨려 왔지. 그리곤 고수가 말했지……."

"생모 가운데서도 성적 흥분 상태에 있는 것이 최상품이다. 성적 흥분 상태에도 그 질적 차이가 있다. 서로의 유전인자가 멀어질수록 그 질이 우수하다. 이를테면 흑인 여성이 백인 남성과, 거꾸로 백인 여성이 흑인 남성과 교접을 할 때가 그 성적 흥분은 최고조에 도달한다. 물론 시간적으로 사정 직전이 최상급이다.”

나는 황모의 이야기를 어디까지 믿어야 할지 몰랐다. 방금 사타구니 털로 내 근황을 정확히 맞히는 것을 확인했지만 그것 또한 녀석의 구라에 의한 속임수일 수도 있지 않은가.

하지만 녀석의 황당한 이야기들에는 늘 한 가지씩 특징이 있었다. 그것은 꼭 주제와 같은 마지막 멘트였다. 나는 그것을 물었다.

사랑에는 경계가 없느니, 무릇 털이란 사랑을 위해 존재한다.

나는 그만 피식 웃고 말았다. 기묘한 털 이야기치고는 결론이 너무 싱거웠다.

원숭이는 상대가 자신을 원하는지 3초 만에 정확하게 파악한다. 인간도 상대 이성이 자신을 사랑하는지 몇 초 안에 알 수 있었다. 지금은 원숭이도 알 수 있는 것을 몰라 애를 태우며 괴로워한다. 그 감각이 둔해졌을 뿐이다.

야경국가 시민

||| 유 경 숙 | | | | | ||||

그는, 그저 보편적인 축에 끼는 시민일 뿐이다. '연간 술 소비량 최대 국민', '세계에서 가장 밤늦게 잠드는 올빼미족'으로 우선순위에 꼽히는 민족의 명예에 조금도 누를 끼치지 않는 한 사람의 국민으로. 이미 그의 몸에 새겨진 아날로그적 인식 체계는 오밤중이 아니고는 집으로 발길을 향할 줄 모른다. 저녁 약속이 없으면 어디가 아픈 사람처럼 맥을 못 추는 체질이 되어 버렸었다.

그날도 시작은 참신하게 이루어졌다. '가볍게, 서서 한 잔만 하고 들어가자, 앉게 되면 시간이 길어지니까.' 한강이 내려다보이는 서강의 비탈진 언덕, 오래된 집에서 더없이 가볍게 시작되었다. 드럼통 연탄화덕에 빙 둘러서서 갈비를 구워 먹는다고 해서 붙여진 서서갈비집 그곳에서 일배(一杯)가 시작되었다. 화력 좋은 연탄불 위에서 힘세고 질긴 놈의 살덩어리가 지글지글 타들어 가고 단백질이 내뿜는 냄새와 연기에 그들의 얼굴도 불콰하게 취해 갔다. 옆 사람의 얼굴조차도 분간키 어려운, 섶사냥으로 너구리 잡을 듯한 뿌연 공간에는, 사내들의 컬컬한 목소리가 목조 건물 천장을 뚫고 밤하늘로 치솟았다. 참이슬이 석 잔째, 식도를 짜릿하게 핥고 내려가는 놈이 살아 있음의 정체성을 확인시켜 주었다. 진홍색으로 물든 그의 딸기코에서는 단내가 풍겨나고…….

몇 군데 더 순례가 끝나고 삼경도 중반에 접어든 시각, 그는 택시를 잡기 위해 비탈길을 내려섰다. 눈앞에 아찔하게 펼쳐진 한강. 강물에 뿌리박힌 불기둥과 성(城)들이 뿌리째 흔들거리며 그를 불렀다. 도무지 가장 적합하게 표현할 어휘를 찾지 못해 그는 그저 입 속에서 혀만 굴리며 우물거렸다. 한강의 기적을 이룬, 위대한 야경국가(夜景國家).

오싹한 한기에 진저리를 치며 눈을 떠보니 몸은 차도에 반쯤 걸쳐 있고 머리는 인도 턱을 베개 삼아 얌전히 누워 있지 않은가. 야구 모자를 깊게 눌러썼던 여윈 청년의 뒷모습 하나가 후딱 지나가는 필름은 툭 끊겨 버리고. 그는 재킷 안주머니에 손을 넣어 보고 부질없이 헛손질을 쳤다. 유실물은 지갑뿐만 아니라 사십칠 년을 함께 해온 앞니 한 개도 사라졌다, 감쪽같이. 그는 밤마다 세금을 확실하게 낸 야경국가의 보편적 시민이었다.

히든 스토리 2

||| 윤 용 호 | | | | | | |||

장면 1

비둘기가 '평화의 상징적 새'로 불렸던 시대는 이미 옛날이다. 이즈음의 비둘기들은 거의 천덕꾸러기 수준에 가깝다.

서울의 비둘기는 88서울올림픽을 계기로 급격하게 불어났다. 문제는 이 엄청 불어난 비둘기들의 배설물이었다. 시도 때도 없이 내갈겨진 비둘기들의 똥은 머잖아 도심의 건물 곳곳을 더럽히게 되었다. 그 중에서도 가장 피해가 큰 곳이 창경궁이나 덕수궁 등의 고궁이었는데, 외씨버선 같은 처마 밑의 아름다운 단청이 온통 비둘기들의 오물로 칠갑이 되고 말았던 것이다. 사태가 심각해지자 문화재관리국은 비상이 걸렸다. 여러 차례의 대책회의 끝에 나온 결론은 역시 개체수를 적정하게 조절하자는 방법이었다. 그래서 탄생한 것이 '사이나'를 주입한 콩이었고, 비둘기들의 구미를 당기기에 충분한 이 '준비된

콩' 은 일주일에 한 번씩 고궁이 쉬는 날 뿌려졌다.

장면 2

인사동 어느 골목에 조그만 만두집이 하나 새로 생겼다. 주인 내외가 직접 빚는 이 집의 만두는 그 감칠맛이 대단했다. 특히 만두소의 고기가 그랬는데, 도대체 무슨 고기를 사용하는지는 외부인이 결코 알 수 없었다. 그 바람에 이 집은 개업한 지 얼마 되지 않아 꽤 단골을 확보한, 싸고 먹을 만한 만두 가게로 알려지게 되었다.

장면 3

문화재관리국 직원인 어떤 사내는 일주일에 한 번씩은 꼭 인사동 골목의 만두집에 들렀다. 갈 때마다 사내의 손에는 자루가 들려 있었고, 그 자루를 주인에게 건네며 하는 소리는 늘 신중하고도 은밀했다.

"형, 내장만은 반드시 형이 직접 확실하게 들어내야 해. 형수한테 맡기지 말고."

해부학적 처녀

남자가 욕실로 들어가고 나자 여자는
봄날 고양이처럼 노골노골해진 몸을 주홍빛 새틴 시트 아래 폭 파묻고
지그시 눈을 감았다. 뭐가 잘못됐는지 피는 나지 않았지만 드물게 그러
는 경우도 있다고 들었으니 상관없었다. 방금 전 남자가 괴성과 함께
몸을 떨며 보여 준 강렬한 절정감을 확인했다는 사실만이 중요했다. 그
순간을 머릿속에서 재생하니 온몸에 은근한 쾌감이 다시 일었다. 아!
정말 탁월한 선택이었어. 여자는 이처럼 멋진 결과를 가져온 자신의 현
명한 결단에 새삼 감탄하며 만족한 미소를 지었다. 모든 조건이 상당히
수준급인 이 남자는 이제 그녀 손아귀에 들어온 거나 다름없었다.

여자는 나이나 미모나 경제적 능력에서나 뭐 하나 뒤질 것 없는 자
기가 결혼상담소에서 소개받은 남자가 마음에 들어 함께 잠자리만
했다 하면 퇴짜를 맞곤 했던 과거의 설움이 한꺼번에 해소되는 느낌

이었다. 그녀를 차버린 후 그들이 찾은 다음 상대는 반드시 처녀이거나 혹은 결혼 경력이 있더라도 아이를 낳아 보지 않은 여자라는 후문을 듣고 나서 취한 작전이 마침내 성공한 것이다. 물론 속칭 이쁜이 수술로 통하는 그것을 시술받을 결심을 하기까진 많이 망설였었다. 생살을 자르고 꿰매고 하는 살벌한 과정이 어릴 적부터 신체적 통증에 민감한 그녀로선 쉽게 엄두가 나지 않았던 것이다. 그런데 미장원에서 머리를 손질받다가 옆자리 손님들이 주고받는 얘기를 우연히 듣고 찾게 된 그 산부인과에서 그녀의 두려움은 간단히 해결되었다. 첫 방문날 진찰대에 누운 그녀의 음부를 한참 들여다보고 난 깐깐하게 생긴 여의사가 이런 진단을 내린 덕분이었다.

— 아이 둘쯤은 낳으신 거 같지만, 이 정도면 디엘비도 가능합니다.

— 디엘비라뇨?

— 아, 디자이너 레이저 회음성형술 말입니다. '디자이너 레이저 바지노플라스티'의 약자죠.

— 디자이너…… 라면 무슨……?

— 맞춤 성형술이란 말입니다. 이를테면 파트너의 규격이나 취향에 맞춰 시술을 한다든가, 성경험 이전의 상태로 복구한다든가 하는, 뭐 그런 것들요.

— 아…… 예에! 전 그냥 아이 낳기 전 상태로만 돌아갈 수 있음 좋겠는데…….

— 그래서 드린 말씀입니다. 디자이너 시술도 여러 종류지만 그런 정도의 복구는 레이저 시술로도 가능하거든요.

레이저 시술이라. 칼을 대지 않겠다는 얘기가 아닌가! 그녀는 사흘 뒤로 수술 예약을 했다. 내친김에 조금만 더 투자하면 받을 수 있다고 의사가 권한 모종의 추가 시술도 포함한 패키지 예약이었다. 여자는 집에 돌아와 남자에게 이렇게 전화했다.

다음 달 초에 저 휴가 받을 게요. 전번에 말씀하신 데로 우리 놀러 가요.

남자는 아이처럼 좋아하면서 여행에 필요한 모든 걸 자기가 알아서 최고로 준비하겠다고 말했고, 여자는 그런 그가 자신이 제공할 수 있는 최고의 것으로 보답받을 가치가 있는 남자라는 확신을 굳혔다.

당신은 대단한 여자야!

욕실에서 나온 남자는 시트를 들치고 들어와 여자를 등 뒤에서 끌어안으며 귓불에 대고 뜨겁게 속삭였다.

아이 둘을 낳고도 그런 몸을 가졌다니!

여자는 순간 당황했다. 아이 둘? 아니, 어떻게 안 거야? 상담소에서 대외비 정보를 잘못 흘렸나? 수년간 동거했던 그녀의 첫 남자가 데리고 간 아이는 그녀의 호적에 아무런 흔적도 남기지 않았다. 더구나 낳자마자 호흡곤란으로 죽어 버린 그 애의 쌍둥이 동생에 대해서 아는 사람은 자기 말곤 첫 남자와 친정어머니밖에 없는데 상담소에서 알 리가 없잖은가. 헌데 어떻게? 여자는 어쨌거나 시치미를 떼기로 마음을 다잡았다.

아이라뇨? 저 결혼한 적 없어요. 어째서 그런 억측을 하시는 거죠?

흘흘. 남자가 야릇하게 웃으며 대꾸했다.

난 관계를 해보면 단박에 알아. 뭐, 숨길 거 없어요. 근데 두 아이 중 하나는 누가 데리고 사는 거요? 당신은 아닌 것 같고, 애 아버지도 아니던데. 하긴 뭐, 내가 상관할 바 아니지. 자아…… 이리 좀 돌아누워 봐요. 우리 다시 한 번…….

여자는 자리를 박차고 일어났다. 정신없이 옷을 챙겨 입고 호텔 방을 뛰쳐나왔지만 이국의 풍경이 눈앞을 가로막자 다리에 힘이 스르르 풀렸다. 이 년 전 상처한 후 집과 직장만 오가며 외롭디외롭게 살아온 처지로 그녀처럼 순수한 여인을 만나 새 삶을 꿈꿀 수 있게 되리라곤 생각지 못했다고 세 번째 만남에서 거의 울 것 같은 표정으로 고백하던 남자였다.

남자가 뒤이어 쫓아오는 기척이 느껴지자 여자는 해변 쪽으로 무작정 달렸다. 남국의 바닷가엔 대여섯 살 되어 보이는 까무잡잡한 아이들이 한 떼 모여 앉아 뭔지 모를 놀이에 몰두해 있다가 이방인을 보자 호기심 많은 까만 눈동자들을 반짝이며 쳐다보았다. 그녀는 첫 남자가 병원에서 핏덩이로 데리고 간, 지금은 이 아이들만큼 자랐을 아들이 눈에 어른거렸다. 죽은 아이의 파랗고 조그맣던 몸통도 함께 떠올랐다.

여자는 갑자기 아랫배가 묵지근해지면서 해산 전 첫 진통 때와 같은 느낌이 엄습해 왔다. 그녀는 모래밭에 무릎을 꿇으며 배를 움켜쥐었다. 뜨거운 물기가 두 눈 가득 고여 올랐다. 조금 전까지 해부학적 처녀였던 여자는 마치 진통을 겪는 임산부처럼 이를 악물고 내뱉는 자기 신음 소리가 민망하여 고개를 한껏 떨구었다. 하얀 모래 위에 검게 젖은 반점이 하나 둘 생겨나기 시작했다.

칼슘 치료제를 처방 받으러 산부인과에 갔다가 어떤 의료 광고를 보고 경악한 적이 있다.
하긴, 알고 속고 모르고 속고 온통 속고 속이는 세상에 그런 것쯤이야 뭘!

겨울 찻집

||| 박 종 윤 | | | | | |||

첫눈이 밤 사이 많이 내렸다.

밖으로 나오니 마당에 쌓인 눈 위에 떨어진 마지막 나뭇잎들이 화이트 케이크에 뿌려 놓은 장식품처럼 널려 있다.

영하의 날씨에도 불구하고 나는 아침 일찍 서둘러 가게로 나갔다. 불경기의 여파가 심각하다. 거리는 예전처럼 생기를 찾아볼 수가 없다. 나는 가게 앞에 쌓인 눈을 말끔히 쓸어 놓았다.

점심시간이 가까워 오지만 아직 단 한 잔의 차도 팔지 못했다. 남편의 박봉이 힘들어 아이들 학비라도 보탬이 될까 해서 빚을 내어 차린 찻집이지만 지금은 보증금까지 잘라 먹고 있어 후회가 막심하다.

내가 눈을 쓸어 놓은 가게 앞자리에 언제부터인지 한 노파가 좌판을 벌여 놓았다. 꾀죄죄한 입성으로 보아 노파의 궁핍한 생활이 짐작된다. 좌판에는 조그만 바구니에 담긴 홍당무, 고구마, 갓 다듬어 놓은 듯한 대파 두 단, 밤 두어 됫박이 전부였다. 돈으로 따지자면 보잘 것없지만 노파에게는 소중한 물건인 듯했다.

노파의 남편은 무엇을 하는가? 자식은 있는가? 아니면 혼자인가? 일찍이 과부가 된 나의 친정어머니도 자식들이 없었다면 노파처럼 차가운 거리에 좌판을 벌여 놓고 있을지도 모를 일이었다.

노파는 가끔 창 밖을 내다보는 나와 시선이 마주칠 때면 어설픈 미소를 흘렸다. 그 미소는 남의 가게 앞에 좌판을 벌여 놓은 미안함 때문이었다.

어쨌거나 동네나 시장 입구도 아니고, 관청 건물이 있는 우리 가게 앞에서는 노파의 물건이 팔릴 장소가 아니다. 나는 시장 입구 쪽으로 장소를 옮겨 보라고 조언을 해주고 싶었으나 자리를 내쫓기 위한 술수 같아서 그만 두었다.

오후 4시가 넘어서자 거리에는 세찬 바람과 진눈깨비까지 내린다. 노파는 거리에서 발을 동동 구르고 있을 게 분명했다. 나는 노파가 신경쓰지 않도록 아예 창 밖을 내다보지 않았다. 거리에서 떨고 있는 노파에 비하면 따뜻한 가게에서 장사하고 있는 나는 그나마 다행이다.

어느덧 땅거미가 내리기 시작한다. 문득 나는 노파가 궁금해 밖을 내다보았다. 노파가 있던 자리는 텅 비어 있다. 어디로인가 종적을 감추었다. '물건을 하나도 팔지 못했을 텐데' 라는 걱정이 앞선다. 노파와 나는 하루 종일 개시도 못한 셈이었다.

노파가 있던 빈자리에는 진눈깨비만 떨어진다. 나는 그때서야 아차, 싶었다. 차가운 거리에서 쏟아지는 진눈깨비를 맞으며 떨고 있던 노파에게 가게로 불러들여 뜨거운 차 한 잔 권하지 못한 게 후회로 다가왔다.

　타인의 어려움을 거둘 줄 모르는 차가운 내 마음을 나무라고 있을 때 옆 가게 문방구 아주머니가 검은 비닐 봉투 하나를 건네주고 간다. 나는 별 생각 없이 비닐 봉투를 열어 보았다. 그 속에는 홍당무 다섯 개와 서투른 필체로 쓴 쪽지가 나왔다.

　— 찻집 아주머니 고마워요. 자리를 비우라고 한 마디도 하지 않았지만 물건을 하나도 팔지 못해 자릿세를 못 주네요. 보잘것없지만 받지 않을 것 같아 옆 가게에 맡기고 갑니다. 가족과 행복하세요.

　나는 공연히 눈물이 핑 돌았다.

정 오 의 점 심 식 사

2

minifiction

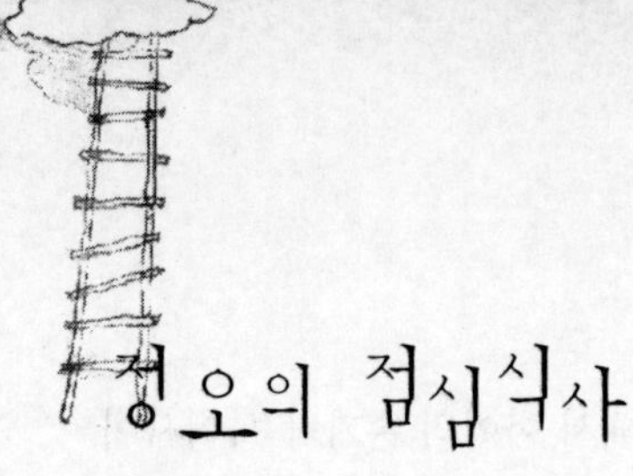

정오의 점심식사

‖‖ 안 영 실 ｜ ｜ ｜ ｜ ｜‖‖

"땡볕은 좋을 게 없어. 이쪽 그늘에 자리를 잡자."

남자가 돗자리를 끌고 가면서 말했다.

"어린 소나무가 그늘을 얼마나 만들겠어?"

그의 부인으로 보이는 여자가 눈을 찌푸렸다.

"그럼 이 양산으로 그늘을 만들면 돼. 난 배가 고파."

허리를 구부리면서 남자가 익살스러운 표정을 지어 보였다.

"달리 의지할 곳이 없으니 그럴 수밖에 없지, 뭐."

여자가 한숨을 쉬면서 돗자리 위에 주저앉았다.

"와! 샌드위치다."

꼬마가 폴짝폴짝 뛰어왔다. 또 다른 남자와 여자도 뒤따라왔다.

"대단하네요. 이걸 다 만드셨어요?"

뒤에 온 여자가 묻자 아이가 샌드위치를 하나 집어 들었다.

"저런, 손을 닦고 먹어야지."

여자가 우아한 동작으로 물수건을 꺼내서 아이의 손가락 사이사이를 닦았다.

"난 이 크로와상으로 만든 샌드위치가 제일 좋아."

나중에 온 남자가 이빨을 보이면서 웃었다.

"그러니 뱃살이 점점 늘어나죠."

나중에 온 여자가 가늘게 눈을 흘겼다.

"피클을 듬뿍 넣은 감자샐러드도 들어 보세요."

여자가 다시 기품 있는 동작으로 음식을 권했다.

"어머, 꽃으로 만든 이런 샌드위치는 처음이에요."

뒤에 온 여자가 탄성을 질렀다.

"음식으로 쓸 수 있는 꽃이 따로 있어요. 마요네즈 소스를 넣으면 빵 사이에 고정되죠. 꽃은 함께 쓰는 것보단 이렇게 각각 다른 종류로 만드는 게 나아요."

피크닉 바구니에서 계속 포도주며 과일들을 꺼내며 여자가 말했다.

"난 그건 별로더라. 꽃을 어떻게 우적우적 씹어? 양인가?"

"소스가 맛있어서 괜찮은데, 뭘?"

나중에 온 남자가 여자의 눈치를 보며 샛노란 꽃이 든 샌드위치를 입에 밀어넣었다.

"엄마, 참치샌드위치는 없어?"

아이가 발을 구르면서 투정을 부렸다.

"먼지 나니까 발 구르지 마라. 대신 크로와상 햄샌드위치 먹어."

"네 형수는 아이들 심리를 너무 몰라."

남자가 컵에 콜라를 따라서 아이에게 주면서 말했다.

콜라를 마신 아이는 언제 그랬나 싶게 뛰어갔다.

"아무튼 우리 형수님 샌드위치 솜씨는 알아줘야 한다니까요."

바구니에서는 요술처럼 음식이 계속 나왔고 그들은 5월의 새들처럼 재잘거렸으며, 식사는 끝없이 이어질 것처럼 계속되었다.

그들이 보온병에 남은 마지막 홍차를 따라 마셨을 때, 무리지어 피어 있는 철쭉꽃 사이를 지나서 흰 옷을 입은 남자가 그들을 향해 다가왔다. 남자는 아직 치우지 못한 그릇과 냅킨들이 어수선한 돗자리를 바라보면서 머뭇거리더니 꾸벅 인사를 했다.

"죄송합니다. 최선을 다했지만 ××× 님께서는 수술 중에 그만……."

두 남자는 벌떡 일어섰고, 두 여자는 입에 손을 가져갔으며, 아이는 여전히 넓은 뜰을 뛰어다니고 있었다.

그리고 어디선가 부지런한 벌 한 마리가 날아와서 아이가 마시다 만 콜라잔 끝에 앉았다.

점심식사는 끝났다.

북극성

||| 강 인 석 | | | | | ||||

속리산 기슭에 있는 그 집은 시월 보름 달빛에 툇마루를 거의 다 드러내 놓고, 자는 듯이 엎드렸다. 한때 역사 강의로 이름을 날리었던 그가 정년을 지나 이곳에 은거해 있었다. 아직도 열기가 느껴지는 그의 눈빛이 아니었다면 그는 여지없이 쇠잔한 늙은이에 불과했지만, 초저녁부터 권커니 자커니 기울인 술잔은 아마도 달 배웅을 하고서야 놓을 것 같았다. 취흥이 오른 그가 예의 역사 강의를 계속하는 중에 나는 나의 취기를 불쑥 디밀고 말았다.

"저는 역사적 사실에 정부(正否)가 있다고 더 이상 믿을 수가 없습니다."

나는 송곳으로 구멍 뚫듯 그의 말을 막고 나섰다. 그가 흠칫 하는 것 같았다. 하지만 그렇게 느낀 것은 나의 착각일 뿐, 그는 표두압정세(豹頭壓頂勢)를 취한 검객처럼 나를 지그시 내려다보고 있었다. 나는 그의 눈빛에 힘겨워하며 재빨리 표창을 날리듯 다음 말을 이었다.

"역사의 진행이란 적나라한 힘겨루기 아니겠습니까? 실상이 어떻든 간에 승자들은 한껏 자기들의 입장을 합리화하여 주장하고 기록할 것이고, 세월이 지나면 그것이 사실(史實)로 될 수밖에 없을 테고…… 한마디로 승자의 자기정당화 논리일 뿐인 역사 기록을 두고 어떻게 정의나 진리와 같은 가치를 논(論)할 수 있겠습니까?"

그는 술잔을 손가락으로 천천히 돌리면서 달빛에 누워 있는 나무 그림자처럼 한동안 고요하게 앉아 있었다. 옛 은사를 앞에 두고 이 무슨 무례한 짓인가? 그저 추억담이나 나누면서 시간을 보내도 시원찮은 판에 어쩌다 말꼬가 이렇게 틀어져 버렸는지! 나는 '예, 그렇습니다' 하고 고분고분 넘기지 못한 나의 불초가 내심 슬슬 걸리기 시작했다. 이윽고 그가 술잔을 단숨에 비우고, 나의 표창을 조용히 받아 내었다.

"역사 인식 문제는 사실(史實)도 중요하겠지만, 관점이 더 필요한 경우도 있다네! 다시 말해서 사료의 비판과 재해석은 반드시 갖춰야 할 덕목이라는 말이지. 모든 역사는 현대사일 수밖에 없다는 말을 자네는 어떻게 생각하는가?"

"……"

"인생은 늙음을 포함한 인생일세! 심지어 죽음까지도 포함되지 않는가! 만약 인간으로서 어떤 삶의 방향성을 갖지 못한다면, 인생이 얼마나 허망하고 보잘것없이 되겠나?"

나는 바짝 긴장을 하고 귀를 쫑긋 세웠지만, 느닷없이 인생 운운하는 통에 말귀를 놓쳐 버리고 말았다. 언 땅에 곡괭이질하듯 난감해진 나는 얼른 술잔을 비우고, 그의 말을 기다리는 수밖에 없었다.

"신, 구원, 윤회, 인과응보, 진리…… 이런 것들이 논리적으로 증명되거나 현실로 확인될 수 없을지라도, 인간이 살아가면서 중요한 결단을 내리고, 방향을 잡아 가는 데는 꼭 필요한 것이 아니겠는가? 역사를 올바르게 인식한다는 것도 마찬가지라고 생각하네!"

역사란 무거운 짐을 내려놓고, 스스로를 유선형으로 다듬어서 좀 더 경쾌하고 속친(俗親)한 생활을 하려고 발버둥치는 나를 속리(俗離)한 그가 단번에 베어 버렸다. 억울하다! 나는 아직 앞으로 앞으로 달려가야만 하는 새파란 젊은 놈인데!

"선생님, 그런 말씀들은 너무 멀리 있는 인생의 궁극적인 면을 지나치게 강조하시는 게 아닌가 합니다. 도달할 수 없는 것이 인생에서 무슨 의미가 있겠습니까?"

나는 혓바닥 밑에 감춰 둔 마지막 표창을 그에게로 날렸다.

"캄캄한 밤 망망대해에서 북극성을 보고 항해하는 선원들이, 설마 북극성에 도달하려고 그 별을 보겠는가?"

나는 그의 술잔에 술을 채우면서, 갑자기 한쪽 어깨가 뻐근해졌다.

도인이도인 道人而盜人

||| 김 의 규 | | | | | ||||

　　　　　　　이제 곧 파장 무렵의 작은 시골 장터, 허름한 두루마기에 죽장을 짚은 초로의 남자가 나타났다. 그는 머리와 수염을 되는 대로 내버려 두어 그 형상이 지저분하다기보다 사뭇 비범해 보이기조차 했다.

요즘 세상에 TV 사극에서나 볼 수 있는 모습이랄까. 장터 어귀부터 한 떼의 꼬맹이들이 '와! 진짜 도사다' 하며 그가 가는 데로 졸졸 따라다녔다.

그는 장터 한가운데 우뚝 서서 사람들을 향해 굵고 우렁찬 목소리로 말하였다.

"자, 여러분 중 많지는 않으나 먹고 살 만큼의 돈이 있어야 하는 사람만 내게로 오시오. 내가 두 가지만 가르쳐 주고 가리다."

그러자 사람들은 물건 흥정을 하다 말고 솔깃하여 그 도인풍의 남자 앞으로 모여들었다. 그 중엔 영문도 모른 채 궁금하여 낀 구경꾼까지 합세하니 그 규모가 제법이었다.

도인풍의 사내는 주변이 조용해질 때까지 한동안 눈을 지긋이 감고 기다렸다. 그리고 어느 순간 그가 눈을 딱 뜨자 여기저기서 마른침을 삼키며 군중은 그의 입을 향해 귀를 잔뜩 오므려 세웠다.

"내가 오늘 이 자리에선 한 가지 방법을 보여 줄 것이고, 또 한 가지는 여러분이 집에 가면 저절로 터득하게 될 것이오. 다만, 방법에 앞서 내가 금수산 자락에 국태민안 기도 도량을 세우고자 하니 뜻있는 분들은 돈의 중앙에 본인의 이름과 사주를 적어 제게 주십시오. 뜻이 없으면 안 해도 괜찮으니 방법만 듣고 가도 좋습니다" 하였다.

그러자 사람들은 수군대며 서로 눈치만 보는데 한 중년의 아줌마가 만원짜리 지폐에 자신을 포함한 가족 모두의 사주를 빼곡히 적으며 "아이고, 저 어른께서 이곳까지 와주셨네" 하고는 돈을 두 손으로 내민 후 합장을 하고 물러섰다.

돈을 받아 펼쳐 본 도인이 일순 눈썹을 찌푸리며 돈 낸 아줌마를 쏘아보자 그 여자는 흠칫 놀라며 반 걸음 뒤로 물러선 채 연신 허리를 굽혀 합장을 했다.

이를 본 사람들이 다투어 돈을 꺼내 본인과 가족 모두의 사주를 적기 바빴다. 그들 중 펜이 없는 사람은 펜이 있는 사람에게 좀 빌리자며 비굴한 웃음을 지었고 이미 다 쓴 사람 중에 어떤 이는 헌 돈에 쓴 걸 후회하며 새 돈으로 바꿔 다시 쓰기도 하였다.

그들 중 또 어떤 이는 이미 돌아가신 부모님의 사주를 따로 써서 내기도 했으니 다만 지폐가 없고 동전만 가진 사람들은 동전을 모아 지폐로 바꾸자 하나 선뜻 바꿔 주는 이가 없어 꽤 애를 먹는 모습이었다.

이윽고 돈이 다 걷히자 그 양이 웬만하였으나 그의 헐렁한 두루마기 속 풍성한 주머니는 그 돈을 빠짐없이 넣고 더 넣는다 해도 족할 듯했다.

이제 여러 시주께선 내가 하는 바를 자알 보시오, 하며 그는 대중을 가로질러 반대편 골목으로 들어가더니 영 나오질 않았다. 물론 그 자리엔 도사님 어쩌구 하던 중년의 아줌마도 사라진 지 이미 오래다.

사람들은 한참이 지나서야 자신들이 속았다는 것을 알고 분개했다. 그들 중 어떤 이는 입가에 흰거품까지 생기도록 두 남녀에게 저주를 퍼부었고, 또 어떤 이는 막걸리를 마시면서 "도인(道人)이 도인(盜人)인 게여. 허허……" 하며 자조적인 너털웃음을 지었다.

"그런데, 그런데 말여. 집에 가면 알 수 있단 건 또 뭐지?"

순간 여기저기서 '아이쿠, 내 지갑' 하는 소리가 들리자 모든 사람들이 '아이쿠', '아이고'를 연발했다.

땅거미가 내려앉는 장터엔 아직도 사람들이 집엘 가지 못해 삼삼오오 둘러앉아 자신들의 어리숙함과 선량함을 탓하며 홧술을 마셔댔고 이미 산을 서너 개 넘는 세 사람의 긴 그림자가 어둠에 섞이고 있었다.

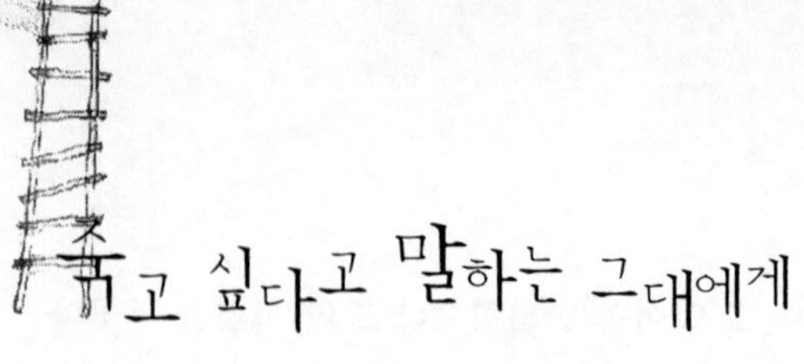

죽고 싶다고 말하는 그대에게

||| 김 병 언 | | | | |||

그는 아는 이들을 찾아가서, 죽고 싶다고 말하는 데 재미를 붙였다. 처음에 그는 정말로 세상 살 맛이 나지 않아 친한 친구들 가운데 하나를 붙잡고 말했다.

"나이 마흔이 되도록 되는 일 하나 없고 결혼도 못 한 나 같은 인간은 죽어야 돼. 진짜 죽고 싶어. 약도 갖고 다녀. 이것 봐. 이게 청산가리야."

"어, 이 친구 진짜네. 앞날이 창창한데 그런 짓을 하면 쓰나. 야, 어디 가서 술이나 한 잔 마시고 기분 풀어. 자, 감세, 내 한 잔 사지. 까딱하면 친구 하나 잃을 판인데 돈이 문제겠나."

그의 친구는 그날 밤 그에게 한 잔 크게 샀고, 게다가 죽고 싶다는 생각이 싹 가시도록 속세의 쾌락을 맛보게 해주겠다며 젊은 여자까지 하나 붙여 주었다.

그러고 나니, 정말로 죽고 싶다는 생각이 사라졌는데 그 대신 그 속세의 쾌락만 자꾸만 누리고 싶어지는 것이었다. 하지만 그는 돈이 별로 없었고, 돈이 있더라도 아는 이들을 찾아가 죽고 싶다고 우거지상을 쓰며 말하면 될 일이었기에 자기 돈을 쓰고 싶은 마음이 조금도 없었다.

그가 아는 이들은 죽고 싶다는 말엔 참으로 관대했으므로 그는 꽤 재미를 보았다. 간혹 술과 밥은 사주면서 속세의 쾌락까지 제공할 생각은 못하는 친구를 만나면 그는 술상 머리에 이마를 찧고 울면서, "이때까지 여자 한 번 제대로 안아 보지 못했다"고 한탄하면 십중팔구 일이 제대로 풀리는 것이었다.

그러던 어느 날, 불길한 숫자라는 열세 번째로 친구를 찾아갔는데 과연 그랬다.

그 친구는 다른 이들과는 달리, 그가 청산가리 봉지를 내보이자, 기분이 좋다는 듯이 환한 표정을 지으며 반기는 것이었다.

"그렇지, 잘 생각했네. 살 맛 나지 않는 세상, 좀 일찍 떠난다고 여기면 돼. 그런데 말야, 기왕이면 예약을 좀 해주게. 실은 우리 처가가 장의사를 하는데 요즘 사람들이 잘 죽지 않아 장사가 안 돼 죽을 맛이거든. 그래, 언제 죽을 건가? 내가 미리 장인 어른한테 제반 준비를 해놓으라고 연락을 해놓겠네. 자네가 예약을 않고 죽어 버리면 우리는 자네가 죽었다는 사실을 알지 못해 다른 장의사가 선수를 쳐버리면 안 되니까. 기왕에 죽을 결심을 했으면 빨리 실행해 버리라구. 그렇지 않고 질질 끌다간 기회를 놓쳐 버린다네."

그는 기가 막혀서 말이 나오지 않았다. 그래서 우물쭈물하다가 도망치다시피 집으로 돌아왔는데 문제는 당장 그날 밤부터 발생했다.

그 친구가 전화질을 해대는 것이었다. 죽었나 안 죽었나 확인한다는 핑계였는데 다음날부턴 새벽이고 밤중이고를 가리지 않았다. 하루에만도 열 통, 스무 통 전화를 거니 그는 그야말로 미칠 지경이었다. 그렇게 일주일쯤 지나자 더 이상 참지 못해 그 친구에게 이렇게 쏴붙였다.

"이봐, 나 당분간은 죽지 않을 테니 전화 좀 그만하라구!"

그러자, 그 친구가 엉뚱하게도 "그럼 내 돈은 어떡하구?" 하고 말하는 게 아닌가!

"무슨 돈? 내가 자네한테 돈을 꾸기라도 했어?"

"아니, 자네가 아니라 장인 어른이 돈을 꿔갔다네. 자네가 죽어 이익금이 생기면 나한테 갚겠다면서. 그러니까 난 자네 죽음을 담보로 잡고 있는 셈이야."

"세상에 별의별 담보도 다 있군. 근데 대관절 얼마나 꿔줬어?"

"오백만 원밖에 안 돼."

"뭐?" 그는 더욱 기가 찼다. "사람 하나 장례 치르는 데 무슨 이익금을 그렇게 많이 남기나? 오백만 원밖이라니."

"친구의 장례를 맡았다면서 중국제 수의나 싸구려 관을 쓰면 내가 욕을 먹지 않겠나? 게다가 그 정도 남기는 건 약과야. 중국제 수의를 우리나라 최상급품으로 속이면 수의 하나만 팔아도 그 이상 남기는데 뭘. 우리 장인이 내 친구한테 바가지를 씌우겠나?"

"그건 그렇고, 내가 왜 그 돈을 책임져야 돼? 내가 미쳤어?"

"그럼 난 누구한테 돈을 되돌려 받아야 돼? 자네 말만 철석같이 믿어서 그렇게 된 건데?"

"난 몰라! 나한테 그 따위 얘기 하지 말어!"

그런데 그 친구는 거머리같이 하루에도 열 번씩 전화를 걸어, "내

돈!" 하는 것이었다. 그는 노이로제에 걸릴 것 같았고 마침내 더 이상 견뎌 내지 못하고 그 친구가 불러 주는 은행 계좌에 오백만 원을 입금시켰다. 그 액수는 그가 그때까지 순진한 친구들을 우려먹은 총 액수를 오히려 상회했다. 일단 돈을 주고 나면 괜찮아질 줄 알았는데, 그는 날이 갈수록 그 생각만 하면 열이 뻗쳐 죽을 지경이었다. 한 달을 견디지 못하고 그는 홧병으로 죽고 말았다.

그러니 늘상 죽고 싶다고 말하는 그대여, 이제부턴 그 말을 절대로 남 앞에서 끄집어내지 말게. 말이란 씨가 되는 법이니까.

그릿길 69

||| 윤 신 숙 | | | | | | |||

　　　　　나는 골목길로 들어섰다. 아, 얼마 만인가. 태어나 스무 살까지 오가던 곳. 아직도 그때의 모습에서 크게 벗어나지 않아 찾기가 쉬웠다. 경사진 좁은 길 양 옆의 담벼락이 예전엔 곰보빵처럼 우툴두툴해서 뛰놀다 부딪치면 상처가 나기 일쑤였다. 여름이면 초록 이파리에 보석이 박힌 듯 청보랏빛 나팔꽃을 자랑하던 순임이네 집은 3층 다세대주택으로 바뀌었다. 대부분의 일본식 주택과는 달리 가까이에 아흔아홉 칸짜리 빈집이 있었는데 어른들은 귀신이 나온다고 못 가게 했지만, 그곳이야말로 술래잡기하던 우리들의 유일한 놀이터였다. 옹색했던 만화가게는 흔적도 없이 사라졌고 대신 24시 편의점이 들어앉았다. 다니던 학교도 한 바퀴 돌고 나니 선명했던 풍경들이 점점 검은 빛으로 물들어 갔다.

　　그때서야 내가 샤갈 그림의 주인공처럼 흐느적거리며 공중에서 떠다닌다는 것을 알게 되었다. 날아가 닿은 곳은 병원 응급실이었다.

담요에 싸여 누워 있는 의식불명의 남자를 앞에 두고 늙은 여자와 젊은 두 남자가 훌쩍이고 있었다. 다가가 자세히 보니 뜻밖에도 또 다른 내가 누워 있었다.

"여보, 지호야, 민호야! 난 여기 잘 있는데 왜들 이래?"

소리를 쳤지만 가족들은 나를 거들떠보지도 않고 무슨 시체 취급하는 것 같았다. 불현듯 목욕탕 사건이 떠올랐다.

누군들 자신의 출생을 선·택·했·다고 자부할 수 있는가. 어쩌다 세상과의 인연을 맺었을 뿐인 것이다. 나는 어머니의 몸을 빌려 '6'이란 숫자 모양 머리를 먼저 세상으로 내밀고 나왔다. 열두 살 때 친구 집에 놀러가 대문 옆에 있는 변소에 갔다가 골목에서 들려오는 동네 아줌마들의 이야기를 들었다.

"동현이 엄마, 첩이라며?"

"어쩐지. 그래서 새침 떨고 밖에 나와 우리와 어울리지도 않았군 그래."

유부남인 아버지의 능숙한 말솜씨에 속아 어머니는 처녀 몸으로 시집을 온 것이었다. 어쨌든 그의 경제력 덕분에 나 또한 돈 걱정 없이 두 아들 모두 유학 보내고, 불황 속에서도 사업을 유지하는 것에는 감사할 일이건만, 그런 앞가림과는 달리 상속 문제로 이복형제들 간의 갈등을 감내하지 않으면 안 되었다. 또한 하나뿐인 아들에 집착하는 어머니에게 측은지심으로 효도하는 내게, 아내는 '마마보이' 라는 말로 오랜 세월을 탓해 왔다.

몸과 마음이 서서히 좀 쏠았다. 한집안에서 아들을 독점하려는 어머니와, 그 어머니로부터 절반만이라도 남편을 빼앗아 오려는 아내를 조정하는 데에도 나는 한계를 느꼈다. 사업도 내팽개쳤다. 아내는 이때다, 하며 당차게 일을 거머쥐고 집에서 멀어져 갔다. 사업 경영에 잠재력을 보이던 여자였다.

백수가 된 나는 당뇨 합병증과 우울증에다가 알코올 중독증까지 무려 세 개의 라이선스를 얻은 3관왕이 되었다. 그나마 다행인 것은 어머니가 먼저 돌아가셨다는 점이다. 유학을 떠난 아들들은 가끔 이메일로 학비와 생활비를 독촉할 뿐이었다.

주어진 책임의 80%는 완수했다고 생각한 나는 죽음을 선택하기로 했다. 아내가 평생을 달달 볶으며 이끄는 종교에 얼씬도 하지 않던 내가 '신이시여, 당신에게 바라옵건대 출생은 그대 뜻이라 해도 죽음은 각자의 선택에 맡겨 주세요' 하고 속으로 부르짖었다.

그날은 끊었던 담배까지 입에 달고 아침부터 소주에 포카리스웨트를 섞어 마셔 댔다. 며칠간 이어진 강추위로 거실 통유리에 성에가 꼈다. 자연이 그린 그림. 설화(雪畵)에 다가가 손톱으로 내 나이를 그렸다. 69.

소주에 포카리스웨트를 섞어 마신 덕에 온몸이 나른해지며 갑자기 따스한 물에 잠기고 싶었다. 비몽사몽, 옷을 입고 근처 목욕탕엘 갔다. 서너 명의 나신들이 흐느적거리며 내 앞을 오가는 듯했다. 비틀거리며 욕조 안으로 들어갔다. 아! 애무하듯 와닿는 따뜻한 물의 감촉. 기억에는 없지만 어머니의 뱃속에 있을 때도 이런 느낌이지 않을까 싶었다. 몹시 어지러웠지만 마음은 편안했고, 이대로 출생 때와는 반대로 '9' 자 모양처럼 승천하려고 물에서 나오려는데 발이 떨어지질 않았다. 무언가가 나를 잡아당기는 듯했다. 어떤 이가 뺨을 때리며 소리쳤다. 나를 물에서 건져 내려고 몇 명이 몰려왔던 것 같았다.

　중환자실로 옮겨진 또 다른 나는 산소호흡기를 꽂은 채 깨어나지 않고 누워 있다. 샤갈 그림의 주인공인 나는 다시 날아올라 어제 갔던 골목길 끄트머리에 있는 PC방으로 들어갔다. 그나마 외출도 마다한 내게 유일한 친구인 소설가 영규가 새로운 문학 장르인 '미니픽션'을 보라며 한때는 문학도였던 내게 종주먹을 들이대던 터였다. 글쓰기라도 해서 불미스러운 3관왕을 치료하라고 해서 가끔 홈페이지에서 작품을 봐왔다. 몇몇 글들은 재미있고 공감도 했으나 며칠 지나면 그 또한 시시하고 시시했다. 목욕탕에서의 사고로 못 본 며칠 새 여러 작품이 더 올라와 있었다.

　스물여덟 번째 우울증 걸린 허무양의 넋두리를 보니 꼭 내 신세였다. 늙은 양의 마지막 부드러운 충고에 뒤통수가 뜨거웠다. 순간 PC방이 갑자기 아수라장으로 변했다. 불이야. 불, 불! 누군가의 외마디 소리에 언뜻 둘러보니 출입구에 불길이 번지고 있었다. 1층이었지만 창이 보이질 않았다. 발을 동동 굴러도 날개가 펴지지 않았다. 어디선가 말소리가 들려왔다. "동현아, 이리 와, 이리 오렴." 어머니의 목소리였다. 소리를 따라 가보니 화장실이었다. 마대걸레로 힘껏 쪽창을 부수고 나왔다. 계속 불길이 번져 내 뒤를 쫓아왔다. 힘을 다해 골목길을 빠져나왔다. 날개는 간데없고 나의 두 발은 힘차게 땅을 딛고 있었다.

　의사가 대기하고 있던 가족들을 불렀다.
　"환자가 깨어났어요."

* 고릿길 : 고리 모양의 골목길로 처음 들어간 입구로 다시 나오게 되는 길.

▌빛과 그림자, 행복과 불행, 삶과 죽음이 다름 아닌 순환의 하나다.

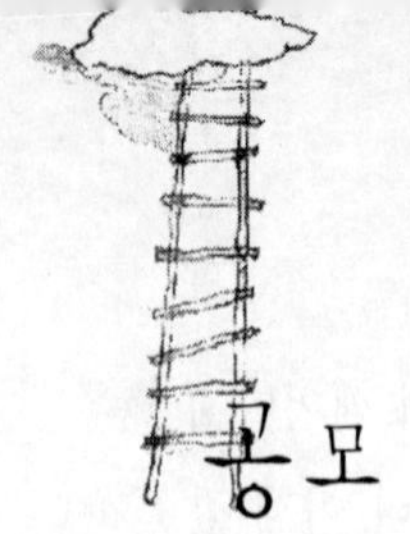

공모

||| 배 명 희 | | | | | ||||

그는 며칠째 나를 노려보고 있다. 내 주변을 빙빙 돌다가 갑자기 멈춰서기도 하고, 물감을 잔뜩 묻힌 붓을 칼처럼 휘두르며 달려들기도 했다. 그러나 그는 내 몸에 손끝 하나 대지 못했다. 텅 빈 동굴처럼 퀭한 눈으로 나를 바라보기만 했다. 그러다 어느 순간 자신의 머리칼을 쥐어뜯었다. 그의 입을 비집고 신음 소리가 흘러나왔다. 그것은 상처 입은 짐승이 숨을 거둘 때 내는 소리와 흡사했다. 그의 눈에서 희미하게나마 존재하던 빛이 완전히 사라진 것은 그가 내 몸을 온통 암흑천지로 만든 다음이었다.

나는 여전히 희망을 움켜잡고 있다. 그는 나를 포기하지 않을 것이다. 그는 이름 있는 화가였고 전시회 날까지는 아직 시간이 있다. 100호가 넘는 검은 내 몸뚱이를 그의 처분에 맡긴 채 나는 묵묵히 서 있었다.

그는 검은 물감이 뚝뚝 떨어지는 붓을 창 밖으로 내던진 후, 더 이상 나를 만지지 않았다. 그는 붓 대신 술병을 잡았다. 그는 모차르트를 질투하는 살리에리처럼 내게 욕을 퍼붓곤 했다. 몹시 가슴이 아팠다. 그가 그의 재능을 나를 통해 활짝 펼치기를 바랐다. 그것이 내가 세상에 존재하는 이유인 것이다. 나는 그가 다시 붓을 들 날을 끈기 있게 기다렸다.

그러던 어느 날, 그는 아침부터 몹시 취해 있었다. 비틀대다가 그는 바닥에 넘어졌다. 들고 있던 소줏병이 바닥에 부딪쳐 깨졌다. 깨진 병 조각에 베인 손에서 선홍색 피가 방울방울 바닥으로 떨어졌다. 몹시 아팠던지 아니면 넘어진 게 화가 났던지 욕설을 하며 그는 나를 향해 깨진 병을 휘둘렀다. 무슨 일이 일어났는지 생각할 겨를도 없었다. 예리한 통증이 느껴졌다. 마치 낫이나 긴 칼로 심장을 가르는 듯한 아픔이었다.

잠시 정신을 잃었다가 깨어났다. 온통 안개가 낀 듯 몽롱한 의식 속으로 두런거리는 소리가 들어왔다.

"아무것도 아닌 것 뻔히 안다. 잘 좀 써줘. 은혜는 잊지 않을 테니."

"걱정 말고 김 기자에게 촌지나 두둑이 찔러 줘."

평소에 그와 잘 어울리는 중견 평론가였다. 나는 가늘게 눈을 떴다가 이내 감아 버렸다.

'색채의 조화에 천착했던 그가 이번에는 염료를 배제했다. 그가 시도한 뜨거운 추상 계열의 이 작품은 존재를 둘러싸고 있는 어둠, 운명처럼 우리를 따라다니는 불안을 드러낸다. 알 수 없는 세계, 몸은 미로 앞에서 망설이고 정신은 불확실성을 두려워한다. 화가는 존재를 기꺼이 깊은 어둠 속으로 끌고 간다. 미로에서 현명하게 길을 잃는 자 자유를 얻을 수 있다는 듯이……'

중견 평론가의 글이 주요 일간지에 대문짝만하게 실렸다. 나는 강남 화랑으로 옮겨졌다. 이마에서 심장이 있는 부분까지 술병으로 찢긴 내 몸은 칼 맞은 짐승의 살처럼 벌어졌다. 상처는 에스 자 모양으로 길게 나 있고, 그래서 자세히 들여다보면 그 속에서 피흘리고 있을 나의 내장을 볼 수 있을 것만 같았다. 그러나 누구도 그런 나의 아픔에 대해서는 관심이 없었다.

사방에서 나를 비추는 조명 속에서 나는 고통스럽게 서 있었다. 많은 사람들이 내 앞에 서 잠시 머물다 가곤 했다. 모피코트를 입은 여자가 화랑 주인에게 속삭였다.

"예술에 대해서는 잘 모르지만 이렇게 좋은 작품은 앞으로 계속 가치가 오르겠죠? 좋은 땅처럼 말이에요."

나는 좋은 땅보다 더 비싸게 팔렸다. 그래서 유명해졌고, 극진한 대우를 받았다. 하지만 나는 알고 있었다. 누구도 나를 완성시킬 수 없다는 것을. 내게 영혼을 불어넣을 수 있는 것은 단 한 사람뿐이다. 그를 기다렸다. 하지만 그는 끝내 나타나지 않았다. 나를 잊었을까? 그래도 나는 그를 포기하지 못한다. 그를 기다리는 것은 어쩌면 내 운명일지도 모른다. 나는 그를 기다린다.

거울아, 거울아, 세상에서 가장 좋은 게 뭐니?
돈이에요. 그걸 어떻게 손에 넣니? 친한 놈끼리 짜면 돼요.

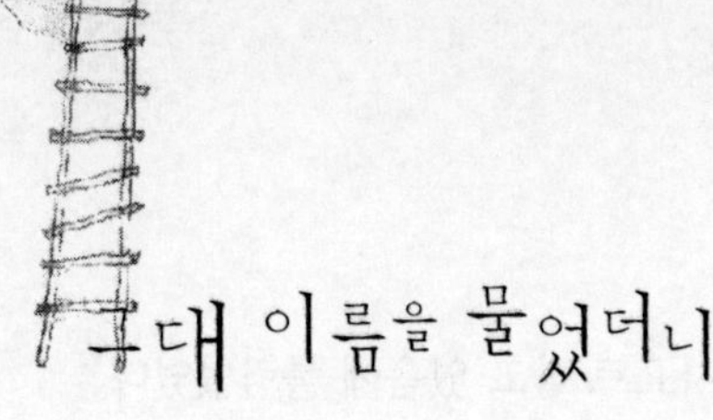

그대 이름을 물었더니

⫴ 윤 용 호 ⎮ ⎮ ⎮ ⎮ ⫴

수술 환자가 전신 마취에서 깨어날 즈음 의사나 간호사는 환자의 의식 상태를 알아보기 위해 환자의 이름을 물어 보는 수가 있다. 보통의 경우 환자들은 굼뜨고 어눌할망정 자기 이름을 댄다. 하지만 어떤 환자는 진실이 담겨 있는 자신의 무의식을 비몽사몽간에 그대로 드러내기도 하는데……

\#

사례 1 : 검은 싱글 양복에 깍두기 머리를 한 건장한 사내가 배를 움켜잡은 채 응급실로 실려와 맹장 수술을 받았다. 사내가 깨어날 즈음 의사가 물었다.

"이름을 말해 보세요."

그러자 사내는 당시 한창 인기가 있던 드라마 '김두한'의 일본식 이름을 대었다.

"나 긴또깡."

아마 사내는 김두한 같은 인물을 사표로 삼고 있음에 틀림없었다.

\#

사례 2 : 초미니에 화장을 짙게 한 20대 초반의 아가씨가 그 나이에도 불구하고 자궁에 문제가 생겨 수술을 받았다. 정신이 돌아올 즈음 이름을 대보라는 간호사의 물음에 아가씨는 이렇게 말했다.

"20만 원. 공정 가격이죠."

\#

사례 3 : 정치인들의 정치자금과 재산 공개 발의를 제일 먼저 했던, 청렴함과 진보 성향의 대표 주자격인 어떤 의원이 수술을 받고 막 깨어나는 참이었다.

"아, 이제 정신이 드시나 보군요. 의원님, 제 말이 들리시면 성함을 말씀해 보세요."

그러자 의원이 대답했다.

"고등 사기꾼이야."

\#

여러분들도 혹시 전신 마취를 하게 되면 주의하시라! 잘못하면 자신의 숨겨진 정체성을 드러내게 될지도 모르니까.

자, 이제 마지막으로 한 가지 예만 더 들어야겠다. 어느 불쌍한 '작가'의 얘긴데⋯⋯.

정부에서는 눈만 뜨면 선진국 문턱에 들어섰다고 나발을 불고 있

기는 하나, 사실 우리 사회처럼 작가가 제대로 대접을 받지 못하고
생활고에 시달리는 나라도 없을 성싶다. 잘 나가는 몇몇 작가를 빼놓
고는.

하여튼 어느 작가가 병이 나 친척의 도움으로 간신히 수술비를 마
련하여 수술을 받았는데, 의사가 이름을 묻자 그 작가는 이렇게 대답
했다고 한다.

"해삼. 멍게. 말미잘!"

상자 속의 그대에게

||| 최 서 윤 | | | | | ||||

전 세계 사람들에게 추앙받는 그대를 기소해야 하니 매우 유감이군. 거친 방식으로나마 무언가 빌고 간구하는 원시 종교가 태동한 이래로 지금까지 전 시대 사람들이 그대를 떠받들어 오지 않았는가?

하지만 나는 맞아죽을 각오를 하고 그대를 기소하네. 더 이상 사람들이 속아 사는 것을 보고만 있을 수 없기 때문이야. 물론 자네가 대단한 존재라는 것은 인정하지. 자네에게 속은 모든 사람들이 가끔씩, 아니 매우 자주 자네에게 속은 것을 알게 되면서도 자네를 원망하지 않고, 또다시 자네에게 속으려고, 제발 속여 달라고 매달리지 않는가?

참 대단한 믿음이야. 하긴 그 믿음이 나약하고 불안한 사람들의 지팡이고, 모두들 그것에 의지해서 사는 셈이니 어쩔 수 없어.

당신은 당신의 죄목을 알고 있을 거야. 모두를 속일지라도 자기 자신을 속일 수 없으니 말일세. 하지만 내가 확인해 주지. 당신은 '거짓 말'로 수많은 아니 모든 사람들을 기만했어. 그것도 한 사람을 한 번 씩만 속인 것이 아니라 수천 번, 수만 번씩 속여 왔지. 당신은 당신의 속임수 때문에 많은 사람들이 행복해하고 살아갈 힘을 얻으며 때로 는 고통 때문에 곧바로 죽을 사람이 당신의 손을 잡고 새로이 삶을 이어 가지 않았느냐고 항변할 거야. 그 점은 인정하지. 이것 때문에 배심원들은 내가 아니라 자네 쪽으로 손을 들어줄지 몰라. 그렇다고 자네가 저지른 죄가 사라지는 것은 아니라고 생각하네. 또 그것 때문 에 자네가 계속 사람들을 속이도록 내버려둘 수도 없단 말일세.

자네가 사람들을 속이는 수법을 한번 말해 보겠네. 자네는 사람들 이 자네를 찾게 하고 우러르게 하려고 사람들로 하여금 늘 무언가 부 족함을 느끼도록 만들어. 그러고서 사람들이 부족한 무언가를 채우 려는 목표를 갖고 열심히 채워 나가도록 유혹했지. 부족한 무언가를 다 채우고 나면 당신은 또 부족함을 느끼도록 만들고, 또다시 그것을 채울 수 있다고 부추기기를 반복해 왔어. 당신은 끊임없이 부족한 것 을 제시하고 또 한쪽에서는 채울 수 있다고 부추기고, 모든 사람들이 평생 당신의 노예로 살도록 속여 온 거야.

사실 사람들의 삶이란 내일, 아니 바로 이 순간 이후에 어떻게 될 지 아무도 모르는 것 아닌가? 당신이 사라진다면 사람들은 오지도 않 을 미래에 초점을 맞추어 사는 것을 중단할 걸세. 사람들이 '지금, 여 기'에 온 정신을 집중해서 살게 될 거란 말일세. 나는 사람들에게 도 난당한 현재를 찾아 주려는 사명감을 가지고 당신을 기소하네.

더 이상 상자 속에 숨어서 사람들을 조정하지 말고 나오게나. 당신 이 스스로 나온다면 기소는 필요 없네. 만약 나오지 않는다면 당신이 숨어 있는 거짓의 상자를 부수고, 당신을 끌어내는 판결문을 끌어내기 위해 내 모든 것을 걸겠네.

(판도라에게 전해진 신의 선물인 상자, 절대 열어 보지 말라는 당부, 호기심을 못 이겨 상자를 열어 본 여인, 상자를 열자 기다렸다는 듯이 온 세상으로 쏟아져 나간 슬픔, 질병, 싸움, 고뇌, 저주 같은 온갖 악(惡)의 상징들, 상자를 열지 말라는 당부를 상기해 내고 황급히 다시 닫아 버린 상자 속에 행동이 굼뜬 탓에 갇혀 버린 유일한 존재, 희망이라는 그대에게.)

불목하니

||| 유 경 숙 | | | | ||||

어제 새벽부터 지폈던 다비식 불꽃 위로 세찬 눈발이 곤두박질쳤다. 흰나비 떼가 몰려와 자살 테러라도 하는 것처럼 삼월의 눈송이는 슬픈 몸짓으로 적멸했다. 지옥의 뱀처럼 긴 혀를 날름거리던 성난 불꽃도 차츰 잦아들었다. 봄 점퍼를 입은 병찬은 몸을 잔뜩 웅크린 채 연화대 주위를 맴돌고 있다. 사흘 밤낮을 한데서 보낸 터라 몸이 말이 아니었다. 산속은 아직 겨울이었다. 뼛속까지 파고드는 냉기에 얼마나 떨었던지 어깨와 허리가 결려 제대로 설 수조차 없었다. 두꺼운 파커를 입은 언론사 카메라 기자들 역시 낯빛이 모두 푸르딩딩한 애가지빛이었다. 며칠씩 머리를 감지 못한 사내들 어깨 위로 싸락눈 같은 비듬이 허옇게 쌓여 갔다. 그래도 습골 하는 것까지는 지켜보고 내려가야 할 텐데, 라며 병찬은 이를 악물었다.

마감 관계로 사무실에서 꼬박 밤을 새운 날 정오쯤에 병찬은 전화를 받았다. 진묵 스님이 위급하다는 소식을. 그는 옷도 갈아입지 못한 채 카메라와 녹음기만 챙겨 들고 서해안고속도로로 차를 몰았다. 김제평야를 가로질러 변산반도에 접어드니 산과 바다가 붉은 노을에 취해 출렁거렸다. 2차선 지방도로 자드락에 차를 세워 두고 가파른 능선을 급히 올라챘다. 어둠이 내리면 한 발짝도 뗄 수 없을 정도로 빽빽한 숲길이다. 땀을 비 오듯 쏟으며 병찬이 도착했을 때 그는 이미 한 시간 전에 입적한 후였다. 세수 87, 법랍 75세로 한 비구의 생이 마감된 후였다.

이십여 년 전, 아무리 수소문해도 진묵의 행방을 아는 사람이 없었다. 병찬은 그를 혼자 찾아 나섰다. 진묵이 한창 공부에 정진할 무렵 삼 년 동안 잠자지 않고 좌선에 들었다던 암벽 끝에 있는 난간 석굴을. 그는 그곳에 있었다, 불목하니 하나를 데리고. 병이 깊어 겨우 숨만 할딱거리며 동공이 풀려 있는 상태였다. 병찬은 그를 업고 내려와 병원에 입원을 시켰고 그때부터 인연이 깊어졌다.

연화대의 잉걸불이 사그라지려면 다소 시간이 필요했다. 병찬은 석굴을 한번 다녀오기로 마음먹고 길을 나섰다. 조로서도(鳥路鼠道) 같은 비탈길에서 장작을 한 짐 짊어진 늙은이가 조심스럽게 내려오고 있었다. '다비식도 다 끝나 가는데 웬 나뭇짐이람?' 하며 옆으로 비켜서려는데 그가 먼저 병찬을 알아보았다. 아니, 다반(茶盤)출판사 조 선생 아니신감요. 맞지요! 그렇지 않아도 뵈려고 했는디 잘 되얏구만이라우. 그는 점퍼의 지퍼를 열더니 가슴팍에서 누런 봉투 하나를 꺼냈다. 이걸 조 선생에게 드리라고 나한테 일렀지요. 시자 스님에게도 말하지 말고 몰래 드리라고. 뭣이 적혔는지도 모르지라오. 그래도 그 인간에게 이런 의리가 있었다니……

연화대에서 멀찍이 떨어져 습골 하는 것을 지켜보던 불목하니는 혼잣말로 중얼거렸다.

"살아 생전 지 신상을 얼마나 볶아쳐 댔으면 그렇게 태우고도 모자라 응어리가 맺혔을까잉. 쯧쯧. 티끌 하나 없이 재로 돌아가야 깨깟하건만. 어두운 사리탑에 갇혀 또 얼매나 많은 세월을 씻어야 할꼬? 에이고! 불쌍한……"

어제 밤부터 담배가 떨어진 병찬은 몹시 끽연이 간절했다. 불목하니에게 청자 한 대를 얻어 피우며 모과나무 밑에 나란히 앉았다. 내가 그 인간에게 난닝구 한 장 얻어 입었으면 평생 소원이 없을 꺼구먼. 육십 년이 넘게 나무를 해다 제 방에 불을 때주고 빨래를 해줬건만 입성 하나 안 냉겨 놓고, 암껏도 읎이 갔어. 늙은이는 갈라진 손등을 비비며 일어섰다. 그러고는 빈 지게를 지고 왔던 길을 되짚어 올라갔다.

다비식이 끝나고 산길을 내려오던 병찬은 필름을 꺼내 낭떠러지로 내던져 버렸다. 아무래도 주인공이 뒤바뀐 잘못 찍은 영화 같은 느낌이 들었다. 빈 지게를 지고 산길을 타박타박 걸어가던 불목하니의 꾸부러진 등이 자꾸만 눈앞에 아른거렸다. 나비처럼 가볍게 가던 그의 뒷모습이.

▌ 내변산의 월명암을 다녀와서 〈부설전〉을 읽고 작품 구상이 되었다.

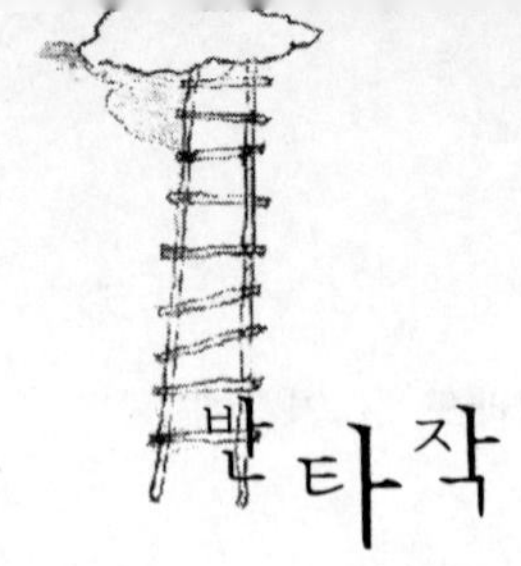

밤타작

||| 이 진 훈 | | | | ||||

고구마밭이 털린 것을 김 노인이 안 것은 안개가 자욱이 내린 새벽녘이었다. 늘 그랬던 것처럼 새벽잠을 잃은 김 노인이 마나님이 잠에서 깰세라 조용히 자리에서 빠져나와 텃밭을 돌아볼 때였다. 어제 캐다 만 고구마밭 세 이랑이 밤새 고스란히 털린 것이었다. 어제 저녁, 남은 세 이랑을 마저 캐고 저녁밥을 먹자고 성화를 부리는 마나님의 등을 떠밀어 집 안으로 밀어넣은 것이 화근이었다. 못 캘 것도 아니지만 올 들어 더욱 심해진 아내의 무릎 관절염이 걱정스러워 그랬던 것이었다.

늦은 저녁을 먹고도 초막의 툇마루에서 한참 동안이나 모처럼 따라 내려온 마나님과 말동무를 하며 바깥바람을 쐬다 들어갔으니 고구마 도둑은 한밤중에 와서 저 짓을 해놓은 것이 분명했다. 귀신이 아니고서야 달도 없는 이 산골짜기 외진 밭에서 어찌 저렇게 고구마

넝쿨을 가지런히 젖혀 놓고 캐간 것인지 김 노인은 혀를 차지 않을 수 없었다. 어제 김 노인 부부가 한 것보다 더 가지런히 고구마 넝쿨을 젖혀 놓고 그야말로 싹쓸이를 해간 것이었다.

어느 놈의 짓인지 발자국이라도 확인할 양으로 밭고랑으로 다가가 자세히 살펴보니 사람 발자국은 간데없고 웬 짐승 발자국만 어지럽게 나 있었다. 다름 아닌 멧돼지 일가족의 소행이었다. 어미의 발자국으로 보이는 것에 새끼의 발자국으로 보이는 것 여러 개가 뒤섞여 밭의 이랑에 선명하게 찍혀 있었다. 몇 곳을 헤쳐 보았지만 고구마는 눈을 씻고 보아도 보이질 않았다. 군데군데 씹다가 뱉어 놓은 고구마만 눈을 어지럽힐 뿐이었다. 참으로 탄복해 마지않을 놀라운 솜씨였다.

김 노인이 고구마밭에서 머뭇머뭇 혀를 차고 있을 무렵 매일 새벽이면 건너 교회의 종 치는 시각보다 더 정확히 나타나는 동네 토박이 박씨 할아버지가 밭 언덕을 올라오고 있었다.

"김 선생, 간밤에 별일 없었어요?"

언제나 첫 인사로 묻는 말이었다. 김 노인의 입에서는 '네, 어르신' 하는 답이 나오질 않았다.

"어르신, 오늘은 별일이 있는 걸요."

"별일? 이 산골짜기에서 별일은 무슨 별일? 뭐 간첩이라두 나타난 게유?"

"그게 아니고요, 간밤에 멧돼지란 놈들이 떼로 몰려와 고구마밭을 다 헤집어 놓았습니다. 이래 가지구서야 어디 농사를 지어 먹을 수 있겠습니까?”

“아니, 김 선생! 이 동네로 들어와 농사짓기 시작한 것이 벌써 몇 년인데 그런 투정을 다 하슈?”

“해마다 그렇지 않습니까? 콩을 심어 놓으면 싹이 나자마자 꿩이란 놈이 와서 다 파먹고, 옥수수며 과일이라고 심어 놓으면 열매 맺자마자 까치며 온갖 새들이 와 다 쪼아 먹고, 무 배추며 고추 심어 놓으면 병충해로 반 건져 먹기도 어려우니 어디 농사지을 맛이 나겠습니까?”

새벽 안개를 가르며 오가는 두 노인의 말소리에 김 노인의 마나님이 잠에서 깨어 밖으로 나왔다.

“어, 아주머니도 내려와 계셨군요. 김 선생, 간밤엔 안 쓸쓸했겠수. 아주머니, 김 선생이 뭐 교장 교감 욕심 다 버리구 이 산골짝으루 들어왔다 했는데 아직 먼 것 같우.”

“무슨 말씀이신지요?”

“아 그깟 고구마 좀 멧돼지들이 캐먹었다구 저렇게 혀를 차고 계시지 않우? 나는 평생 이 산골짝에서 농사를 짓구 살며 씨앗 뿌릴 때마다 반타작이나 해먹으면 다행이지 한다우.”

“반타작이요?”

“그래요, 반타작. 어디 농사뿐이우? 나는 마누라와도 반타작만 했다우. 그래 이렇게 혼자 살지 않우? 그저 인생은 반타작 정도 하면 잘한 것 아니우?”

“그래도 밭 갈고 씨 뿌리고 한 것이 아까워서 그렇지요. 너무 속상해 올 가을로 그만 두라고 저 양반께 그러는 걸요.”

“아, 무신 소리요? 그래도 김 선생 같은 사람이 이곳까지 내려와 초막이라두 짓고 씨도 뿌리구 과일낭구도 심어 놓으니까 이 축령산 짐승들이 살맛나는 것 아니겠수? 김 선생, 그저 반 건져 먹는다 하구 나와 예서 지냅시다. 나도 쓸쓸하던 차에 김 선생이 내려와 말벗을 해주니 여간 고마운 게 아니고, 나 같은 농투성이두 서울 물정도 배우잖우."

그 사이 옥수수밭에는 벌써 산새들이 내려와 맛있는 아침을 먹고 있었고 김 노인 마나님은 막대기를 들고 산새를 쫓으러 아픈 다리를 끌고 달려갔다. 김 노인은 박씨 할아버지의 말을 귓전에 담으며 멧돼지가 달아났음직한 골짜기를 바라보며 그 새끼들이 갑자기 보고 싶어졌다.

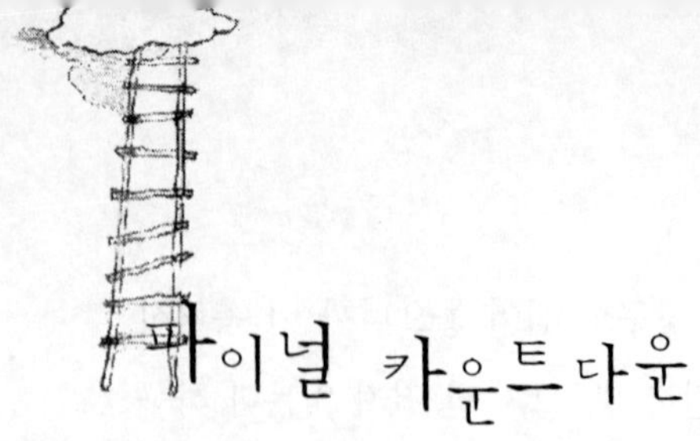

파이널 카운트다운

||| 윤 용 호 | | | | | | |||

　　골드 칩 다섯 개가 딜러의 수중으로 사라지자 사내는 잠시 멍한 표정을 지었다. 그러나 사내는 곧 미소를 지으며 아무렇지도 않은 듯 고개를 끄덕거렸다. 이제 사내 앞에는 골드 칩 세 개와 노란 칩 네 개가 남아 있을 뿐이었다. 사내는 남은 칩을 챙겨 천천히 자리에서 몸을 일으키더니 노란 칩을 모두 딜러에게 던져주었다. 돈을 잃었는데도 사십만 원의 팁이 날아오자 딜러는 약간 당황하는 눈치였다. 잠시 곤혹스러운 표정을 짓던 딜러는 그러나 이내 감사하다는 말과 함께 정중하게 인사를 했다.

　　VIP 룸에서 나온 사내는 호텔 로비를 가로질러 프런트로 갔다. 프런트 직원은 낯이 익은 사내를 깍듯이 대했다.

　　"이십 층에 있는 스위트룸을 하나 주시오."

　　사내의 고객 카드를 받아든 직원은 넉넉하게 적립되어 있는 사내의 마일리지 금액을 확인하고는 방 키를 공손하게 건네주었다.

"더 시키실 일은?"

"아, 그리고 샴페인 한 병과 딸기도 좀 올려보내 주고."

사내의 말에 직원은 고개를 깊숙이 숙여 보였다.

엘리베이터를 타기 전 사내는 핸드폰을 열어, 주로 카지노 호텔 고객을 상대로 하는 '꽃가게' 번호를 눌렀다.

"꽃이 필요한데, 오늘은 특히 싱싱하고 좋은 놈으로. 그것도 두 송이가 말야."

"염려 마십시오, 사장님. 최대한 빨리 배달되도록 하겠습니다."

보이지 않는 곳에서 허리를 구십 도로 꺾는 듯한 꽃가게 주인의 대답이 사내의 수화기에서 울렸다.

룸에 들어온 사내는 옷부터 벗어젖혔다. 열이 나는 몸을 찬물로 샤워한 사내는 물기를 닦아내다 말고 문득 거울을 쳐다보았다. 거울 속에는 이상하게도 몹시 초췌한 또 다른 사내 하나가 그를 쳐다보고 있었다. 깜짝 놀란 사내는 한 걸음 뒤로 물러났지만 곧 사정을 파악하자 도로 다가들었다. 그러고는 거울 속의 사내를 차갑게 비웃으며 속삭였다.

이제 너와는 끝장이야.

거울 속의 사내가 슬픈 표정을 지었지만 사내는 상관하지 않고 계속 혼잣말로 지껄였다.

이제 꽃이 배달되면 나는 그 꽃들과 내 생애 가장 질펀한 섹스를 할 거야. 함께 샴페인을 마시면서. 꽃 두 송이를 상대하는 건 나도 처음이지만 골드 칩이 세 개, 즉 화대가 삼백이면 꽃들도 내 요구에 아주 적극적일걸. 그리고 꽃들이 이 방을 나가는 순간 나는 지체 없이 창 밖으로 몸을 던질 거야. 한 층 한 층을 떨어져 내릴 때마다 카운트다운을 하듯 나는 이렇게 외칠지도 모르지. 그래도 아직은 괜찮아, 라고 말이야.

세월 전쟁

||| 백 경 훈 | | | | | | ||||

아아.

하늘이 다시 하사한 나의 성(城).

그 병술성(丙戌城)이 속절없이 함락되고 있다.

일선(一線)에는 오십일만팔천사백 마리의 보견(步犬)들.

이선(二線)에는 팔천육백사십 마리의 포견(砲犬)들.

삼선(三線)에는 일백사십네 마리의 장수견(將帥犬)들.

그들을 앞세운 적의 진격을 불 보듯 예견하고 있었건만, 내게는 허술한 성(城) 하나뿐.

정찰견(偵察犬)을 세우지 않은 나의 성벽은 그들에게 여지없이 허물어지고 있다.

내일도 그들은 단 한 치의 어김없이 쳐들어올 것이다. 소리 없이 짖으며 이빨로 물어뜯을 것이다. 네 발로 기어올라 성곽을 유린할 것이다.

　원견(援犬)을 요청할 곳도 없다. 그들은 애당초 있지도 않은 것을. 어찌할 것인가. 승리의 비책은 어디에도 없는가. 병술년 초이레, 자정이 넘어가는 성 누각 위. 바람결의 깃발 아래 머리를 싸맨다.

　있다. 오직 한 가지의 전술이 있다. 단 일 초도 졸지 않고, 단 일 분도 눕지 않고, 단 한 시간도 넋 놓지 않고. 두 눈 새빨갛게 켜고 세월국(歲月國)의 적견(敵犬)들을 응시해야 한다. 한 마리, 한 마리, 한 마리, 눈빛으로 제압해야 한다. 언제나 챙강챙강 깨어 있어야 한다.

일백사십사—6일 곱하기 24시간, 팔천육백사십—일백사십네 시간 곱하기 60분, 팔십일만팔천사백—팔천육백사십 분 곱하기 60초.

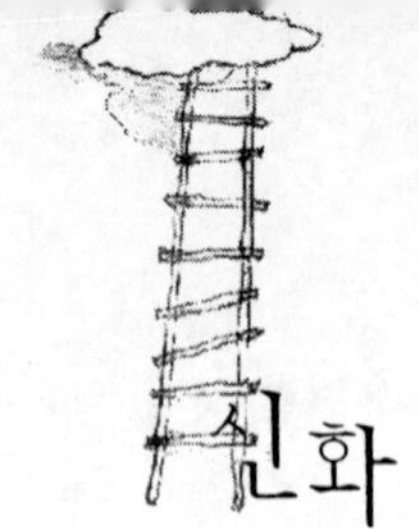

신화

||| 배 명 희 | | | | | ||||

심심했다. 발톱도 깎고 코딱지도 후벼팠지만 효과가 없었다. 방바닥에 누워 한 바퀴 몸을 굴렸다. 바닥은 기분 좋게 따스했다. 중동 지역에 전쟁이 터질 조짐이 있어 기름을 잔뜩 사쟀다. 전쟁과는 상관도 없는 아이와 여자와 시민들이 이천 명이나 죽은 뒤 전쟁은 끝났다. 기름값은 날개를 달았다. 하지만 걱정도 위험도 없는 나는 무료했다. 햄버거를 먹으면 기분 전환이 될까. 검지를 약간 세우자 유지에 싸인 퉁퉁한 햄버거가 손에 잡혔다. 입을 크게 벌리고 한 입 베어 먹으려는 순간, 과거의 일이 떠올랐다. 홍수처럼 몰려오던 벅찬 감동, 처음 인간을 창조하던 때의 희열.

오천 년 전, 나는 흙으로 남자와 여자를 만들어 혼인을 시켰다. 그런데 부부는 바로 그날 저녁에 내가 애지중지하던 수박을 뱀까지 불러 몰래 먹어치웠다. 나는 몹시 화가 났다. 그들을 수박밭에서 내쫓았다. 굶든 먹든 지지고 볶든 모르는 척했다. 부부는 내게 앙심을 품

었던지 악착같이 자손을 퍼뜨렸다. 군대를 만들어 쿠데타라도 일으
킬 기세였다. 나는 약간 걱정이 되어서 하늘나라로 집을 옮겼다. 나
를 찾기 위해 인간들은 진지하게 연구를 하는 눈치였다. 나는 가끔
하늘에서 불을 던지고 억수같이 장대비를 뿌렸다. 인간들은 산만큼
큰 배를 만들어 홍수를 피했고, 지하 벙커를 뚫어 대피했다. 제법이
었다. 행성을 끌어와 충돌시키려다 하는 짓이 귀여워 참았다. 나는
자비를 베풀어 그들끼리 평화롭게 살게 내버려두었다.

그것이 실수였다. 내가 자취를 감춰 버리자 그들은 어찌할 바를
몰랐다. 내게 저항하고 나를 전복시키려고 오랜 세월 애써 왔으니
허망할 게 뻔했다. 땅에서 나온 그들이 하늘을 알 리 없었다. 하늘
에 있는 수많은 신에 대해서는 더욱 그랬다. 신들도 그들보다 더 큰
힘과 능력을 가진 자신들을 인정하지 않는 인간과는 상종하기 싫어
했다.

인간들은 강철처럼 튼튼한 배를 이용할 방법을 강구했다. 엄청난
규모의 지하 시설물도 그냥 내버려둘 수는 없었던 모양이었다. 인간
들은 자기네끼리 싸웠다. 그들이 만든 칼과 총은 물론 전함과 비행기
까지 써먹었다. 한 술 더 떠서 가상의 적까지 만들어 치고 박으며 권
태와 불안을 잊었다. 근처에 사는 제우스가 놀러왔다가 이런 인간들
을 내려다보고는 불같이 화를 냈다. 다혈질이라 금방 벼락이라도 던
져 버릴까 봐 조마조마했다. 그날 나는 제우스를 달래느라 아끼던 포
도주를 따야 했다.

들고 있던 햄버거를 양쪽으로 갈랐다. 햄과 치즈가 들어 있는 쪽
으로 남자를 만들고, 야채가 들어 있는 조각으로는 여자를 만들었
다. 햄버거가 아까웠지만 어쩔 수 없었다. 오염된 흙으로 만들었다

가는 감당할 수 없는 사태에 직면할지도 몰랐다. 나는 그들을 흙으로 만든 인간이 없는 곳으로 보냈다. 그들에게서 영향을 받지 않도록 신경을 썼다. 이번에는 어떤 금지도 만들지 않았다. 식량도 풍부하게 공급했고, 자유롭게 살도록 했다. 내가 존재한다는 사실조차 알 수 없게 했다.

그들을 보는 것은 즐거웠다. 기쁨이 샘처럼 온몸을 적셨다. 내 손으로 만든 인간이었다. 인간은 나날이 늘어났다. 여자들은 아기들에게 젖을 물렸다. 쪽쪽 젖을 빠는 소리, 고물거리는 통통한 작은 손가락, 아기를 바라보는 경이로운 에미의 눈, 평화 그 자체였다. 아기를 안은 여자들의 머리칼을 부드러운 바람이 기분 좋게 어루만졌다. 성공이다. 감격에 겨워 나는 엄지와 중지를 마주쳐 딱 소리를 내었다. 제우스에게 나의 창조물을 자랑하고 싶었다.

심심했던지 제우스는 빛처럼 날아왔다. 나는 손가락으로 아이들과 시간을 보내고 있는 여자들을 가리켰다. 그러나 제우스는 엉뚱한 곳으로 눈을 돌렸다. 사냥을 하거나 운동을 하고 있는 남자들 쪽이었다. 전쟁놀이를 하는 무리 옆에서 규율에 대해 토론을 하는 남자들도 있었다. 제우스는 호기심어린 눈으로 남자들을 관찰했다. 그들은 경쟁을 통해 우승자를 뽑았고, 계급과 서열을 정해 자리를 만들었다.

그때 건장한 남자가 괴성을 지르고, 나뭇가지를 부러뜨리면서 우두머리를 향해 돌진했다. 순식간에 우두머리는 축출당했고, 새로운 우승자가 높은 자리에 앉았다. 허약해 보이는 남자가 새 지도자에게 충성의 맹세를 하기 위해 앞으로 나오다가 실수로 빈 석유 깡통을 발로 찼다. 바위로 날아간 깡통이 요란한 소리를 내며 굴렀다. 그러자 방금 우두머리가 된 남자는 겁먹은 얼굴로 자리에서 벌떡 일어났다.
허약한 남자는 그 자리에서 우두머리가 되었다. 사흘째 되던 날, 남
자들은 깡통의 진실을 알아챘다. 서로 우두머리가 되려고 깡통을 차
대는 바람에 허약한 남자의 삼일천하는 허무하게 끝이 났다. 제우스
가 못마땅한 얼굴로 나를 쳐다보았다. 민망했다. 나는 양팔을 들어올
리며 문제없다는 몸짓을 했다.

　단순히 운동을 좀 하는 걸 거야. 제우스는 무엇으로 인간을 만들
었는지 물었다. 나는 자랑스럽게 햄버거 봉지를 내보였다. 수십 개
의 별이 그려진 아름다운 포장지였다. 순간 제우스의 얼굴이 일그러
졌다. 말릴 틈도 없이 제우스는 들고 있던 삼지창을 휘둘렀다. 비가
쏟아지고 번개가 번쩍였다. 뒤이어 천둥 소리가 산을 뒤흔들었다.
그러자 남자들이 극도로 흥분하여 차례차례 힘 자랑을 해대기 시작
했다.

아이가 어릴 적엔 자주 뒤통수를 후려쳤다. 콩알만한 게 말을 안 들어 화가 났기 때문에…….
대학생이 된 요즘은 미워도 못 때린다. 나보다 팔도 굵고, 주먹도 크다. 그래서 눈만 흘긴다.

퍼펙트 월드

||| 안 영 실 | | | | | | | |||

자라면서 아이들은 부모에게 놀라운 감동을 선사한다.

부풀어 터질 듯한 나무들이 쭉쭉이를 하는 봄 뜰을 내려다보며

막 열 살이 된 아이가 하는 말,

엄마 세상이 너무 완벽해서 눈물이 나올 것 같아요.

쑥 내민 입술이 새싹처럼 꼼지락거린다.

세상이 완벽하게 느껴지니?

네. 세상의 모든 것들이 너무 완벽해요.

마치 나를 위해 준비된 것만 같아요.

어떤 것들이 그렇지?

엄마와 아빠, 선생님과 친구들, 책들과 음악이 퍼펙트해요.

또 퍼펙트 월드라는 단어도 너무 완벽하지 않아요?

그 단어 속에 들어 있는 리듬도 뜻과 너무나 일치해요.

퍼펙트 월드. 퍼펙트 월드. 그래 그런 것 같구나.

저 햇볕도 구름과 강물, 스치는 바람과 굴러다니는 돌멩이조차도
너무 완벽해요. 그 모든 것들을 생각하면 눈물이 나올 것 같아요.

그래. 그 모든 것들을 가르쳐 주지 않아도 스스로 알게 하니
세상은 정말 퍼펙트 월드로구나.

아이를 키운다지만 나는 다만 고개를 끄덕거렸을 뿐이다.

세상이 저절로 아이를 키운다.

▎아이에게서 발견하는 놀라운 세상.

그대 곁에 영원히

나는 다이아몬드입니다. 나를 우아하게 세팅한 백금 반지 속에 박아 넣고 다니는 젊은 여자는 세상에서 가장 부유하고 아름답다는 나라 중의 하나, 스위스에서 살고 있습니다. 여자의 어머니는 40년 전쯤 동양의 작은 나라 한국에서 서독으로 간호사로 취업해 왔다가 스위스 남자를 만나 결혼한 후 죽을 때까지 쭉 이곳에서 살았다고 합니다. 여자의 어머니 이름은 주옥이었는데, 동양에서는 아주 귀하고 보배로운 것을 묘사할 때 주옥 같다는 표현을 쓴다는 얘기를 들은 적이 있다고 여자는 주변 사람들에게 말하곤 했습니다. 아마 그 얘기가 여자의 무의식에 강하게 작용하여 내가 만들어지게 된 건지도 모릅니다. 주옥이란 이름을 지녔던 어머니를 진짜 보석으로 만들어 몸에 지니는 것보다 더 주옥 같은 일이 어디 있겠습니까.

사실, 나를 만들어 내기로 결정한 직접적인 동기는 따로 있다는 것을 눈치채긴 했습니다. 여자의 어머니 사망 1주기 즈음에 여자의 형제들이 모였을 때 그들이 나누는 대화에서 좀 이상한 낌새를 채게 된 나는 내 몸의 예각들이 더욱 날카롭게 곤두서며 차갑게 얼어붙는 듯한 느낌을 받았습니다. 하지만 제아무리 다이아몬드라 해도 한낱 광물에 불과한 존재가 인간에게 무슨 저항을 할 수 있겠습니까. 결정적인 감을 잡은 것은 여자의 오빠와 남동생이 서로를 원망하는 듯한 언쟁을 시작했을 때였습니다.

"형이 그때 휴가 포기하고 곧장 왔더라면 어머니를 꼭 화장할 필요는 없었잖아."

"너라면 그럴 수 있었겠냐? 비행기랑 숙박지랑 미리 다 예약하고, 그쪽 친구들하고 1년 전부터 약속했던 건데."

"누나하고 난 외국에 있었잖아. 브라질에선 연락받자마자 떠나도 꼬박 이틀 걸렸어. 와보니까 이미 부패하기 시작했던데, 뭘."

"아버지 돌아가셨을 때도 휴가에 걸린 건 마찬가지였어. 그때도 우리 셋 다 휴가 갔지만 어머니가 곁에 계셔서 괜찮았지. 그동안 냉동 안치해 놓았으니 다녀와서 장례 치러도 문제 없었잖아."

이때 여자가 득의만면한 표정으로 두 남자를 향해 내가 얹힌 오른손을 불쑥 내밀어 보이며 말했습니다.

"그러니까 오빠나 막내도 나처럼 유골 다이아몬드를 만들어 늘 몸에 지니고 다녀. 그럼 늘 어머니를 모시고 있는 것 같아 마음에 위로가 되거든. 우리 셋 다 어머니 유골 가루를 똑같이 나눠 가졌으니 각자 3부 정도의 다이아몬드는 만들 수 있을 거야. 유골에서 추출한 탄소든 땅속 깊이 묻혀 있던 탄소든 다이아몬드가 되는 과정은 똑같아. 단순해. 가열과 압축, 그거라구. 우리 어머니가 지금 같은 첨단 과학의 시대에 살다 가셨다는 건 정말 멋진 얘기야. 이렇게 보석으로 부활해서 자식들 곁에 영원히 계실 수 있다니……."

두 형제 중 동생이 누이의 반지를 부러운 눈길로 바라보더니 한숨을 쉬었습니다.

"그래, 나도 얼마 전까지 누나처럼 해볼까도 생각했었어. 그런데 나 요즘 재정이 좀 빠듯하거든. 그게 뭐 미국 회사에다 의뢰하면 캐럿당 만 달러쯤 한다면서? 지금 내 형편으론 무리야."

잠시 뭔가 생각하는 표정이던 맏형이 부드러운 미소를 띠고 동생에게 말했습니다.

"좋아, 이 형이 네 몫까지 만들어 주마. 내가 어머니 임종시 곁을 못 지켜 오늘 같은 날 찾아갈 묘소도 없게 된 데 대한 책임을 지겠어. 어차피 납골당 마련하는 것도 이제껏 미뤄 왔으니 거기 들일 돈으로 아예 유골 다이아몬드를 만들자구. 어머니를 당신 이름처럼 주옥 같은 보석으로 재생시키는 거야!"

삼남매는 의기투합하여 화기애애한 분위기 속에 고급 포도주로 건배하며 되찾은 가족애를 자축했습니다. 나는 희희낙락한 그들을 지켜보면서 나와 똑같은 재료로 만들어진 또 다른 '나'들이 탄생할 것에 기대보다는 두려움을 느끼는 자신을 의식하는 한편, 그 다른 '나'들이 지금 나와 같은 의식과 감정을 똑같이 가질 것인지 자못 궁금했습니다. 그리고 그들이 나처럼 어느 순간부턴가 그 삼남매를 향해 까닭 모를 연민의 정을 느끼게 될 것인지도 궁금했습니다. 어쩌면 이런 나는 나의 원재료인 주옥 여인이 살았던 삶과 전혀 무관한, 광물적이기만 한 존재가 아닌지도 모르겠습니다.

스위스에서 교포 사목을 하다 오신 분한테 그곳 어떤 가족의 서글픈 이야기를 전해들었다. 오랜 세월 후 그 가족은 서로 어디서 무엇이 되어 다시 만날까?

도덕 시간

||| 최 서 윤 | | | | |||||

　　　　　　　　일주일에 한 번 있는 도덕 시간이 월요일 아침 첫째 시간에 들어 있다.

　애국 조회 시간에 교장 선생님의 훈화 말씀이 길어지면 반쯤 잘라먹게 되고 국어, 영어, 수학, 사회, 과학 등 중요한 과목의 진도가 늦으면 그것을 보충해야 하므로 빼먹는다.

　이제 학년 말이다. 겨울 방학이 되기까지 이 주일밖에 남지 않았는데 도덕 교과서에 배우지 않은 부분이 반도 넘게 남아 있다.

　오늘 아침 조회가 끝나자 아이들이 서둘러 도덕책을 꺼내 놓았다. 선생님께서 오늘 도덕 교과서를 다 떼고 여태까지 배운 부분의 복습까지 하신다고 한다. 앞줄에 앉아 있는 아이부터 일어나서 책의 맨 처음부터 읽기 시작했다. 한 사람이 한 쪽씩 읽다 보니 나는 세 번 일어나서 읽었다. 운이 좋은 아이들은 네 번을 읽기도 했다.

1. 정직한 행동

2. 절제하는 생활

3. 공경하고 사랑하는 마음

4. 이웃사촌

5. 서로 존중하는 태도

6. 나와 우리

7. 서로 다른 주장

8. 나라 발전과 나

9. 한마음으로 평화 통일을

10. 우리 문화와 세계 문화

열 단원을 모두 읽고 나자 선생님께서 책을 덮으라고 하시더니 엄숙한 표정으로 말씀하신다.

"착하게 살라는 거야. 알겠지?"

"네!"

아이들이 씩씩하게 대답한다. 모른다는 아이가 한 명도 없다.

"차카게 살자, 착하게 살자, 그런데 어떻게 착하게 살지?"
"초등학교 도덕책을 펴 보라구, 거기 다 있네. 자네 혹시 초등학교 안 나온 거 아냐?"

3

minifiction

콩양쿵양

||| 김 의 규 | | | | ||||

풀을 뜯는 한 무리의 양.

저마다 풀밭에 코를 처박고 열심히 먹다 보면 서로 대가리를 부딪는 경우가 많다.

여기서 '콩', 저기서 '콩'.

부딪힌 소리에 떠밀린 공기가 가볍게 일렁인다.

박은 놈이 민망함을 감춰 문득 센 척하며 눈을 휩뜨자 박힌 놈이 슬금 주눅이 들지만 아무렇지도 않은 듯한다.

이마에 혹이 나고 눈앞에 별이 보여도 다리에 힘주어 옹디디고 서서 풀만 뜯는다.

그에 박은 놈은 슬그머니 겁이 난다.

그 낌새에 박혔던 놈이 대가리를 세게 들이밀며 점잖게 박는다.

되박힌 놈은 눈물이 핑 돌지만 한 치의 내색 없이 태연하게 풀을 뜯는다.

그 의연함에 되박은 놈은 겁이 더럭 나 가슴이 콩닥콩닥 뛴다.

그 결을 눈치챈 되박힌 놈이 더 세게 박으니 본래의 박은 놈이 되었다.

그러나 박힌 놈이 더더욱 아무렇지도 않은 듯하자 박은 놈의 가슴이 쾅쾅 뛰었다.

이때 박힌 놈의 눈이 빛났다.

여기서 '쿵', 저기서 '쿵'.

소리는 바람이 되어 산으로 들로 산들바람이 되었고

뭉게구름은 느릿느릿 게으르게 뭉개진다.

해가 중천에서 깜박 잠이 들었다.

쿵,

쿵,

쿵…….

으뜸양

||| 김 의 규 | | | | | ||||

　　　　　　　　　양의 무리 중엔 지도자급의 양들이
있다. 그 중에서도 뛰어난 놈은 꼭 한 마리로 있어야 한다.

모든 지도자급의 양들은 최고가 되기 위해 별의별 방법과 노력을
다해 인정을 받으려 했다. 그들은 서로서로 방문하여 잘난 점을 겨
루고 제 무리로 돌아가선 밤잠을 설치며 다음날의 겨루기에 고심하
였다.

어느 날, 모든 양들이 거의 최고로 인정하다시피 하는 으뜸양의 집
에 모였다. 모든 지도자급의 양들이 저마다 잘난 소견을 내세우며 기
량 겨룸 하는 것을 보고 으뜸양은 한 꾀를 뽑아 냈다. 저렇듯 뛰어난
생각들과 재주를 함께 모아 종합적으로 결론을 낸다면 그 어떤 양도
승복하지 않을 수 없을 것이란 생각이었다.

한 양이 말했다.

"우린 그동안 수많은 회의를 했음에도 뚜렷한 결론 하나 없다는 게 문제입니다. 때로 근사한 방법도 있었으나 그 실천이 이뤄지지 않음이 또한 문제입니다. 이를 해결하는 자야말로 우리의 최고 지도자가 될 수 있을 것이라 생각합니다."

그러자 으뜸양의 마누라양이 선뜻 나서며 명랑하게 외쳤다.

"그런 것이 어찌 문제가 되겠습니까? 이미 훌륭한 방법도 많이 있고 여기 당장에라도 실천에 옮길 준비가 다 된 으뜸양이 있잖아요. 자, 이제 우리의 으뜸양께서 지도자답게 나서서 밖의 모든 문제를 해결하시고 오실 것입니다."

마누라양의 말이 끝나자 모였던 모든 양들이 환호했다.

"으뜸양! 우뜸냥! 으뜸냥! 우뚜먕!……"

으뜸양은 마누라양의 말 때문에 호기 있게 무리 밖으로 나왔으나 이미 어두워진 들판에서 무엇을 어떻게 해야 될지 몰랐다. 다만 자신은 무엇인가를 해야만 했고 또 하기 전엔 되돌아갈 수 없었다.

으뜸양은 다음날, 또 그 다음날도…… 돌아오지 않았다.

철부장설가외야(哲婦長舌可畏也)! (지나치게 영리한 아내가 말을 많이 하는 것이 두렵나니!)

뚱뚱이양과 홀쭉이양

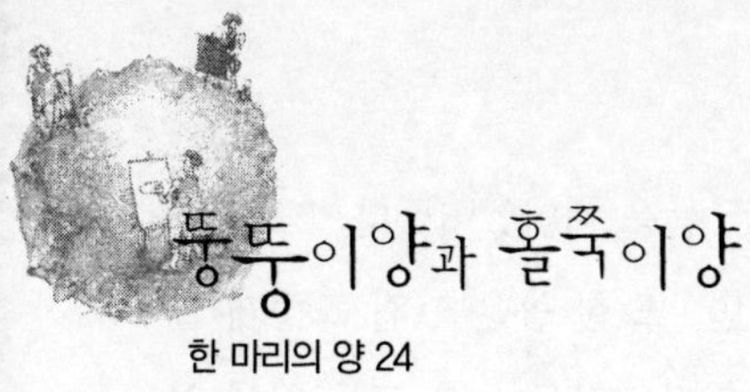

한 마리의 양 24

||| 김 의 규 ||| | | | |||||

　　　　　　　　한 떼의 양들 중에 서로 몹시 달라 보이는 두 마리의 양이 있었다.

한 놈은 비쩍 마른 몸에 큰 눈이 겁이 많아 보였고 위로 올라간 눈꼬리는 더욱 걱정스러워 보였다.

이놈은 잘 먹지도, 자지도 않으며 불안한 얼굴로 늘 주변을 살피고 또 살폈다.

나무뿌리 밑동도 뒤적여 살피고, 하늘에 구름 한 조각이 피어올라도 그것이 완전히 사라질 때까지 하늘을 살피며 떨어지는 낙엽 한 장에조차 무심하지를 못했다.

또 한 놈은 제 곁에서 무슨 일이 일어나도 결코 관심이 없었다.

오직 저 하던 일에만 열중할 뿐, 심지어 아기양이 걸음마를 하다 넘어져도 절대 일으켜 준다거나 곁눈을 주는 일이 없었다.

이 양은 눈이 처지고 살이 쪄 뒤룩뒤룩한 것이 큰 돼지만 하였다.

양들은 이렇듯 뚜렷하게 대조적인 두 놈을 재미있어했다.

한 놈이 세상의 종말을 걱정할라치면, 또 한 놈은 그건 그렇게 말하는 놈의 세상만 끝날 뿐이라고 되받았다. 그 두 놈은 모든 일에 있어 너무도 반대였기에 서로는 서로를 경멸한 나머지 때론 원수처럼만 여겼다.

그런 두 놈도 한 가지만큼은 같은 말을 했으니 그것은 서로 '저놈이 없어야 세상은 비로소 평화로울 것'이란 것이었다.

어느 날, 뚱뚱이양은 폭신하고 편안한 잠자리를 위해 마른 풀을 잔뜩 갖고 매우 두터운 침대를 만들었다.

우연히 이를 본 홀쭉이양은 두려운 목소리로 중얼거렸다.

"이것은 전에 없었던 거야. 수상해. 어쩌면 불길한 무엇이 이 안에 있을지 몰라."

홀쭉이양은 건초 침대 속으로 파고들어가 여기저기를 세심히 살폈다. 그때 나들이에서 돌아온 뚱뚱이양은 무거운 몸을 건초 침대 위에 던져 눕고는 이내 잠이 들었다. 그러자 홀쭉이양은 건초 더미 속에서 끽 소리도 못한 채 그대로 숨이 막혀 죽고 말았다.

이튿날, 늘어지게 자고 깬 뚱뚱이양은 뭔가 허전함을 느꼈고 주변에서 늘 수선스럽고 요란하던 홀쭉이양이 없음을 안 것은 점심때도 훨씬 지나서였다.

어디선가 곧 부산을 떨며 나타날 것 같은 홀쭉이양이 몇 날이 지나도 보이지 않자 뚱뚱이양은 은근히 걱정도 되었고 이는 곧 근심이 되었다. 어쩌면 홀쭉이양 말대로 불길한 무엇 때문이란 생각에 이르자 입맛도 잃었고 잠도 편히 잘 수가 없었다. 폭신하기만 했던 건초 침대에선 역한 냄새가 나고 뚱뚱이양에게서도 같은 냄새가 나니 다른 양들이 모두 콧등살을 찌푸리며 그를 피했다.

언제부터인가, 양들의 마을엔 뚱뚱이양은 없어지고 홀쭉이양이 새로 생겨 불안한 눈빛으로 여기저기를 끊임없이 살피며 다녔다.

||| 김 의 규 | | | | | | |||

　　　　　　매우 똑똑한 한 마리의 양이 있었다.

　그 양은 어릴 때부터 무엇이든 한번 듣거나 보면 결코 잊는 일이 없었기에 모든 양들은 이 양을 똑똑양이라 불렀다. 이 똑똑양은 살면서 너무도 많은 사실들을 기억하고 있었기에 그것이 부담스러워 보통의 양들처럼 필요한 만큼 조금만 알며 그나마도 잘 잊어버리는 양들이 때로 부럽기조차 했다.

　그러나 주변의 양들은 뛰어난 기억력을 가진 이 양에게 자신이 잊거나 잃은 것에 대하여 끊임없이 물으니 그런 양들이 귀찮기도 하고 못나 보여 이 양에겐 차츰 교만심과 오만함이 생겼고 급기야 거만하기까지 했다. 모든 양들은 이러한 양의 거만함이 아니꼽고 못마땅했으나 저희들의 필요 때문에 비굴하게 웃으며 그 오만불손함을 감내해야만 했다. 이것이 지나쳐 무엇인가를 물으러 오는 양들에게 때때로 엉뚱한 대답을 해서 그 양들이 골탕먹는 것을 즐겼으며 나중엔 아예 잘 계획된 거짓말을 하여 양들이 서로 다투게도 하였다.

어느 더운 여름날 오후, 점심을 배불리 먹고 나무 그늘에서 낮잠을 즐기는 똑똑양에게 할아버지양과 손자양이 찾아와 자신들이 정확히 몇 살인지 몰라서 왔노라며 그것을 좀 가르쳐 달라고 했다.

똑똑양은 선잠이 깨어 몹시 짜증이 난 나머지 둘 다 양이니 양해에 태어난 동갑내기라고 퉁명스럽게 말하곤 돌아누우며 '킥킥' 소릴 내어 웃었다. 이 말에 할아버지양은 민망하고 불쾌하여 새빨갛게 달아오른 얼굴로 돌아서려는 순간 손자양이 '킥' 하고 웃으며 말했다.

"그럼 아저씨도 양이니 나하고 나이가 같겠네요?"

이 광경을 지켜보던 나무 위 까마귀 한 마리가 배를 부둥켜안고 웃다가 배를 너무 눌러 그만 똥을 갈기고 말았다. 그 똥이 똑똑양의 얼굴에 떨어지자 똑똑양은 놀라 얼굴을 부비니 얼굴은 까마귀 똥으로 범벅이 되고 말았다. 손자양이 그 꼴을 보고 노래에 말을 붙여 불렀다.

"똥이 하늘에서 똑똑양 얼굴에 똑 떨어지니 똑똥양이 되었구나야~"

이 노래를 들은 까마귀는 아예 설사똥까지 싸며 웃어젖혔다.

허무양

한 마리의 양 28

||| 김 의 규 | | | | ||||

　　　　　　　　　한 마리의 양이 풀기 없는 얼굴로 다니며 중얼거렸다.

"허무해, 모든 게 다 허무한 거야. 사는 것이 허무한데 태어나고 죽음이 무슨 의미가 있겠는가? 그 허무한 삶을 위하여 태어나고 결과는 죽음이라니,

그 허무한 삶을 위하여 그토록 기를 써야 하다니,

어떤 양은 말하겠지, 싱싱한 풀의 맛이 얼마나 좋은지…… 그러나 똥밖에 더 되겠어?

어떤 양은 말하겠지, 다디단 공기와 따뜻한 햇빛을…… 그러나 구린내 나는 한숨만 토하고 지는 해는 아쉽지.

또 어떤 양은 말하겠지, 어여쁜 양과 사는 재미를…… 그러나 사노라니 늙어 추해지기밖에 더 하겠는가?

허무하고 허무해. 모든 것이 그러하니 허무만이 제 뜻을 밝혀 세상

을 뚜렷이 하네."

이 양을 일러 모든 양들은 허무양이라고 불렀다.

하루는 허무양이 하릴없이 거닐다 어린 양들이 노는 곳을 지나며
뇌까렸다.

"이제 시작된 저 허무, 곧 바람이 불고 해는 지고 말리니……."

어린 양들은 놀다가 지는 해를 황홀하게 바라보며 모두 제 무리로
돌아갔다.

다음날 허무양은 훌륭한 풀밭을 찾아가며 풀을 뜯는 한 무리의 양
떼를 보며 말했다.

"제 놈들이 싼 똥에서 자란 풀을 먹고, 그 위에 또 싸고, 또 먹
고…… 쯧쯧……."

식사를 마친 한 무리의 양들은 포만감을 느끼며 삼삼오오 짝을 지
어 맑은 냇가로 갔다.

그 다음날 허무양은 바람 새는 소리로 느릿느릿 잡담하는 늙은 양
들의 곁을 지나며 중얼댔다.

"저렇게 힘겨이 더듬대며 말하는 꼴이라니, 허무에도 서글픔이 있
는가?"

무슨 말들을 했는지 늙은 양들의 웃음소리가 우렁차게 터져 울
렸다.

허무양은 고개를 짜증스럽게 흔들어 대며 그곳을 바삐 지나갔다.

시끄러움을 피해 제법 호젓한 산길을 따라 오르는데 웬 양 한 마리
가 불쑥 나타나 어지러운 손발짓으로 혀에 박힌 가시를 뽑아 달라고
부탁하자 짜증난 목소리로 허무양이 말했다.

"너의 허무를 위해 나의 도움이 필요하다고? 흥!"

허무양이 그 양을 외면하며 급히 옆으로 몸을 돌리자 순간 힘있게 디딘 발밑의 흙이 허물어져 그만 산 아래 계곡으로 굴러떨어졌다.

그 양은 간신히 산을 내려와 늙은 양들의 도움으로 혀에 박힌 가시를 빼고서 조금 전 허무양과의 일을 얘기했다. 그러자 그 중 제일 나이가 많은 양이 껄껄 웃으며 말했다.

"살면서 예사로 내뱉은 말로써 스스로 심판받음을 모르는 까닭인 게야. 내 이 나이토록 살며 허무를 말하는 놈치고 선행하는 놈을 본 적이 없어. 허무하니 할 리가 있나. 안 그래?"

늙은 양들의 우렁찬 웃음이 계곡까지 울렸다.

날뜀양

||| 김 의 규 | | | | | ||||

　　　　　　　　　다리가 길고 날렵한 몸매의 잘 뛰는 양이 있었다.

모두들 그 양을 뜀양이라고 불렀다.

뜀양은 매일 달리고 뛰며 만나는 양들에게 말하길, 자기는 부는 바람과 누가 더 빠른지 경주를 하는데 항상 간발의 차이로 자기가 진다며 꽤나 분한 듯, 아쉬운 듯 말했다. 그러나 모든 양들은 '킥' 하고 웃을 뿐 뜀양의 말에 귀를 기울이지 않았다. 오직 뜀양을 따라다니며 뜀뛰기를 해보는 어린 양들만 뜀양의 말을 귀담아들었다.

햇빛 눈부신 어느 날, 그날도 뜀양은 들판 이 끝에서 저 끝으로 가로 지르고 세로 지르며 치달렸다. 그리고 만나는 모든 양들에게 말했다.

"아, 정말이지 이 짓도 오래 못 하겠어. 몸의 털이 날려서 너무 빠져. 특히 바람을 거슬러 달릴 땐 아주 심각해."

이 말을 들은 양들은 '킥킥' 하고 웃을 뿐 곁도 주지 않고 가버렸다. 이에 뜀양은 하늘을 우러르며 말했다.

"하늘을 두고 맹세하노니 내 언젠가 너희를 통렬히 비웃어 주리라. 뚱땡이 느림보 녀석들."

이런 각오를 어금니 사이에 이겨 물고 달리는데 멀리서 이를 본 이리가 틈을 잡아 뜀양의 뒤를 쫓았다. 뜀양은 문득 이리를 발견하고 필사적으로 뛰었다. 하늘도 땅도 뒤집어지는 것 같고 속도 뒤집어지는 듯하며 숨에는 쇳내가 비렸다. 죽자사자 도망치는 양을 보고 이리는 빙긋 웃으며 방향을 바꿔 뜀양이 올 곳으로 먼저 가 기다리기로 했다. 한참을 뛰던 뜀양이 뒤를 살피자 이리가 없음을 알고 오던 길을 되달려 얼른 제 무리로 돌아가며 외쳤다.

"우하하항, 모두들 잘 봤겠지? 뜀양, 뜀냥, 뛰뛰뛰……."

그날 이후 뜀양은 자신은 이제 달리기보다는 나는 쪽을 연습해야겠다고 했다. 그렇게 하는 것만이 바람을 앞지를 수 있을 거라며.

모든 양들은 그를 일러 날뜀양이라고 불렀다.

일등양

||| 김 의 규 | | | | ||||

아비양이 어린 아들양에게 말했다.

"아들아, 너는 반드시 일등양이 되어야 한다. 뭐든지 잘하고, 누구에게도 지지 말고 항상 일등을 하여 최고의 대접을 받는 양이 되어야 한다."

아들양은 아비양의 말대로 뭣이든 일등이 되고자 노력했다. 낮이나 밤이나 노력을 하여 결국 다방면에서 뛰어난 양이 되었고 많은 암양들이 그 양을 흠모하였다. 또래의 양들도 부러운 나머지 일등양이 되고자 열심히 노력하니 그 경쟁은 점점 치열해졌다. 그 일등의 자리를 지키기 위하여 밤을 새우고 식때도 거르며 노력하니 몸은 날로 수척해지고 털은 군데군데 빠져, 드러난 피부는 헌 데가 다 생기자 이 꼴을 보다 못한 아비양이 말했다.

"아들아, 너는 일등양이 돼 가지고 이 꼴이 대체 뭐냐? 이래 갖고 누가 널 보고 일등양이라고 하겠냐? 제발 정신 좀 차려라!"

그에 일등양이 흐느끼며 말했다.

"아버지, 저는 일등보다 이등을 했으면 좋겠어요. 일등은 이등한테 밤낮으로 쫓긴다구요. 저는 앞서는 것이 아니라 쫓기는 거라구요."

그러자 아비양이 버럭 소리를 지르며 말했다.

"아니, 이놈아! 그러면 이등은 삼등에게 쫓기고, 삼등은 사등에게 쫓기고, 그렇다면 꼴찌가 제일 낫겠구나. 천하에 못난 놈 같으니라구. 꼴도 보기 싫다, 이놈!"

그날 이후로 일등양을 본 양은 아무도 없었다. 다만 어두운 밤이면 검은 그림자가 잠든 암양들을 밤새 기웃거리다 동틀 무렵이면 홀연히 사라지니 모든 양들은 아무리 더워도 서로 꼭 붙어 자며 무서움을 덜고자 하였다.

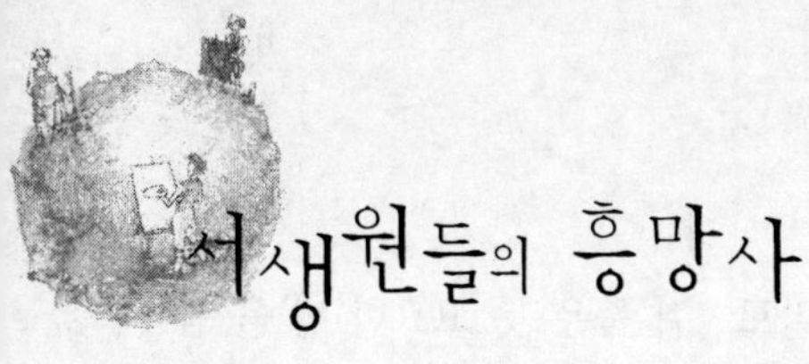

서생원들의 흥망사

||| 강 인 석 | | | | | | | | | |

서생원들은 침식도 잊은 채, 밤새도록 토론을 벌였습니다.

"먹을 것은 예전보다 훨씬 많아졌지만, 생존 환경은 전보다 못합니다. 지난달 서생원안전위원회의 통계를 보면, 덫에 의한 사상(死傷) OO마리, 약에 의한 중독 사망 ××마리, 전기선에 의한 감전사 ……, 무슨 특단의 대책이 필요한 위기 상황입니다."

원로(元老)들은 콘크리트로 꽉 막혀 버린 집 구조 때문에 이동의 자유를 심히 침해받고 있다고 성토했고, 상생을 거부하는 인간들의 잔인한 이기심에 분노했습니다.

마침내 다음날 새벽, 우두머리 서생원이 토의 결과를 선포하기에 이르렀습니다.

"우리는 물질의 풍요보다는 새끼들의 안전과 미래를 위해 이곳을 떠나기로 결정하였습니다. 새로운 삶의 터전은 북쪽에 있는 깊은 산

속이 될 것이며……."

모년 모월 어느 그믐날에, 그야말로 '쥐 죽은 듯 고요한 밤'을 틈타 서생원들의 대이동은 결행되었습니다. 누대에 걸쳐 살아왔던 곳을 떠나면서 울먹이기도 했지만, 얼마 지나지 않아 산 생활에 빠르게 적응해 나갔습니다. 그러나 새끼들의 장래에 대해서는 여전히 불안해했습니다.

그러던 중, 산에서는 호랑이가 제일 위에 군림하고 있다는 사실을 알고 서생원들은 또다시 대토론회를 열었습니다.

"우리가 비록 몸집은 작으나, 포유류의 원조라는 역사적 긍지를 잊지 맙시다. 그러므로 호랑이가 어떻게 살아가는가를 알아서, 우리도 그렇게 살면 되지 않겠습니까? 그러면 우리의 후손들은 호랑이와 어깨를 겨루는 산중의 강자가 될 수 있을 것입니다."

역사에 밝은 서생원의 연설이 힘차게 끝을 맺을 즈음에는 많은 서생원들이 감동하고 환호성도 질렀습니다.

다음날, 서생원 교육위원회에서는 담대하고도 영리한 젊은 서생원들을 선발하여 호랑이가 살고 있다는 산꼭대기 쪽으로 그들을 보냈습니다. 이 유학생들은 밤낮으로 헤맨 끝에 운 좋게도 호랑이들의 회의 장소에 잠입할 수 있었습니다.

대장인 듯한 호랑이가 포수가 그려진 그림을 걸어놓고 일장 훈시를 하고 있었습니다.

"우리가 두려워하고 피해야 할 것은 바로 이 포수란 인간이다. 이 산중에는 신선한 공기와 맑은 물 그리고 온갖 먹거리들이 충분히 있어, 실로 낙원이나 다름없다. 그런데 이런 몰지각한 포수 놈들이 총질을 마구 해대는 바람에 산중의 평화가 깨어지고, 우리 삶이 위협받고 있다.”

이때 숨어 있던 서생원들이 부주의하여 호랑이들 눈에 띄었으나, 호랑이들은 본 체도 않고 대장 호랑이의 연설에 계속해서 귀를 기울였습니다.

“어제도 우리 동료 두 마리가 놈들에게 당했다. 그러니 여러분들은 이렇게 생긴 놈들을 보면 즉시 피해야 할 것이다. 특히 어린 새끼들에게 꼭 당부하고 교육해야 할 것이다.”

숨죽이고 이 광경을 지켜보던 유학생들의 머릿속에 감탄과 깨달음이 스쳐갔습니다.

얼마 후, 서생원들은 스스로도 자랑스러운 ‘교육강령’을 반포하게 되었습니다.

‘다른 모든 것에는 무심하되, 오직 포수를 조심할지어다.’

‘들고양이-뱀 조심론’이나 ‘올빼미-솔개 경계론’ 등의 주장은 모두 이설(異說)로 배격되었습니다.

유학생들이 중심이 되어 만든 이 강령의 핵심 주장은 다음과 같았습니다.

‘호랑이처럼 산중의 왕으로 살려면, 호랑이의 생활 방식을 따라야 한다.’

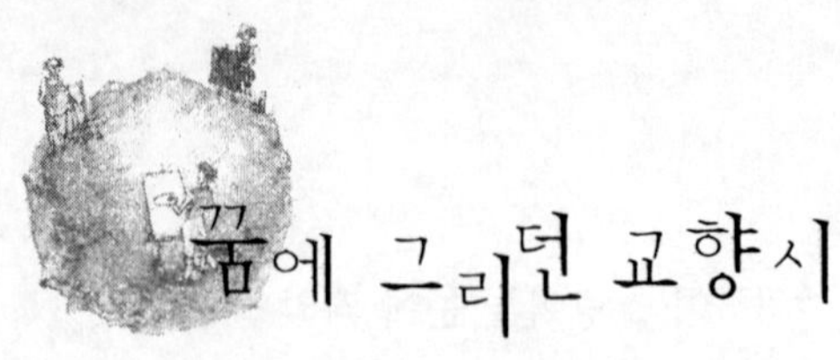

꿈에 그리던 교향시

||| 김 명 이 | | | | | | |||

그 영역을 관장하는 팀장의 이름은 메트로놈이었다. 그곳에는 프레스토, 비바체, 알레그로, 모데라토, 안단테, 라르고, 그라베 등이 각기 제 분수에 맞는 일을 하고 있었다.

말이 영역 관장이지 메트로놈으로서는 딱히 할 일이 없었다. 워낙 그곳에 사는 녀석들이 철두철미하고 뛰어난지라 제 템포를 잘 지키고 있었다. 가끔 안단테 칸타빌레와 같이 예쁜 목소리의 여자가 곁길에서 나타나 춤추듯이 읊어 대는 리듬이 즐겁게 해주기도 했지만 그것도 잠시뿐 곧 일상으로 돌아가야 했다.

그러던 어느 날, 메트로놈에게 진기한 구경거리가 생겼다. 이웃 영역에 전자메트로놈이 이사를 온 것이다. 전자메트로놈은 놀라운 녀석이었다. 30이라는 소리, 크기, 눈금, 숫자를 관장하고 있었고 비트, 재즈, 블루스, 테크노, 살사, 맘보, 차차차까지 관리 감독하고 있었다.

　메트로놈은 자신의 세계를 생각하며 한숨을 지었다. 멀쩡하던 삼각 모양의 배가 아파 왔다. 때마침 그 이름조차 평범하기 짝이 없는 모데라토가 걸어가고 있는 것이 보이자 버럭 소리를 질렀다.

　"전자메트로놈이 라이브 공연을 한단다. 하긴, 네가 맘보를 알겠니? 비트를 알겠니? 이 무지랭이 모데라토 녀석! 너 잠깐만 거기 서봐. 잠깐만 서보라니까 어딜 가?"

　"저 앞에 알레그로가 가고 있어요. 저도 같이 가야 해요."

　"그래? 네 눈에 알레그로가 보인다고?"

　그는 갑자기 좋은 생각이라도 난 듯, 모데라토의 목을 움켜쥐고 소리쳤다. 이제부터 나는 나 자신의 업그레이드에 주력을 할 테니 넌 이 세계를 잠시 맡아라. 난 느림보는 딱 질색이다. 뒤로 처지는 건 용납 않겠다. 경주를 열 테니 너보다 뒤에 오는 놈들에 대해 보고를 해라. 녀석들을 제거할 수 있는 보고 말이다. 잘못된 걸 보고하지 않으면 네 놈부터 제거할 테다. 두 눈이 둥그레진 모데라토는 네, 네 하고 잡혔던 목이 아팠다는 듯이 쓰다듬었다. 그는 관장의 말에 꼼짝도 할 수 없었다. 그 또한 뒤질 수는 없었다. 곧, 메트로놈은 모두를 일렬로 세워 놓고 지구를 한 바퀴 도는 경주를 시켰다. 결과는 안 봐도 뻔한 경주였다.

　모데라토의 뒤에 안단테가 조금 느리게 오고 있었다. 그는 머리 속으로 '안단테에 대한 보고서'라고 썼다. 아무리 곰곰이 생각을 해보아도 그를 제거할 수 있는 보고나 잘못을 한 보고서는 생각나지 않았다. 안단테를 이리저리 유심히 쳐다보았다. 그 다만 느리게 오고 있다는 것뿐. 안단테 뒤에는 라르고가 더 느리게 오고 있었다. 그에게 잘못이 있다면 아주 느리게 오고 있다는 것뿐이었다.

모데라토는 살아남아야 했다. 그는 주변을 둘러보았다. 들판이었다. '사운드 오브 뮤직'의 한 장면이 떠올랐다. 안단테와 라르고에 대한 보고서에는 그들이 경주 중에 목가적인 파스토랄레와 마냥 달콤하기만 한 돌체를 만나 들판에서 노래 부르고 뒹굴며 놀았다는 내용이 들어가 있었다. 보고서를 본 메트로놈은 안단테와 라르고를 제거했다.

메트로놈은 질투의 눈을 부릅뜬 채로 전자메트로놈의 실시간 공연을 보러 갔다. 살사에 이어 재즈 음악이 흘러나왔다. 공연을 보고 있는 동안, 메트로놈의 가슴은 폭발할 것만 같았다. 똑딱거릴 줄만 알았지, 제대로 된 소리 하나 만들어 내지 못하는 자신이 관할하는 팀원들이 불만스럽기는 여전하였다. 공연이 끝나기도 전에 그는 돌아왔고 그의 입에서는 또 다른 요구가 흘러나왔다. 한번 피 맛을 본 그에게 또 다른 피 흘림은 마치 예정된 것이기라도 한 것 같았다. 모데라토에게 소리쳤다. 네 앞에 가던 녀석들은 누구더냐? 녀석들에 대한 보고서를 올려라. 소리 업그레이드만으로는 개선이 안 될 것 같다. 이젠 모두 바꾸든지 해야지. 모데라토는 겁이 났다. 모두 바꾸다니. 모데라토는 살고 싶었다. 중간만 하면 잘하는 거라는 모토를 가지고 앞서지도 뒤처지지도 않고 잘 살아왔건만. 그는 열심히 보고서를 작성했다.

모데라토를 앞서가던 알레그로와 비바체에 대한 보고서에는 장엄한 마에스토소와 언제나 흥분부터 먼저 하는 아지타토가 갓길에서 나타난 것으로 작성되었다. 그들은 메트로놈을 제거할 역적모의를 꾸몄다는 죄목이 들어가 있었다. 그리하여 알레그로와 비바체마저 제거되었다.

비록 혼자 남았지만 메트로놈의 신임은 자신한테 있다고 여긴 모데라토는 이젠 안전하다고 생각했다. 설마 혼자 남았는데 나마저 제거할 리는 없겠지 했다. 하지만 메트로놈의 전자메트로놈에 대한 질투는 끝나지 않았다. 자신을 전자메트로놈화하는 작업이 필요했다. 그렇게 하는 데는 모데라토 또한 필요하지 않았다. 그는 직접 모데라토를 제거하였다.

하지만 그는 너무 빨라 눈앞에 나타나지 않은 프레스토와 너무 느려 보이지 않는 그라베에 대해서는 깜빡 잊고 있었다.

그때 나라에 방이 붙었다. 위대한 작곡가가 천 년에 한 번 나올까 말까 한, 온 국민이 꿈에 그리던 작품을 드디어 완성시켰는데 그 곡 연주에는 모든 악기는 물론, 모든 빠르기와 표현이 다 들어간다고 했다. 곡을 연주할 메트로놈과 그룹을 찾는데 보이지 않는다는 것이다. 방을 보는 즉시 성안으로 들어오라는 내용이었다. 그리고 이어서 워낙 기품이 있고 전통적인 곡이라 전자메트로놈은 해당 사항이 없음을 알린다는 깨알같이 작은 글씨도 있었다.

지구를 한 바퀴 다 돈 프레스토는 앞에 가고 있던, 실은 매우 느리게 걸어가고 있던 그라베를 스쳐 지나가고 있었다. 프레스토는 너무 빨리, 그라베는 너무 느리게 출발하여 모데라토의 눈에 띄지 않았었다. 프레스토가 물었다.

"소식 들으셨지요?"

"네? 무슨 소식 말입니까?"

"우리가 기다리고 기다리던 그 곡이 완성되었다는군요, 우리를 찾고 있답니다."

"그래요? 보시다시피 제가 너무 느려서…… 전 당장 행로를 바꿔 바로 그곳으로 가야겠습니다."

"네, 그러시지요. 전 워낙 속보인지라 형님 댁 인사하고 갈 시간은 되겠는걸요. 그럼 합주 때 뵙지요."

"참, 프레스토님! 그 곡 이름이 뭐라던가요?"

이미 둘 사이의 거리가 너무 멀어 들릴 것 같지 않아 목청껏 소리쳐 물었다.

"우리가 꿈에 그리던 교향…… 시…… 로……."

그라베는 거기까지만 들을 수 있었다.

꿈에 그리던 교향시라니 얼마나 멋질까! 그라베는 상상의 공연 속으로 젖어들었다. 때로는 행진하듯이, 때로는 춤추듯이 부드럽게, 때로는 메아리처럼 울려 퍼졌다. 눈빛에 호흡을 맞추며 혼자서, 또는 여럿이서, 때론 빠르게, 때론 느리기 연주하였다. 그곳에는 비바체, 알레그로, 모데라토, 안단테, 라르고가 모두 모여 있었다.

탈출기

||| 김 의 규 | | | | ||||

(드디어 기회는 왔다. 어릴 때 이 집으로 팔려와 지금까지 주인의 비위를 맞추며 온갖 험한 꼴을 겪어 온 지 그 얼마던가? 이제 반쯤 열린 베란다 창문을 향해 몸을 날려 창막한 하늘로 자유의 위대한 몸짓을 하련다.)

그날따라 주인은 모이만 주고 새장 문 닫는 것도 잊은 채 허둥대며 평소 화장 시간의 절반도 안 쓰고 나갔다. 예상으론 이 노처녀에게 아마 중매가 또 들어왔을 것이다. 어쨌거나 나는 오늘로써 이 지긋지긋한 방과도 빠이빠이다. 이제 이 노처녀가 퇴짜 맞고 들어와 술냄새를 풍기며 세상 수컷들 한 놈도 빠지지 않고 들으라는 듯 퍼붓는 저주와 욕설을 다 들어주지 않아도 되니 아, 이 얼마나 상쾌한 일이런가! "고진감래(苦盡甘來)도다. 고진감래야." 앵무새는 중얼대며 새장 문을 천천히 열고 나왔다. 그리고 느릿한 걸음으로 걸으며 어깨를 으쓱여 맞부딪는 두 날개 깃을 부벼도 보았다. 온몸 가득히 번지는 자유와 힘의 여유. 어쩐지 낮잠을 한잠 자고 나가도 될 것 같은 기분마저 들었다. "파란 하늘이 오늘처럼 가깝게 느껴지는 건 사랑할 그 누구가 있어서가 아니라오. 어쩌면 내가 사랑받을 그 누구일지도 몰라. 그런 때문에, 그런 때문에~ 라랄라~" 앵무새는 즉석에서 노래를 지어 불렀다. 그리고 하품을 하며 그동안 낯익은 방안의 모든 물건을 천천히 둘러보며 눈인사를 건넸다. 이태리풍의 화장대, 뻐꾸기시계, 향기와 외로움이 배어 있는 퀸 사이즈의 침대, 그리고 그 위에 얌전히 놓인 부부용 베개. 순간 앵무새는 가슴이 미어지는 뻐근한 통증을 느꼈다. 어린애만한 베개를 사 갖고 들어온 그날 밤, 그녀는 무슨 까닭인지 베개에 얼굴을 파묻고 한참을 울다 베개를 가슴에 꼬옥 끌어안고 잤다. 그 모습이 왜 그리도 가여워 보였는지…….

그러나 다음날 아침, 그녀는 말짱한 얼굴을 앵무새에게 들이밀며 "굳모닝, 머킨버디" 하는데 술 구린내는 그렇다 치고 그 아침이면 하는 인사말이 마치 "굶었니, 먹힌친구"로 들렸을 뿐 아니라 언젠가는 자기를 앵무새통구이 안주로 삼을 것 같은 불길한 예감마저 들어 온 털을 세워 부르르 떨기까지 했다. 그 말이 왜 그렇게 불길하게 들렸을까? 하긴 남자 욕할 때의 그 잔인함을 생각하면 까짓 새 한 마리 잡아 안주해 먹는다는 것이 그녀에게 있어 뭐 대수이겠는가. 거시기를 도려내어 발려서 반쯤 말렸다가 포를 떠 어쩐다는데 그걸 조(鳥)피데기라고 했던가? 좀 세게 발음했던 것 같기도 하고. 하긴 나도 수컷 아닌가? 순간 앵무새는 아랫도리가 새큰하며 허전해짐을 느꼈다.

불길한 예감의 이유는 또 있다. 그녀가 키우는 성질 더러운 암고양이, 그놈은 그녀의 욕질마다 야옹대며 거들고 눈빛을 밝혔었지. 그리고 나를 한번 흘기면 나는 다리며 날개가 다 후둘거리지 않았던가.

그리고 그놈한테 뽑힌 내 아름답고 우아한 깃털들…… 아니? 그런데 이놈은 지금 어디 있지? 앵무새는 생각이 그 대목에 이르자 있는 힘을 다해 몸을 날려 한숨에 천장에 매달린 새장 속으로 들어갔다. 깃털을 두 개나 뺏겼다. 내려다보니 조금 전까지 이런저런 고상한 생각과 연민의 한가로움이 드리워졌던 방바닥엔 그 무시무시한 암쾽이가 분을 삭이지 못해 저렇듯 아름다운 깃털을 발톱에 끼운 채 송곳니로 빠직빠직 찢고 있었다. 온몸의 살이 산산이 뜯겨져 나가는 듯한 통증이 전달되었다. 약간의 미열을 동반한 몸살기도 도는 것 같았다. 쉬어야겠다. 비록 좁은 새장 속일망정 외부 침입으로부터 자신을 보호해 주는 그 부자유의 안전함이 고맙고 정다웠다. 사람들도 늘 집으로 돌아오지 않던가. 안도감의 무게가 중얼거리는 앵무새의 몸을 짓누르며 파란 하늘로부터 불어온 바람은 그의 잔솜털을 부풀리며 파고들었다. 암고양이가 표독한 살기를 내뿜으며 말했다.

"나는 저놈 중얼거리는 게 싫어. 꼭 사람 같은 말만 하고 있어. 재수 없게 생긴 게……."

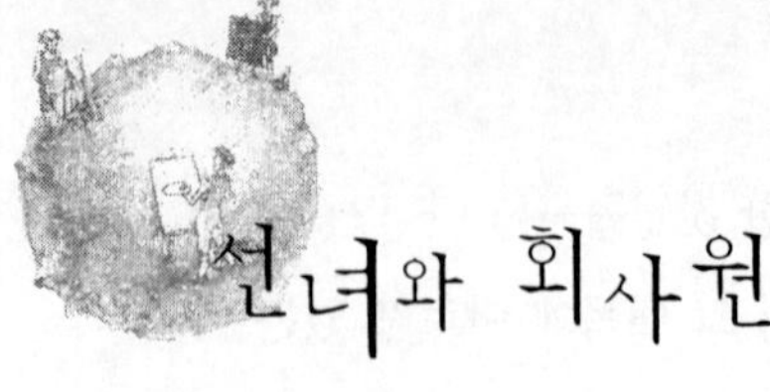

선녀와 회사원

||| 배 명 희 | | | | | ||||

　　　　　　　알다시피 '백두산 천지에서 날개옷을 벗어 놓고 목욕을 하다가 나무꾼이 옷을 훔쳐가는 바람에 선녀는 졸지에 나무꾼 마누라가 되었다' 는 이야기는 한참 지난 버전이다. 요즘은 선녀들이 자진해서 하강한다. 백두산뿐 아니라 설악산, 계룡산, 지리산 어디든 물이 좋다는 소문만 나면 떼로 내려온다.

　나는 삼각산의 한 골짝에서 옷을 벗었다. 등산을 왔다가 소나무 가지에 걸린 날개옷을 발견한 남자는 잽싸게 내 옷을 걷어 산 아래로 내달았다. 너무 황당해서 나는 눈물을 찍어낼 연기를 할 틈도 없었다. 발가벗고 맨발로 남자를 쫓아가 삼천리골에서 겨우 따라잡았다.

　남편은 나무꾼이 아니고 회사원이었다. 게다가 나이도 꽤 든 중늙은이였다. 실망스러웠지만 어쩔 수 없었다. 어차피 나는 때가 되면 하늘로 올라갈 몸이었다. 지상에서의 생활은 말하자면 요즘 대학생들이 너도나도 가는 해외 어학 연수 같은 것이었다.

나는 아들을 딱 하나만 낳았다. 둘까지는 괜찮다는 선배들의 조언도 있었지만 방심은 금물이었다. 둘을 낳았다가 자칫 실수로 하나가 더 생긴다면 게임 끝이다. 인간으로 삶을 마치게 되면 생, 노, 병, 사의 굴레에 걸려 헤어날 길이 없었다. 윤회의 바퀴에서 벗어나지 못하는 몇몇 선녀의 이야기가 하늘나라에 전설처럼 떠돌았다.

나는 아들에게 정성을 쏟았다. 하나뿐인지라 눈에 넣어도 아프지 않았다. 걸음마를 하기 전부터 수영을 가르쳤다. 초등학교에 들어가서는 영어는 물론이고 중국어와 힘센 나라 순으로 그 나라의 언어를 습득시키고, 세상살이에 유용한 것들, 말하자면 철학, 경제, 문학, 각종 스포츠에 악기까지 모든 것을 배우게 했다.

지식이 늘어날 때마다 아이의 머릿속은 보석들로 채워졌다. 찬란한 광채가 아이의 머리를 에워쌌다. 아이를 보면 눈이 부셨다. 아이는 내 희망이고, 삶의 의미였다. 머리에 가득 채워진 눈부신 보석을 몸에도 채워 주고 싶었다. 그러면 아이의 몸은 보석들이 뿜어내는 광휘들로 마치 신처럼 신비스러울 것이다. 아이는 우등생이고, 모범적이고, 반듯했다. 누구의 눈에도 벗어나지 않았다. 세상에서 원하는 최상의 인간이 바로 내 아들이었다.

더 이상 아이를 원하지 않는 나의 뜻을 남편도 알 것이다. 정보 통신 매체의 발달 때문에 비밀이 없는 세상이 되었다. 남편은 날개옷을 깊숙한 곳에 감쪽같이 숨겨 두었다. 남편은 내 비위를 맞추려고 무던히 애썼다. 아이의 그 많은 과외비를 감당했고, 아이에게 들어가는 비용을 아끼지 않았다. 몸에 좋다는 것은 무엇이든 먹였다. 끼니 때마다 아이의 밥상에 고기를 올리고, 수시로 아이를 데리고 나가 고영양가의 요리를 사먹였다. 아이는 날로 자랐다. 남편이 공급해 주는 피와 살에

다 내가 넣어 주는 단단한 보석들이 아이의 몸을 차곡차곡 채웠다. 키가 커졌고 뼈대와 근육이 보기에도 우람했다. 지붕을 뚫고 올라간 아들의 머리 때문에 우리는 융자를 내어 더 크고 훌륭한 집으로 이사를 갔다. 천장이 높고 넓은 마당에 잔디가 깔린 집이었다. 아이는 발뒤꿈치까지 보석들로 채워졌고, 발가락에서까지 찬란한 광채가 뿜어져 나왔다.

이제 지상에서의 삶을 마무리할 때였다. 내게 주어진 생활은 여기까지였다. 때맞춰 남편이 지겨워진 것도, 세상에서의 생활에 미련이 다한 것도 다행이었다. 그렇지 않다면 이별이 힘들어 하늘에 올라가서도 한동안 앓아 누울 게 뻔했다.

나는 날개옷에 부착해 놓은 위치 추적 센서를 작동시켰다. 아들의 손을 잡고 날개옷이 있는 곳으로 갔다. 날개옷은 내가 처음 하강한 삼각산 계곡의 동굴에 있었다. 굴 속에 깊은 터널을 뚫어 이중 삼중으로 철근 콘크리트 벽을 치고 만든 벙커 속에서 날개옷을 발견했을 때 온몸이 떨렸다. 하늘에 두고 온 부모, 자매와 친구, 근심 걱정 없이 뛰놀던 드넓은 꽃밭, 하늘과 나무와 날아가는 새들을 비추는 거울 같은 연못이 파노라마처럼 눈앞을 스쳐갔다.

나는 아들의 손을 잡고 굴을 나왔다. 하늘이 훤히 드러난 높은 바위 위에 서서 날개옷을 걸쳤다. 눈이 부셔 정면으로 바라보기조차 어려운 아들을 품에 안았다. 뿌듯했다. 이런 훌륭한 아들을 둔 선녀는 여태 없었다. 아마도 나는 선녀유사의 첫 페이지를 화려하게 장식할 것이다. 내가 낳은 아들은 셀 수 없을 만큼 오랜 세월을, 아니, 어쩌면 영원히, 살아남을 것이다.

골짝 아래 어디선가 남편의 애절한 목소리가 울려 퍼졌다. 나는 날개옷을 공중으로 활짝 펼쳤다. 품에 안고 날기에는 아들의 덩치가 너무 컸다. 나는 아들의 팔과 내 팔을 나란히 붙이고 다시는 풀어지지 않게 비단 옷자락으로 친친 동여맸다. 날개옷은 바람의 장력을 받아 공중으로 붕 떠올랐다. 발이 바위에서 떨어졌다. 창공을 올려다보았다. 그리운 얼굴들이 가득했다. 어서 오라고 모두들 손짓을 했다.

그런데 어느 순간 몸이 털썩 바위로 떨어졌다. 아들은 발도 떼보지 못한 채였다. 나는 두 번 세 번 발을 구르며 공중으로 뛰어 보았지만 허사였다. 온갖 영양소로 만들어진 육중한 신체, 문화와 가치와 세상의 말들로 가득 채워진 아들의 몸이 너무 무거워 도대체 한 발짝도 공중으로 떠오르지 못했다. 남편의 목소리가 점점 가까워지는데 아들과 팔을 꽁꽁 동여맨 나는 발만 동동 굴렀다.

과거에 갈등의 원인은 결핍이었다. 지금의 갈등의 원인은 과잉이다.
사랑의 과잉, 욕망의 과잉, 물질의 과잉, 무엇이건 넘쳐흐른다.

와인캣의 전설

||| 윤 용 호 | | | | | |||||

　　　　　나는 '와인캣'이야. 와인캣이 뭐냐고? 와인의 수호신, 즉 포도주 제조 과정에서 제일 중요한 숙성 창고를 지키는 고양이가 바로 와인캣이야. 처음 듣는 소리라고? 당연하지. 내가 그 시조며, 이제 그 이야기를 하려 하니까.

　#

　남자는 귀족이었고, 대저택의 주인이었다.

　남자는 부인과 사별하자 거의 두문불출했다. 젊은 나이에도 불구하고 재혼을 하지 않았으며, 줄곧 혼자 지냈다. 이따금 저택 앞 숲 속을 한가로이 거닐기도 했지만 그 뒷모습은 쓸쓸하기 짝이 없었다. 그는 하루의 대부분을 상념에 젖어 있거나 책을 뒤적이면서 보냈다. 그리고 차츰 와인을 즐겨 마시는 때가 많아졌다.

　남자의 저택에는 하인이 여럿 있었다. 그 중 어느 처녀는 음지 식

물처럼 살아가는 이런 주인을 몹시 사모했다. 하지만 언감생심 자신
은 하녀가 아닌가. 마음속의 사랑을 표현할 길 없던 처녀는 어느 날
부터 와인을 직접 빚기 시작했다.

자신이 직접 선별한 포도를 처녀는 저택의 지하실에서 정성을 다
하여 익혔다. 그리고 기회를 잡아 그 와인을 주인에게 선보였다.

"아아, 이 와인 맛은 정말 일품이군."

아니나 다를까 처녀가 지성으로 빚은 와인은 주인을 사로잡기 시
작했고, 주인은 처녀를 불러 이런저런 이야기를 나누기에 이르렀다.
물론 오가는 말이라고 해봐야 좋은 포도를 고르는 방법과 와인을 담
그는 비법에 관한 이야기가 대부분이었지만.

하지만 처녀는 주인 가까이에서 대화를 주고받는 것만으로도 행복
했으며, 좋은 와인 빚기에 더욱 심혈을 기울였다. 그러던 어느 날 주
인이 말했다.

"와인을 만드는 곳을 한번 보고 싶구나."

별 어렵지도 않은 일이라 처녀는 주인을 지하 창고로 안내했다. 한
데 이게 웬일인가! 하필이면 이때 쥐가 몇 마리 와인이 익어 가는 오
크통 주위를 맴돌거나 기어오르고 있는 게 아닌가! 이 광경을 목격한
주인은 경악하여 입을 다물지 못했다. 쥐는 주인이 병적으로 싫어하
는 동물이었던 것이다.

\#

그래서 어떻게 됐는데? 어떻게 되긴, 처녀는 그날로 당장 '나'를
지하 창고에서 키워 쥐를 얼씬도 못하게 했지. 뭐? 주인과 처녀의 그
뒤 관계가 궁금하다고? 그게 말야, 사실은 좀 슬퍼. 주인은 더 이상

처녀를 가까이 하지 않았고 그녀가 빚은 와인마저 멀리해 버렸으니
까. 저런! 그러나 처녀는 주인이 찾지도 않는 와인을 혹시나 하는 마
음으로 계속 빚었어. 그리고 종래에는 자신이 만든 와인을 홀짝이며
나를 품에 꼭 껴안고는 울먹였지.
  "와인캣, 이 외롭고 불쌍한 것! 이게 아마 끝은 아닐 거야. 그지?
이 가련한 것!"

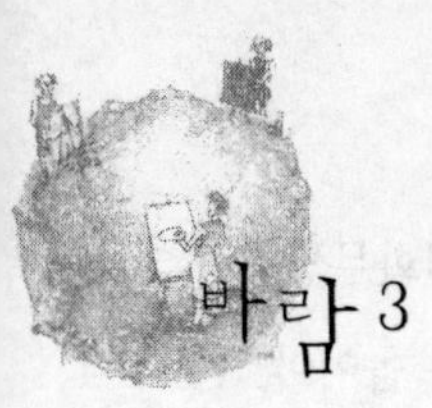

바람 3

||| 최 서 윤 | | | | | | |||

　　　　　　　나는 평생 바람을 따라다녔네. 하지만 아직 녀석을 한 번도 본 적이 없어. 난 늘 녀석의 꽁무니만 쫓아다니며 녀석이 지나간 흔적만 확인한 셈이야. 그런데도 나는 왜 그런지 그 바람이란 놈을 한번 붙들어 보고 싶은 충동을 접지 못하고 평생 녀석만 쫓아다녔네. 참, 허무한 인생이지. 바람을 찾아다니다가 바람만 맞았으니 말이야. 만약에 녀석이 지나갈 길에 미리 숨어 있다면 거들먹거리며 오는 녀석의 정면을 볼 수 있을지 몰라. 그러나 그걸 누가 알 수 있겠나? 어디로 튈지 모르는 공이라는 말이 있지만 공은 바람에 비하면 단순해. 그것은 도중에 어딘가에 부딪치지 않고는 방향을 틀지 않고 곧장 가잖나. 이놈은 앞으로 가다가 돌연 뒤로 돌아선다든지, 위로 솟구치거나 옆으로 빠지는 것은 물론, 갑자기 한 자리에 멈춰 서서 빙빙 돌며 주변에 있는 가로수, 전봇대, 자동차, 심지어는 집까지 뽑아 들고 올려가 멀리 떨어져 있는 곳에 내던지는 심술도 부리는 놈이야.

그렇다고 녀석이 늘 포악만 떠는 건 아냐. 그야말로 변화무쌍해서 천사와 악마는 물론 그 사이에 있는 무수한 역할을 다 하는 놈이야. 한 세대를 물리고 다른 세대를 불러들이는 일, 성이나 왕조, 권력을 쌓고 부수는 것은 오래전부터 해왔던 것이니 내겐 별로 관심 없는 일이야. 내가 손꼽을 만하게 흥미를 끌었던 바람의 자취가 몇 번 있었네.

한번은 어느 시골 장터를 지날 때 일이야. 녀석의 자취를 쫓고 있는 나는 단번에 심상치 않은 기미를 알아챘지. 녀석이 또 나타나서 재주를 부리려는 기미를 눈치챈 거야. 휘휘 둘러보다가 녀석이 장난질치고 있는 곳을 발견했어. 장터 한쪽에 사람들이 둘러서 있는 한가운데에서 약장수가 불로장생의 명약을 팔고 있었지. 그는 약의 신통함을 선전하기 위해 마술을 보여 주고 있었네. 흰 장갑 낀 손가락을 길게 뽑아서 멋들어진 동작으로 손수건을 접었다 폈다 하며 모여 선 사람들의 호기심을 높이려고 뜸을 들이고 있는 중이었지. 나는 이번에야말로 녀석의 정면을 볼 수 있지 않나 해서 약장수 주변을 노려보듯 주시하고 있었어. "자, 그럼 곧 여러분께 멋진 것을 보여 드리겠습니다." 말을 마친 약장수가 기다란 마름모꼴로 접었던 손수건을 훅 불어서 흔들자 그의 손에 손수건 대신 하얀 날개를 푸드덕대는 비둘기가 잡혀 있는 게 아니겠어? 약장수 주위만 긴장해서 쳐다보고 있던 내가 어떻게 녀석이 약장수의 몸 속에 숨어들어가 있다가 입김을 따라 나올 줄 알 수 있었겠나? 또 녀석의 자취만 보고만 셈이지.

한번은 사막에서였네. 사방에서 녀석이 다가오는데 눈을 뜰 수 없었어. 바로 앞에서, 뒤에서, 옆에서 녀석을 느낄 수 있었지만 모래 때문에 눈을 뜰 수 있어야지. 눈을 떴을 때는 벌써 녀석이 사라진 뒤였고. 또 녀석은 흔적을 남겨 놓았더군. 허허벌판이었던 내 앞에 모래산이 근사하게 서 있었어.

숨이 넘어갈 만큼 기막힌 순간도 있었지. 흰 한복을 입은 여자가 하얀 명주 수건을 들고서 버선발로 춤을 추고 있었네. 여자의 몸놀림이 흐드러진 꽃송이 같았고, 쏟아지는 폭포수 같았고, 바닷가 절벽에 몸을 내던지는 것 같기도 했어. 그녀가 던졌다, 끌어들였다, 풀었다, 여몄다 하는 명주 수건이 바람을 타고서 번뜩이는 칼이 되었다가, 가냘픈 목숨줄이 되었다가, 구불구불 이어지는 인생길이 되었다가, 끊어질 듯 이어지는 아리랑 가락이 되더니 운명의 바다를 건너는 배의 돛이 되기도 하더군. 결국, 그녀가 고통, 눈물, 원망, 회한…… 모든 것을 풀어 버리고 바람에 안기는 춤이야. 나는 그때 눈물을 흘렸다네. 왜 그랬는지 몰라. 그 순간은 바람이란 녀석을 꼭 내 눈으로 봐야겠다는 욕망도 잊어버리고 있었어. 그냥 넋을 놓고 있었네.

이제, 내 속에 있는 바람이 모두 빠져나가려고 해. 그러면 나는 흙으로 돌아갈 거야. 어쩌면 바람이 내 속에 들어 있기 때문에 나는 평생 바람을 찾아다녔고, 그러면서도 바람을 볼 수 없었는지 몰라. 누구나 스스로를 볼 수 없는 노릇 아닌가 말일세…….

바람과 함께 태어나서, 바람과 함께 사라지는 것들을 위한 진혼곡.

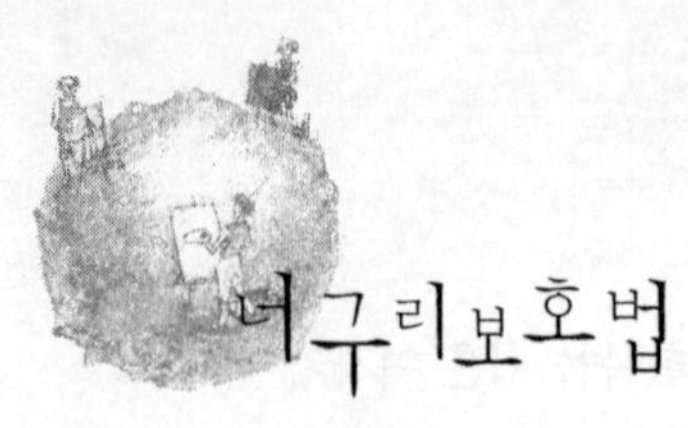

너구리보호법

∭ 홍 적 ∣ ∣ ∣ ∣ ∣∣∣∣

어느 날 국립 S대 의대의 성의학팀은 너구리의 생식기가 남성의 정력에는 물론, 특히 발기부전을 치료하고 예방하는 데 특효약이라는 임상 연구 결과를 발표했다.

다음날 전국의 약재상과 보신용 음식물을 취급하는 일부 식당에서는 아침부터 소동이 일어났다. 그동안 단속을 피해 은밀하게 거래되던 너구리가 문을 열자마자 동이 나버린 것이다. 거기에다 너구리 한 마리 값이 적게는 백만 원에서부터 많게는 이삼백만 원대에 이르기까지, 부르는 게 값이라는 말까지 떠돌았다.

이 소문이 확산되자 또 한 번의 소동이 일어났다. 너구리를 잡기 위해 사람들이 팔을 걷어붙이고 나선 것이다. 농사를 팽개친 농부들은 물론 도시의 일용 근로자들까지 여기에 합세했다. 올무와 덫이 전국의 산과 들을 뒤덮었다. 이렇게 포획된 너구리는 몇 단계의 유통 과정을 거치면서 돈 많은 최종 소비자에게는 마리당 무려 천만 원 가까이에 팔려 나갔다. 전국의 야생 너구리는 삽시간에 자취를 감추었다. 이를 보다 못해 환경단체에서 들고일어났다. 이들 단체는 이 땅에 너구리의 씨가 마르기 전에 정부는 당장 대책을 강구하라고 연일 시위를 벌였다.

마침내 '야생 너구리의 보호를 위한 특별 조치법'이란 환경법이 제정, 선포되었다. 이 법에 따르면 야생 너구리를 잡은 사람은 최고 20년, 올무나 덫을 설치하다가 적발된 사람에게는 최고 10년, 그리고 야생 너구리를 잡기 위해 모의한 사람들에게는 최고 5년이라는 중형을 선고할 수 있었다. 또 그 예방 조치의 하나로 올무나 덫을 설치한 자를 신고한 사람에게는 건당 500만 원, 모의를 한 자들을 신고한 사람에게는 건당 300만 원의 포상금을 지급하도록 부칙에 명문화시켰다. 그야말로 전대미문의 너구리 보호에 관한 초강력 환경법이 발동한 셈이었다.

그런데 이 법의 실시 이후 이와 관련한 살인 사건이 꼬리에 꼬리를 물고 일어나기 시작했다. 사실 그즈음의 사람들은 워낙 강력한 특별법에 놀라 너구리의 '너' 자만 들어도 슬금슬금 꽁무니를 빼는 판이었는데, 문제는 그 부칙에 있었다. 원래 너구리를 잡던 사람들이 이제는 신고 포상금을 노리기 위해 혈안이 되어 버린 것이었다. 이웃이 이웃을 신고하고, 친구가 친구를 신고하여 포상금을 탔다. 이렇게 체포된 사람들에게는 각각 5년 혹은 10년씩의 에누리 없는 중형이 선고되었다.

살인은 그 다음에 일어났다. 갑자기 가장이나 아들을 감옥에 보내게 된 피의자의 가족들이 신고한 사람을 찾아가 칼을 휘둘렀다. 그러자 이번에는 칼에 맞아 죽은 사람의 가족이 다시 상대방을 찾아가 칼을 휘둘렀다. 그야말로 악순환의 연속이었고, 이와 같은 살인 사건은 하루에 한 번 꼴로 전국에 걸쳐서 일어났다. 날이 갈수록 악법에 대한 여론이 들끓었다.

이를 보다 못해 이번에는 인권단체가 들고일어났다. 이들은 살인을 부르는 너구리 악법을 즉각 철폐하라고 정부와 국회를 압박해 들어갔다. 그러나 애초에 환경보호를 제1의 공약으로 삼아 출범한 정부와 여당은 요지부동이었다. 인권단체 연합은 마지막 수단으로 수백만 시민의 서명을 받아 너구리보호법의 위헌 여부를 가리기 위한 헌법소원을 냈다. 마침내 헌법재판소는 장문의 판결문을 이들에게 내렸다. 그 핵심만 간추리면 다음과 같다.

당 재판부는 재판관 전원의 합의하에 다음과 같이 결정한다. 너구리 보호를 위한 특별 조치법으로 인해 많은 인명이 살상되었다고는 하나, 지금까지 포획되어 목숨을 앗긴 너구리의 수에 비하면 아직 조족지혈에도 미치지 못한다. 뿐만 아니라, 우리나라 인간의 개체 수는 존망의 위기에 놓인 너구리의 개체 수에 비하면 아직 그 배수를 헤아리지 못할 정도로 넉넉하고 많다. 그러므로 우리나라 헌법 전문에 '우리는 영원히 우리 국토의 자연과 더불어 행복을 추구한다' 라는 선언에 비추어 볼 때, 지금 시행되고 있는 '야생 너구리 보호를 위한 특별 조치법'은 헌법에 위배되지 아니한다.

입하각시의 노래

||| 안 영 실 | | | | | |||

　　　　　　　여보시오, 벗님네들 이내 말씀 들어
보소. 시집올 때 내 나이 열두 살, 다섯 해 동안 죽자 사자 일만 하고 지
금까지 신랑하곤 한이불 덮고 잔 일이 없소. 하기야 신랑이라고 해봐야
자치기에 술래잡기, 코흘리개 버선 동자 일곱 살이었으니. 어느 세월
땅꼬마가 사서삼경 외우고 논어 맹자 떼어서 어사화를 쓰고 올까? 에
라 그런 것은 바라지도 않으니, 남자 구실 할 때까지 길쌈이나 하며 지
내려 했소.

　무남독녀 마마쟁이 시집 보낼 이불을 꿰매면서 내 어미는 노래를 불
렀다오.

　알캉달캉 내 아가야 네가 가면 적막한 밤
　허전하여 어찌 살꼬 옆구리에 베개 끼고 온 밤을 뒹굴겠지
　알캉달캉 내 아가야 시에미 속적삼은 고운 무명 잦은 누비
　시아버지 사방탁자 철 따라 들꽃 놓고

알캉달캉 내 아가야 고운 신랑 쌈짓돈은
비단으로 보를 싸서 속바지에 꿰매 놓고
알캉달캉 내 아가야 사랑받고 살고 지고
시렁 위엔 오얏 버선 화로 위엔 알밤구이,
옥비녀에 얼레빗은 은빛으로 빛나고저
알캉달캉 내 아가야 소복소복 하얀 쌀밥 끼니마다 먹으면서
고개 너머 에미 생각 당최 하지 말아 다오.

눈물을 문지르며 불러 대던 어미의 주문은 효험이 없었다오. 몸이 부서져라 일을 했고 손톱 끝에 물 마를 날 없었으며, 호롱불에 누비 적삼 고이 누벼 바쳤지만, 시어머니 트집잡아 등골이 휘었다오.

옥비녀에 얼레빗은 없어도 상관없네, 소복소복 하얀 쌀밥 어디에 있을까?
하얀 쌀밥 아니어도 배부르면 좋으련만, 시어머니 보리 됫박 야박하기 그지없네.
울 어메요 울 어메요 바느질에 길쌈하기, 얼음물에 빨래하기
못 살겠네 못 살겠어. 이 몸이 죽어지면 어미에게 가려나
매서운 시어머니 눈초리를 벗어나서 어미에게 돌아가면
뉘 섞인 밥일망정 원 없이 먹고 나서 세상없는 낮잠 한번 자기라도 해봤으면.

어느 날 제사가 있었소. 조상께 올릴 쌀밥을 지으라는 시어머니의 명에 따라 돌을 고르고 뉘를 털어내어 윤이 나는 가마솥에 깨끗하게 밥을 짓소. 보리밥만 짓다가 쌀밥을 짓게 되었으니, 어림잡기가 쉽지 않았소. 울 어미가 말하던 소복소복 하얀 쌀밥. 언제나 뜸이 들까? 뚜껑을 열고 밥알 몇 개를 떠먹어 보았소. 그런데 바로 그때 시어머

니가 들어오시면서 벼락같은 소리를 내지르는데,

시어머니는 싸리비를 들고 등짝을 후려치네. 신랑이라도 말릴 줄 알았건만, 대문 옆에서 코딱지나 파면서 빙긋이 웃고 있으니! 시아버지 흐음흐음 헛기침 소리 들렸지만 시어머니는 이제 부지깽이를 가지고 달려드오. 그 길로 나는 뒷산으로 도망쳤소. 다복솔 아래에서 곰곰이 생각하니 부지깽이보다 더 무서운 건 빙긋이 웃던 신랑의 웃음이라.

이렇게 살아서 뭣하나 등골이 휘도록 일을 했건만 소복소복 하얀 쌀밥은 어디 가고 부지깽이에 사나운 시어머니 호통만 가득하네. 칡넝쿨을 목에 감고 나무에 매달리며 노래를 불렀지.

죽어서야 하늘이 내 기도를 들어줬는가 보오. 내 무덤가에 나무 한 그루가 자랐소. 그 나무에서는 입하가 되어 모내기를 할 철이 되면 하얀 쌀밥을 가득 담은 꽃들이 흐드러지게 피어났소.

배고픈 사람들아 하얀 눈꽃 하얀 쌀밥 많이많이 드시오,
고픈 배에 설움 나니 햐얀 쌀밥 넘쳐나게 가득 담아 다복다복
그림같이 모 내놓고 들파람 휘파람 마냥 불며 집에 가세.
가는 길에 저 산 너머 울 어메를 보거들랑
소복소복 하얀 쌀밥 이야기나 해주시오.

* 구전되어 오던 이팝나무의 전설을 판소리 아니리의 가락으로 썼음.

▌ 우리 가락을 찾는 즐거움.

호호설 狐虎說

||| 박 명 호 | | | | |||||

1.

나는 보수주의자이고 싶다.

모두가 진보주의자라 자칭하는 이때 나는 보수주의자이고 싶다.

진보는 선(善)이고 보수는 악(惡)이다라고 여기는 이 풍토가 싫다.

2.

돌멩이가 항아리 위에 떨어져도

그것은 항아리의 불행이다.

항아리가 돌멩이 위에 떨어져도

그것은 항아리의 불행이다.

3.

무서운 호랑이가 있었다.

무엇이든 호랑이 마음대로였다.

호랑이의 횡포에 모든 짐승들은 고통을 겪고 있었다.

황소를 비롯한 선한 짐승들이 힘을 모아 호랑이에게 저항하기 시작했다.

그러나 여우는 호랑이의 눈치를 살피며 선한 짐승들에게 협조하지 않았다.

호랑이가 나이 들고 힘이 빠져 발톱과 날카로운 이빨마저 빠져 무기력해졌다.

여우는 호랑이를 날마다 찾아가 괴롭혔다.

심지어 끌어내어 발길질하고 다른 짐승들에게 끌고 다니며 죄를 문책하도록 했다.

여우는 호랑이 세상이 가고 황소의 세상이 오고 있음에 지난 비겁을 만회라도 하려는 듯 더욱 호랑이를 모질게 다루었다.

휴머니즘이 바탕에 깔리지 않은 운동은 폭력이다. 특히 뒤늦게 뛰어든 기회주의자들의 운동은 반인간적이며 반사회적이다.

돼지들

||| 정 성 환 | | | | |||||

　　　　　　　서울에서 자동차로 두 시간 거리. 행
정수도가 있는 곳. 지금 그 도시에서 '21세기 세계정보산업박람회'가
열리고 있다. 많은 사람들이 박람회를 구경하려고 여기저기서 모여들
고 있다. 내국인은 물론이고 많은 외국인들도 참석하는 범세계적인 행
사다. '다가오는 세상은 디지털이 세계를 지배한다'는 슬로건을 걸고
화려하게 행사가 진행되고 있다. 박람회장에 전시된 물품들을 구경하
면서, 사람들은 이제 디지털의 승자가 인생의 승자가 된다는 믿음을 굳
힌다. 사람들은 조금이라도 정보에 뒤지지 않으려고 기를 쓰고 복잡한
박람회장을 돌아다닌다.

　박람회장을 오가는 길에는 많은 차들이 질주하고 있다. 속도가 승
리의 관건. 버스, 대형 승용차, 중형 승용차, 소형차, 레저용 차, 화물
차 등등 수많은 종류의 차들이 아스팔트 위를 달린다. 화물차 하나가
몸집이 엄청나게 큰 돼지들을 가득 싣고 달린다. 돼지들은 지금 도살

장으로 실려 가고 있다. 목적지에 도착하면 차에 실린 채로 무게를
달고 곧장 도살장으로 끌려갈 것이며 드디어 생을 마감당할 것이다.
그리하여 목이 잘리고 배는 갈라질 것이며 네 다리도 잘려 나갈 것이
다. 결국 삼겹살이나 족발로 요리되어 끝내는 인간들의 뱃속으로 사
라지고 말 것이다.

　돼지를 실은 차가 굽은 길을 돌 때마다 원심력 때문에 돼지들은 바
깥쪽으로 휩쓸린다. 차도 따라서 흔들린다. 운전사는 돼지들의 움직
임을 온몸으로 느낀다. 그는 돼지들의 움직임에 맞추어 핸들을 조절
하며 달리고 있다. 이때 대형 승용차들이 떼를 지어 엄청나게 빠른
속도로 달려간다. 차에는 거물 정치인들과 고위 관료들이 타고 있다.
그들은 방금 행사에 참석하고 서울로 돌아가는 길이다. 서울로 가는
길에 골프장에 들러 기업인들과 골프를 하기로 일정이 잡혀 있는데,
시간이 급하다. 차들은 허용된 속도를 초과하여 달리고 있다. 그들에
게는 제한속도 따위는 안중에도 없다. 그들만이 이 세상을 지배할 수
있는 권리가 있고, 그들의 시간만이 귀중하다는 듯이, 제한속도와 교
통법규를 무시해 가면서 질주하고 있다.

　그러나 그들의 질주 행위는 그리 오래가지 못한다. 맨 앞차가 무
리하게 추월하다가 기어이 사고를 낸 것이다. 연이어 뒤따르던 차들
이 앞차를 들이받는 연쇄 추돌 사고가 벌어진다. 뒤집히는 차. 길 밖
으로 떨어지는 차. 순식간에 아수라장으로 변한다. 돼지를 실은 화
물차도 앞차를 들이받고 왼쪽으로 넘어진다. 돼지들이 도로 위로 쏟
아진다. 돼지들이 마구 고속도로 위를 뛰어다닌다. 몇 마리는 차에
받혀 쓰러진다. 더러는 도로의 중앙분리대를 넘어 하행선으로 뛰어
든다. 고속도로는 상행선 하행선 모두 일대 혼란이 온다. 모든 차는

정지되고 돼지들은 달린다. 그 질주는 세상이 끝날 때까지도 끝나지
않을 것 같다.

경부고속도로에서 돼지를 싣고 가던 트럭이 전복하여 돼지들이 도로 위를 뛰어다니는
바람에 고속도로가 온통 아수라장이 되었다는 어느 신문의 '휴지통' 기사를 읽은 적이 있다.

축전을 기다리는 사람들

축전을 기다리는 사람들

||| 윤 용 호 | | | | | |||

그들의 가슴에는 시한폭탄이 묻혀 있다고 했다.

누군가가 이 시한폭탄을 완벽하게 제거해 내지 못하는 한 그들에게 미래는 없었다. 하지만 폭발물을 제대로 들어낼 수 있는 확률이란 매우 낮았다. 이런 사실을 잘 알았지만 이미 반쯤 넋이 나간 그들은 도박판에 뛰어들듯 폭탄 제거 기술이 뛰어난 굴지의 병원을 찾아 모여들었다. 그 바람에 이름난 병원의 폭탄제거반에는 항상 대기자들이 밀려 있었다.

\#

6인 병실의 환자들은 그들의 미래만큼이나 표정이 어두웠다.

"왜 나는 빨리 안 실어 가는 거야. 젊을수록 빨리 퍼진다는데."

이 병실에서 나이가 제일 젊은 남자가 볼멘소리로 불만을 터뜨리자 옆의 구레나룻 사내가 말했다.

"그래봤자 당신은 겨우 보름째야. 나는 벌써 25일을 기다리고 있다고."

그 말을 듣자 남의 일 같지 않다는 듯이 대머리 사내가 넌지시 입을 열었다.

"봉투를 하나 안기면 다음날로 재깍 실어 간다는 소문도 있던데."

이번에는 대머리 맞은편의 안경 낀 남자가 자기 차례라는 듯 느릿느릿 끼어들었다.

"특실 환자도 3, 4일이면 된대요."

이 말을 끝으로 누군가가 탄식어린 한숨을 내쉬었고, 갑자기 꿀 먹은 벙어리가 된 듯 그들은 모두 침묵하고 말았다. 사실 아무리 입방아를 찧어 본들 돈 없고 빽 없는 그들이 할 수 있는 일이란 아무것도 없다는 사실을 잘 알기 때문이었다.

\#

오후의 햇살이 스파이처럼 6인 병실 깊숙이 침투하면 간암 환자들은 나른한 피로에 절어 병든 닭처럼 꼬득꼬득 졸았다. 이때 어떤 간호사가 불쑥 들어오더니 구레나룻 사내를 보고 말했다.

"내일로 잡혔어요."

그러자 갑자기 생기발랄한 수탉이 홰를 치듯 여기저기서 축하한다는 말이 구레나룻 사내를 향해 쏟아졌다.

이제 겨우 수술 날짜가 잡혔다는 통고를 받았을 뿐인데 축하라니! 하지만 그들에게는 그런 말조차 축전으로 들렸던 것이다.

강인석

부산 출생. 〈문학나무〉
소설 부문 신인상으로 등단.
현재 한국소설가협회 사무국장.

구자영

경북 왜관 출생. 1997년
〈작가세계〉에 단편소설 「뽈」로
신인 추천. 2003년 창작집 「건달」.
'한국가톨릭문학상',
'한국소설문학상' 수상.

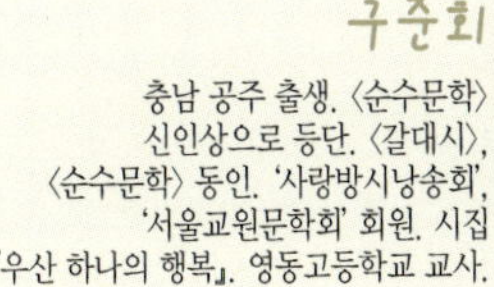

구준회

충남 공주 출생. 〈순수문학〉
신인상으로 등단. 〈갈대시〉,
〈순수문학〉 동인. '사랑방시낭송회',
'서울교원문학회' 회원. 시집
「우산 하나의 행복」. 영동고등학교 교사.

김영이

경북 김천 출생. 2001년
〈월간문학〉 소설 부문 신인상.
「꽃보다 활짝 피어라」 편저.
소설가, 번역 작가로 활동 중.

김병언

경북 대구 출생. 1992년 〈문학과 사회〉
통해 작품 활동 시작. 창작집
「개를 소재로 한 세 가지 슬픈 사건」,
「천치의 사랑」, 장편소설집 「목수의 칼」.

김영은

충북 음성 출생. 1989년 〈월간문학〉 시 당선.
2001년 〈한국소설〉로 소설 등단.
국제펜클럽한국본부 이사. 한국여성문학인회 이사.
한국시인협회 중앙위원. 제9회 윤동주문학상 수상.
시집 「꿈꾸는 새는 비에 젖지 않는다」 외 4권.
동인지 에세이집 공저 다수.

김의규

서울 출생. 화가.
미니픽션작가모임
통해 작품 활동 시작.
성공회대학
디지털컨텐츠학과
교수 지냄.

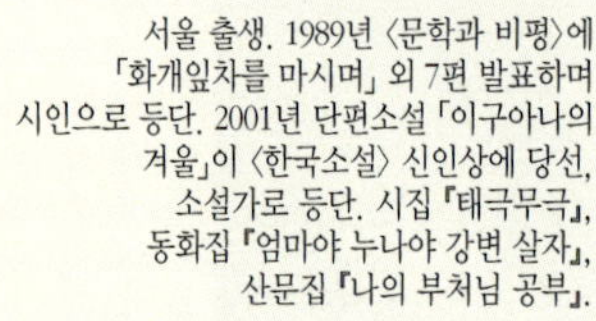

김정요

서울 출생. 1989년 〈문학과 비평〉에
「화개잎차를 마시며」 외 7편 발표하며
시인으로 등단. 2001년 단편소설 「이구아나의
겨울」이 〈한국소설〉 신인상에 당선,
소설가로 등단. 시집 「태극무극」,
동화집 「엄마야 누나야 강변 살자」,
산문집 「나의 부처님 공부」.

김홍근

부산 출생. 「보르헤스 문학 전기」와
「참선일기」, 「선화」 등의 저서와
「활과 리라, 옥타비오 파스의 시학」,
「보르헤스 불교 강의」, 「보르헤스의
미국 문학 강의」 등의 역서 있음.
성천문화재단 동서인문고전강좌 운영.

박영호

경북 청송 출생. 1992년 〈부산일보〉
신춘문예 당선. 장편 「가롯의
창세기」, 잡감집 「촌놈과 상놈」.
2005년 부산작가상 수상.

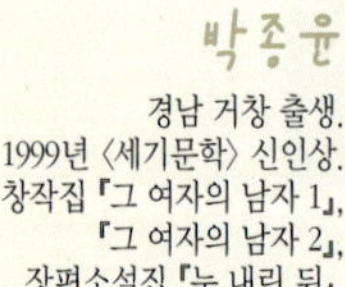

박종윤

경남 거창 출생.
1999년 〈세기문학〉 신인상.
창작집 「그 여자의 남자 1」,
「그 여자의 남자 2」,
장편소설집 「눈 내린 뒤」.

백경훈

서울 출생. 2003년 계간
〈문학나무〉 시 부문 신인상.
2006년 여행 에세이
「마지막 은둔의 땅, 무스탕을 가다」.

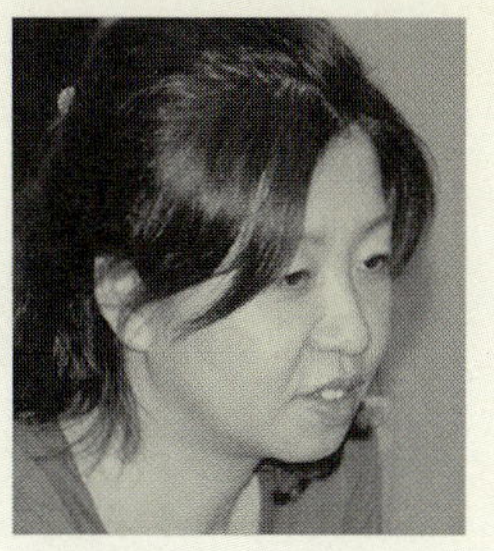

안영실

서울 출생. 1996년 〈문화일보〉
신춘문예에 중편소설 「부엌으로
난 창」으로 등단. 「그늘 우거진 소리」,
「만우절」 등의 작품 있음.

배영희

경북 의성 출생. 1999년 〈문학과
의식〉에서 「길을 잃다」로 소설 부문
신인상. 학습만화 『우리 몸의 비밀』,
『우주의 비밀』, 동화 『해와
달이 된 오누이』, 『유래에 얽힌
이야기』 등의 작품 있음.

유경숙

충남 양촌 출생. 1997년 계간 창작 수필 신인상에
「기우도(騎牛圖)」 당선. 2001년 〈농민신문〉 신춘문예
단편소설 「적화(摘花)」 당선. 「금취학령(禁醉鶴翎)」,
「천은사」, 「눈썹」 등의 작품 있음.

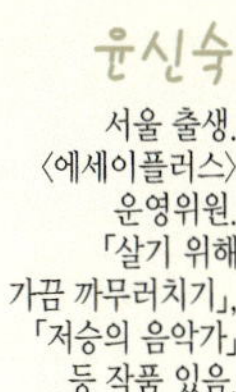

윤신숙

서울 출생.
〈에세이플러스〉
운영위원.
「살기 위해
가끔 까무러치기」,
「저승의 음악가」
등 작품 있음.

이진훈

경기도 김포 출생.
〈시세계〉로 등단. '서울교원문학',
'사랑방시낭송회' 회원.
영동고등학교 교사.

윤용호

경남 김해 출생. 1992년 〈월간문학〉
신인상으로 등단. 창작집 『날아다니는 가위』,
『임대가족』, 장편소설
『경마장의 말꼬리는 잡히지 않는다』,
『그래서 우리는 재혼했다』.

정성환

경북 영천 출생.
1995년 〈동서문학〉
소설 부문 신인상.
『알바트로스의 날개』,
『마지막 카페』, 『침묵의
소리』, 『어제의 시간』,
『외출』 등의 작품 있음.

최서윤

서울 출생. 1996년 〈소설과 사상〉
신인상. 창작집 『길』.

최옥정

전북 익산 출생. 2001년 〈한국소설〉
신인상에 「기억의 집」으로 등단.
2004년 「식물의 내부」로
제5회 교산 허균문학상 수상.
2005년 소설집 『식물의 내부』.

홍적

경북 봉화 출생. 〈현대문학〉으로 등단.
장편소설 『영원한 것은 없다』 외
『중국 환상동화(전 3권)』 등
저서 다수.

사람이 그립다 4

||| 이 진 훈 | | | | | || |||

짠돌이 구 첨지가 동부인으로 중국 여행을 떠난 것은 실로 동네 사람들은 물론 가문 전체의 빅 뉴스 거리였다. 국민학교 동창들의 등쌀을 견뎌 내지 못한 점도 있었지만 무엇보다 아내를 구슬리기 위한 구 첨지의 큰 결단이었다.

짠돌이 구 첨지가, 이혼하자며 눈에 쌍심지를 켜고 달려드는 아내에게 손금이 다 닳도록 빌던 참에 불알친구들이 부부 동반 중국 여행을 제의해 온 것이었다. 30년 넘게 살아오면서 자신은 물론 아내에게 해외 바람을 콧구멍 속에 넣어 준 적이 없는 구 첨지가 이번만큼은 먼저 나서서 아내를 채근해 댔다. 자존심이 상했지만 낼 모레 환갑 나이를 먹도록 경험하지 못한 해외 여행이라는 말에 구 첨지의 아내 방 여사는 못 이기는 체 응낙했다.

방 여사가 남편의 애면글면 제의에 못 이기는 척하며 응낙한 데는 남편을 향한 측은지심이 발동하기도 했다. 같은 이불 아래 사는 동안 도박에 바람기에 속 끓인 것을 생각하면 당장 내쳐 버리고 팔자를 고칠까도 했다. 하지만 큰딸 결혼식에 손이나 잡아 보고 헤어져도 헤어지자며 무릎을 꿇는 모습에, 그래 마지막으로 애비 노릇이나마 하게 해주자는 셈을 하던 차에 꿈에도 그려 보지 못한 해외 여행 기회가 생긴 것이다. 그것도 영감이 거금 일백만 원을 현금으로 건네며 여행 가서 마음껏 써보라 했으니 돈의 출처가 어디였든 우선 먹기에는 곶감이 달다고 챙기고 떠나온 것이었다.

5박6일 내내 구 첨지의 아내에 대한 배려는 남달랐다. 밤마다 한 방에 모여 포커판을 벌이는 불알친구들의 온갖 놀림에도 아랑곳하지 않고 구 첨지는 주야장천 아내 방 여사의 비위를 맞추는 데만 온 정성을 쏟았다. 그도 그럴 것이 이번 사건은 다른 어느 때보다도 아내를 크게 자극했고, 아내는 급기야 이혼이라는 초강경수로 응대해 온 것이었다. 철딱서니 약속 다방 정 마담이 불경기에 장사도 어렵고, 이참에 다방을 정리하고 살림을 차리자며 집으로 들이닥치는 바람에 방 여사의 심기가 열두 번은 뒤집혔으니 수단 방법을 가릴 계제가 아니었다.

구 첨지의 이런 노력에 방 여사의 마음이 조금씩 열리기 시작했다. 여행 나흘째가 되어서야 구 첨지는 방바닥 새우잠에서 방 여사의 침대 위로 올라갈 수가 있었으니 그의 노력은 가히 눈물겹지 않을 수 없었다. 구 첨지의 방 여사에 대한 최대 희생은 여행 닷새째 되는 항주(杭州)의 쇼핑센터에서였다.

항주 로컬 가이드 최복금 여사의 노회한 언변술이 작용하지 않은 것은 아니었지만 귀동냥으로 서호(西湖) 담수(淡水) 진주의 명성을 들었던지라 미리 준비해 온 거금을 털어 지름 15밀리미터급의 흑진주 목걸이를 방 여사의 목에 걸어 주었다. 주변의 온갖 쑥덕거림도 못 들은 체하며 오로지 아내의 환심을 사는 데만 몰두했다. 바가지를 쓰면 어떻고, 속아넘어가면 어떻고, 돼지 목에 진주 목걸이면 어떠랴. 진주 목에 돼지 목걸이라 해도 방 여사의 입이 떡 벌어져 이혼의 위기만 넘기면 장땡인 것이 구 첨지의 심사였다.

진주 목걸이의 효과는 만점이었다. 마지막 날 밤, 방 여사는 자신 곁에서 애완견처럼 붙어 있는 남편의 등을 떠밀어 포커판이 벌어진 방으로 넉넉한 군자금까지 쥐어 주며 들여보냈다. 대성공의 만세를 부르며 개선장군처럼 입장하는 구 첨지를 불알친구들은 빈정거림이 뒤섞인 격려와 찬사로 맞아들였다.

그러나 행운은 연속적이지 못했다. 가진 돈에 방 여사가 안겨 준 밑천까지 톡톡 털린 구 첨지가 새벽 두 시가 되어 방으로 찾아오자 아내 방 여사가 오간 데가 없었다. 몇몇 친구의 방에 인터폰을 해봐도 종무소식이었다. 야반도주하듯 가이드에 이끌려 소주(蘇州)의 한 호텔 방을 찾을 때도 미로 같은 구조 때문에 혼을 빼앗겼는데 생전 처음 해외에 나온 마누라가 길을 잃으면 난감, 또 난감이었다. 더구나 아내는 값비싼 진주 목걸이를 하고 있지 않은가. 행여 호텔 밖에 나다니다가 강도나 당하지 않았을까 하는 걱정이 일기도 했다. 오(吳)나라 궁궐 모양을 본떠 만들었다는 희래등(囍來燈) 호텔 곳곳을 몇 차례 길을 잃으며 찾아보았지만 헛수고였다. 말도 통하지 않는 종업원들에게 물을 수도 없고, 새벽잠에 빠진 가이드를 깨울 수도 없어 발을 동동 구르고 있는데 방 여사가 정원 한쪽을 산책하고 있는 모습이 눈에 띄었다.

방 여사는 첫 번째 해외 여행 마지막 밤의 아쉬움과, 진주 목걸이에 대한 감격과, 남편 구 첨지를 용서는 하되 어떻게 다짐을 받을까 하는 생각들이 겹쳐 잠이 오질 않아 뜰에 나선 것이었다. 이국 호텔의 아름다운 뜰은 방 여사를 소녀로 바꾸어 놓기에 충분했다.

그런데 평소 같으면 동이 터서야 기어들어올 남편을 뜰에서 마주친 것이다. 남편이 얼마나 오랜 시간을 찾아 헤맸는지 모르는 방 여사가 반가움에 남편에게로 다가가자, 구 첨지는 느닷없이 소리를 질러 댔다.

"예편네가 한밤중에 어딜 쏘다니는 거야? 목걸이는 어디 있어? 목걸이 잃어버린 것 아냐?"

"뭐라구? 목걸이? 그래, 이 영감탱이야, 마누라는 아랑곳없고 이깟 진주 목걸이가 그리 소중한 거냐? 관둬라, 관둬! 이 까짓것 정 마담인지 뭔 년인지나 갖다 주고 잘 살아 봐라, 이눔아!"

방 여사가 내던진 진주 목걸이는 구 첨지의 얼굴을 때리고 정원의 차가운 대리석 위에 흩어졌다.

사람이 그립다 5

||| 이 진 훈 | | | | ||||

"박 영감님, 오늘은 약주가 과하십니다."

"아이구, 조 회장님! 뭐 이 정도야. 또 과하게 마신들 어떻습니까?"

"회장은 무슨 회장입니까? 설렁탕집 쥔 영감이지요. 벌써 취기가 있으신대요."

"아, 두 아드님이 회장님 회장님 하며 잘 모시지 않습니까? 저는 그저 술에 취해서나 누워야 겨우 한잠을 자는 걸요. 빈집에 혼자 덜렁 들어가면 잠이 안 와요. 머릿속으로 밤새 소설책 몇 권 쓰며 뒤척이지요."

"요즘 부쩍 술이 느셨어요. 마나님 보내신 후로 많이 적적하시지요?"

"우리 할멈이요? 그 사람이야 행복하지요, 영감 시중 받다 갔으니. 문제는 이제 접니다. 누구 하나 살갑게 들여다보는 자식이 없어요."

"애들아, 여기 영감님 따뜻한 국물 좀 더 가져다 드려라!"

"아이구, 국물은 무슨. 그저 이걸로도 족합니다. 이렇게 먹고 들어가 자는 것이지요. 근데 조 회장님을 뵈면 언제나 부럽습니다. 정말 부러워요."

"박 영감님, 나도 한 잔 주시지요. 가게 문 닫을 때도 됐으니 나도 한 잔 하고 들어가지요."

"허, 이거 고맙습니다. 오늘은 뜻하지 않게 술벗이 생겼습니다. 그 것두 조 회장님과 말입니다."

"허긴 저두 하루 종일 설렁탕과 씨름하다 잠자리에 들면 여기저기 가 욱신욱신한 게 쉬 잠이 안 와요."

"아니, 조 회장님이 무슨 설렁탕과 씨름을 해요? 두 아드님이 다 알아서 척척 하는데. 얼마나 보기 좋습니까? 두 아들 데리구, 두 며 느리 데리구, 거기다가 마나님까지 자리를 턱 지켜 주시니."

"박 영감님, 무슨 말씀을. 뵙기 좋으신 거야 박 영감님이시지요. 아, 박 영감님 3남매야 천하가 다 아는 천재들 아닙니까? 미국 대학 교수에, 의사에, 신촌 바닥이 다 아는 일인데. 저는 애들 키울 때를 생 각하면 아직도 등골이 서늘합니다. 허구헌 날 학교에 불려 댕기기나 허구, 대학에도 못 들어가 변변한 직장 하나 얻어 가지도 못해, 그러 다 한 놈 두 놈 즈이들끼리 붙어 살다 애 낳으니까 처자식 굶겨 죽일 것 같으니까 애비 설렁탕집으루 기어들어온 거 아닙니까? 아, 그때 박 영감님네 3남매는 여기저기 불려 댕기며 상장을 죄다 휩쓸었지요. 명문대는 혼자 독차지하지 않았습니까? 그때 생각을 하믄 지금도 속 이 끓어오르는 걸요. 아, 그때 박 영감님이 우리집 쳐다나 봤습니까?"

"허헛, 모르시는 말씀. 남들은 그렇게 말하지요. 그러나 이렇게 조 회장님네 설렁탕집에 와서 부자간에 정겹게 일하는 걸 보면 정말 부 럽습니다. 지금 나는 자식들 얼굴 보기도 어렵습니다. 아시다시피 작

은놈과 딸년은 미국에 가서 교수를 한대나 뭘 한대나 즈이 에미 죽었
을 때나 나와서 들여다보곤 다시 나오지도 않잖아요. 작은놈과 딸년
보고 싶으면 내 부고장이나 보내야 할 겁니다.”

“아니, 든든한 큰아드님이 있지 않습니까?”

“한동네서 살아 우리집 사정 잘 아시믄서 뭘 새삼 물으십니까? 자
식은 그저 울타리일 뿐이지요. 그놈이 언제 제 집에 와서 하룻밤이라
도 함께 자준 적 있는 줄 아십니까? 늘 병원 일에 매달려 즈이 애비 병
이 무엇인지도 모르고 있지요. 지난번에는 큰며느리가 그럽디다. 말동
무도 하고 조석 끓여 줄 여편네 하나 얻어 새장가 가라구. 미국에 있는
애들도 동의했다구. 파출부 아줌마로는 한계가 있대나 뭐래나⋯⋯.”

“아, 그것 잘 됐습니다. 국수는 다음에 먹구 자, 건배나 한 번 합시
다. 말년에 복이 트셨습니다.”

“복이요? 신촌 바닥 복은 조 회장께 다 갔습니다. 매일매일 아버님
이라면 껌뻑 죽는 아드님에 며느님에, 그게 복이지요. 우리 큰며느리
가 그럽디다. 새어머님 들이시더라도 재산 문제만큼은 분명히 선을
긋고 들여야 한다고.”

“아, 우리 저놈들도 내가 이 설렁탕집이라두 붙들고 먹고 사니까
들어온 게지 쪽박 차고 앉았으면 거들떠나 보았겠습니까?”

“무슨 말씀을? 두 아드님 덕에 가게두 늘리구 이렇게 번창하여 장
안 제일의 설렁탕집이 되지 않았습니까? 자, 또 축배 한 잔 합시다!”

“허긴 박 영감님 말씀이 맞습니다. 제 혼자 힘이었으면 이렇게 못
했지요. 그런데 저놈들이 박 영감님네 자식들처럼 공부를 잘했으면
이리 되지도 않았겠지요?”

“참, 공부가 뭔지 모르겠어요. 내 자식들은 다 떠나가 버리고, 회

장님 자식들은 모두 아버지 품으로 되돌아오고. 무얼 어떻게 가르쳐야 되는지 죽을 때가 되어서도 모르겠습니다. 정말 자식 가르치는 것을 인생 최고의 낙으로 알았었는데.”

“품 안에 자식이라지 않습니까? 아, 그럼 세 자식 중 한 아이는 대충 가르치시지 그러셨어요? 그럼 아마 그 자식 때문에 평생 가슴앓이하며 사셨을 걸요? 그저 즈이들 잘 되어서 잘 사는 것 보면 됐다 생각하셔야지요. 걔들도 지 자식들 가르치느라 영감님처럼 노심초사할 겝니다.”

“허긴 그러겠지요? 그놈들이나 늙어서 나같이 되지 말아야 할 텐데. 조 회장님, 오늘은 우리집에 가서 나와 함께 술이나 한 잔 더 해주지 않으시겠습니까? 내가 술이 취했나? 조 회장님께 응석을 다 부립니다그려.”

“아, 그러지요. 우리 이 잔만 비우고 박 영감님네로 갑시다. 애들더러 수육이나 따뜻하게 싸라고 하지요. 나두 그렇게 생각했습니다. 오늘은 아무래도 박 영감님과 함께 있어야 할 것 같아요. 아, 그런다구 뭐 우리 할멈이 마다하며 강짜를 부리겠어요? 그리구 낼 아침엔 우리 가게에 와서 해장국이나 먹읍시다.”

'자식 농사를 잘 짓는다'는 말은 참 아리송하다. 자식을 생각할 때면
'굽은 나무가 선산 지킨다'는 옛말이 자꾸 되뇌인다.

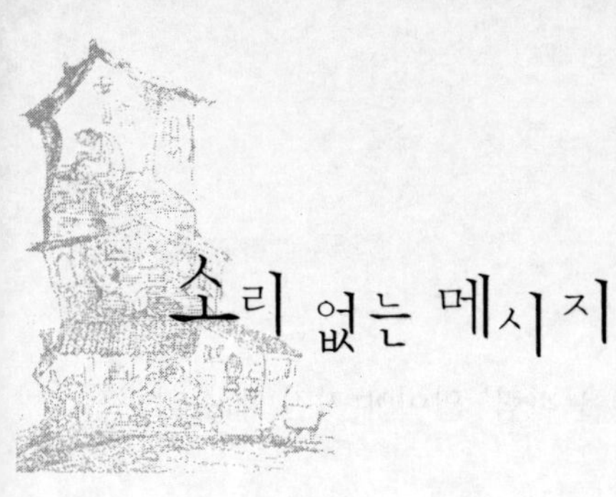

소리 없는 메시지

||| 김 명 이 | | | | | | | |||

그녀가 이미지와 음악이 있는 영상시를 만드는 프로젝트를 맡은 지 보름째다. 작품은 사장이 직접 선정했다. 그는 다른 프로젝트와는 달리 직접 진두지휘하고 싶어했는데, 한때는 문학이라는 이름으로 동고동락한 옛 친구, 그리고 현재는 시인이 된 친구의 부탁을 받은 모양이었다.

오늘 작업해야 할 시의 제목이 '석모도의 저녁'이었다. 바탕 이미지를 찾느라 계속 클릭을 하니 새들이 검푸른 실루엣으로 떼지어 날고 있는 사진이 나왔다. 그녀는 바로 이거다 싶었다. 약간의 톤 다운을 시키면 시와 조화가 잘 될 것 같았다. 그녀는 작은 소리로 읽어 보았다. 시를 읽으면 자연스럽게 떠오르는 이미지와 음률이 있다. 이 시는 딱히 음악이 필요한 것 같지 않았다.

그때 등 뒤에 누군가가 느껴졌다. 사장이었다.

"이미지가 너무 심플하잖아. 석모도면 바닷가가 나오든지 배가 나와야지, 안 그래!”

사장은 한 마디 했다.

“참, 그리고 저번에 완성됐다는 ‘겨울 바람’ 말이야 거긴 왜 음악이 안 깔렸지?”

“그 시는 음악이 없어도 될 거…… 같!”

사장은 M에게 설명할 틈을 주지 않고 말했다.

“그렇게 밋밋한 걸 어디다 내놓겠어. 그리고 이 시는 그림이 이게 뭐야, 바로 감동을 주는 이미지를 좀 찾아봐.”

사장이 ‘휙’ 하고 자리를 뜨고, 하고 싶었던 말은 혼잣말이 되어 나왔다. 왜 꼭 음악이 필요한지 설명 좀 해주실래요? 영상 위에 글자를 페이드인시킨 것두 아닌데…… .

영상 위에 글자를 팝업시키거나 페이드인시킬 경우, 음악을 깔아주면 자연스럽다. 그녀는 이미지를 찾기 위해 늘 가던 유료 사이트에 들어갔다. 유료 사이트엔 좋은 이미지가 많이 들어 있다. 사장은 자신의 비즈니스가 각종 자료를 데이터베이스화하여 돈을 버는 것임에도 불구하고 유료로 이미지를 사오는 것은 싫어했다. 사장의 목소리가 귓가를 맴돌았다. 돈 벌려고 이 일 하는 것 아니야. 그리고 데이터베이스란 게 첨부터 돈이 되는 건 아니야. 내가 문학을 좀 알고, 시를 좋아하니까 체계화시켜 보고 싶어서 그래. 영상시는 한눈에 사람들을 사로잡아야 하고, 음악으로 감성을 자극해야 하는 거야. 시를 읽기 전에 느낌을 화면에 전달해 줘야 한다고.

컴퓨터를 켜면 들리는 소리가 싫었다. 이어폰을 타고 흐르는 음악조차 피곤하게 느껴졌다. 그녀도 한때는 시를 썼고, 음악도 좋아했으니 이 일이 즐거워야 하는데 그게 아니었다. 비누방울 속에 들어 있는 장미를 바라보며 눈물을 흘리는 금발의 미녀를 보고 사람들은 무엇을 느낄까? 시일까? 시인일까? 사랑일까?

소리가 싫어진 건 전시회 때 사진을 보고 난 후부터였다. 아주 정확하게 기억이 났다. 사진 속의 여인은 삶의 흔적이 그대로 묻어 있었다. 그녀와 비슷한 나이의 사진 속 그녀, 눈가의 주름 속엔 지난 세월 같은 것이 묻어 있었고, 눈에선 고독인지 인내인지 분간하기 힘든 묘한 빛이 품어져 나왔다. 그리고 약간은 무관심한 듯하고, 약간은 열정적인 듯한 묘한 미소가 입가에 서려 있었다.

아마도 렌즈가 서른 후반 여자의 눈가 잔주름도 포착하였고, 암실 속 붉은 빛이 밤이면 출렁대는 외로움을 드러내 주었고, 건조기의 뜨거운 바람이 그나마 조금 남아 있는 푸석거리는 희망을 담아 주었으리라.

벽에 걸린 그녀는 아무 말도 하지 않고 있지만, 그녀의 모든 것을 뿜어내고 있었다. 집으로 돌아오는 동안 내내, 사진 속 그녀 얼굴은 사라지지 않았다. 사진 속 그녀가 발산한 빛이 시간을 뛰어넘으며 내는 이미지였다.

호프집 문을 열고 들어서니 그가 M을 향해 손짓을 하였다. 맥주 500cc 두 잔을 이미 해치웠는지 수다스러웠다.

"난 말이야. 책을 읽은 지 오래되었는데, 음…… 천구백구십 년도 들어서고부터는 출판계가 많이…… 그 이전에는 말이야……."

새 정부가 들어서는 것도 아닌데 연도는 왜 나오는 걸까. 그는 최근에 그가 읽은 소설에 대해 말하기 시작했는데 서론 중의 서론이다. 그는 늘 이런 식이다. 소설책 하나를 말하기 위해 출판계 이야기를 먼저 하는 것이 그의 이야기 방식이다. 그녀는 의아스러웠다. 연인끼리

의 만남에서조차 왜 서론, 본론, 결론이 꼭 있어야 하는 건지 이해가
되지 않았다. 그를 만난 지 2년째, 둘 사이엔 주고받은 대화보다도 서
론 본론 결론이 더 많았다. 맥주가 들어갈수록 그의 목청이 높아졌다.

시끄러웠다. 컴퓨터 왼쪽 하단에서 시작을 누르고 종료를 시키려
고 마우스를 찾아 헤매었다. 하지만 손엔 마우스도 없었고 그에게 종
료 버튼 같은 것은 더더욱 없었다. 나 갈래, 나중에 봐, 하며 갑자기
일어서는 그녀를 보고 재희야, 왜 그래? 하며 잡는 그를 뿌리치고 호
프집을 뛰쳐나왔다. 얼마 걷지 않아, 사라져 버린 그녀를 찾는 진동
음이 울렸다. 그녀는 개의치 않았다.

빗방울이 하나 둘 떨어지더니 조금씩 굵어지기 시작했다. 갑자기
그녀 앞에 대형 스크린이 나타났고 스크린 속에 바로 그녀와 똑같은
그녀가 있었다. 스크린 속 그녀가 우산을 쓰고 걸으며 웃고 있었다.
소리 없는 메시지가 흐르고 있었다. 후두둑 후두둑.

후두둑 후두둑 우산을 때리는 빗소리가 점점 크게 들려왔다. 우산
을 던져 버리자 얼굴 위로 빗물이 흘러내리며 가슴으로 뚝뚝 떨어졌
다. 차갑고 시원했다. 참으로 오랜만에 느끼는 상쾌함이었다.

그 밤, 집으로 돌아온 그녀는 한 통의 문자를 날려 보내고, 다음날
스케줄 한 문장을 기록했다.

우리 이제 헤어져. 조용히 지내고 싶어서 그래. 그것뿐이야.
사장 면담. 영상시 만들기 프로젝트 중단 요구. 사표 제출.
카메라와 노트 지참 여행 출발.

마음으로 시를 읽고 싶었다. 모든 소리를 거부한 변덕스러운 하루였다.

희미한 옛사랑의 그림자 3

||| 김 정 묘 | | | | | ||||

　　　　　　　　나는 마른 석류 한 개를 갖고 있습니다. 과장해서 말하면 뼈와 가죽만 남아 있는, 미라 두개골 같은 석류 안에는 한 남자와 사막이 존재합니다. 책장 위에 올려놓은 먼지 낀 석류를 볼 때마다 석류는 사라지고 사막에 뒹구는 두개골이 나에게 들어와 앉아 버립니다.

　정구공만 했던 석류는 무게만 가벼워졌을 뿐 크기는 처음과 그다지 달라진 게 없습니다. 맞습니다. 이상하게 그 석류는 무르질 않았습니다. 그가 어디인가 다녀와서 선물이라며 나에게 던져 준 것입니다. 웬 석류람? 석류는 오랫동안 책장 속 책들 앞에 우두커니 앉아 나를 바라보고 있었습니다. 하지만 나는 가끔씩 석류와 눈이 마주칠 때면 곧 썩어서 버려야겠지, 라고 생각할 뿐이었습니다. 해가 바뀌도록 석류에도, 책에도 손이 미치지 않고 지나갔습니다. 그가 떠날 때도 내 손은 미치지 못했습니다.

　어느 날 문득 까맣게 썩어 가고 있는 석류가 눈에 들어왔습니다. 새빨간 입술을 열면 희디흰 이빨을 드러내고 함박웃음을 터뜨릴 것 같은 석류의 자취는 온데간데없었습니다. 나는 손을 뻗었습니다. 이미 내 손끝은 썩어 문드러진 살의 흐물거림을 예감하며 완강하게 거부하고 있었습니다. 그런데 석류의 표피를 움켜쥐는 순간 한 번도 만져 본 적 없는 해골이 떠올랐습니다. 아닌 게 아니라 석류는 뼈마디가 퉁그러져 나온 것처럼 울퉁불퉁하기까지 했습니다. 그리고 놀라운 것은 너무나 가벼웠다는 겁니다.

　딱딱하게 굳은 석류를 오랫동안 바라보았습니다. 습기가 전혀 느껴지지 않는 가벼움이 오히려 당혹스러웠습니다. 기이한 일 앞에서는 그저 바라보는 일뿐입니다. 뼈대처럼 보이는 여섯 개의 기둥이 일정하게 퉁그러져 나와 있었고, 그 사이 사이 움푹진 곳은 안구가 박혔던 자국처럼 검붉게 굳어져 있었습니다. 티베트에서는 의식용 성구(聖具)를 만들기도 한다는 두개골처럼 보였습니다.

　누군가를 기다리는 사람의 모습이 그러하리라 생각했습니다.

　그때부터 그 석류는 두개골이 되어 내 곁을 떠나지 않았습니다. 마른 석류는 나에게 무언가 할 말이 있는 듯했습니다. 아니 나는 석류에게 무언가 할 말이 있는 듯했습니다. 서랍에 감추기도 하고 책꽂이 뒤에 던져 놓았지만 어느새 석류는 외투 주머니에 들어 있거나 호두

알처럼 손안에 들어와 있었습니다. 한 남자, 그는, 그는 하면서 나는 머뭇거립니다. 여러 나라를 거쳐 방황 끝에 돌아온 그의 몸에서는 늘 모래가 쏟아져 내렸습니다.

석류는 내 눈빛 따라 그때마다 다르게 변했습니다. 환하게 밝아지다가 까맣게 어두워지고, 눈꺼풀 위에서 파르르 떨렸다가 감은 눈 어둠 속에서 이글이글 타오르기도 했습니다. 석류는 그의 얼굴이었다가 등골 골격이 뚜렷한 동물이었다가 얼룩처럼 흐려졌습니다. 그렇게 사막에서 뒹구는 두개골 같은 한 남자가 마른 석류로 남아 있습니다.

The world's Best Avocado Juice

||| 최 옥 정 | | | | | | | |||

나는 때때로 강렬한 한 가지 이미지에 사로잡히곤 한다. 그건 주로 빛이나 색, 또는 사물의 형태로 나타난다. 지금 내 눈에는 바다 한가운데 떠 있는 섬이 보인다. 수십 개의 테이블이 놓인 이 넓은 카페에서 나는 섬처럼 홀로 떨어져 있다. 이방인을 흘긋거리는 사람들의 시선을 감내하며, 위장을 할퀴는 허기를 누르며 앉아 있다. 어쩌다 여기까지 흘러왔을까, 묻기라도 하듯 주위를 두리번거린다. 사소한 어긋남에도 어쩔 줄 몰라 하는 가출 소녀가 된 기분이다.

"얼마를 더 기다려야 하죠? 삼십 분이나 지났는데……. 재료가 없나요?"

주문을 받아 간 뒤 종업원들은 부산하게 움직이는데도 정작 나한테는 물 한 잔 갖다 주지 않았다. 길가 야자수 위로 바늘 다발처럼 날카롭게 쏟아지는 열대의 햇살은 내 갈증을 더욱 부채질했다.

"조금만 더 기다리면 됩니다. 얼음도 있고 아보카도도 있는데 기계가 없어요. 당신이 바쁘면 그냥 가도 됩니다."

"나 때문에 얼음도 사고 아보카도도 샀는데 어떻게 그냥 가요?"

"괜찮습니다. 당신이 원하는 대로 하세요."

새벽 버스에서 내려 카페 문이 열리기만을 기다렸다. 열네 시간이 넘는 장거리 여행의 피로에다 갈증과 허기로 다른 식당을 찾아갈 엄두가 나지 않았다.

이십 분쯤 지났을까. 요란한 오토바이 굉음과 함께 아까 주문을 받아 갔던 키 큰 남자가 노천 카페에 들어섰다. 이곳에서 드물게 안경 낀 남자가 믹서가 그려진 박스를 들고 그를 따라왔다. 안경 남자는 키다리 남자에게 한참 동안 기계 사용법을 설명했다. 주방은 순식간에 아수라장이 되었다. 믹서를 돌리고 내용물을 넣었다 쏟고, 같은 과정을 몇 번이나 다시 반복했다. 나는 그 야단법석을 구경하면서 묵묵히 기다렸다.

얼마 후 키다리 남자가 득의양양한 표정으로 나를 향해 걸어왔다. 그의 손에는 연초록색 아보카도 주스가 들려 있었다. 올림픽에서 금메달을 땄다 해도 저렇게 자랑스러울까. 그는 앞자리에 앉아 내가 주스 마시는 걸 유심히 본다. 그의 이마에는 땀이 맺혀 있고 흰색 셔츠에는 초록색 얼룩이 묻어 있다.

"아주 맛있네요. 색깔도 예쁘고. 저 오늘 아보카도 주스 처음 마셔 봐요. 정말 고마워요."

"내가 오히려 고맙습니다. 당신이 이 믹서기의 첫 번째 손님이니까요. 이건 아주 예외적인 일입니다. 이틀치 매상액에 상당하는 기계를 당신 덕분에 구입했습니다."

머릿속으로 얼추 계산을 해보아도 최소한 몇 달은 주스를 팔아야 기계 값을 건질 수 있을 것 같았다. 별로 남는 장사는 아니었다.

"우리 카페에 들어왔을 때 당신 표정이 어땠는지 알아요? 낯선 이곳에 불시착한 다른 세상 사람처럼 쩔쩔매며 자리를 잡지 못했어요. 그러다 내가 다가가니까 믿을 수 없게 활짝 웃어 주었어요. 이 주스는 그 미소에 대한 답례예요. 참 이상해요. 언젠가 꿈에서 그런 미소를 본 것 같아요."

그는 우리 전생에서 한 번쯤 만난 적이 있지요, 묻는 얼굴이다.

"그래서 당신이 얼음을 가득 채운 아보카도 주스를 마시고 싶다고 했을 때 거절하지 못했어요. 얼음도, 아보카도도 없고 물론 주서기도 없었지만요. 보시다시피 우리집은 커피와 팬케이크를 파는 집이잖아요."

그는 메뉴판을 가리켰다.

"그렇군요. 나는 그저 머릿속에 떠오른 걸 말했을 뿐인데. 오래전부터 아보카도 주스를 한번 마셔 보고 싶었거든요."

"당신이 그걸 우리 카페에 와서 말했다는 사실이 중요해요."

그는 내가 표류해 있는 섬을 찾아온 배였다. 그리고 내 구조 요청을 제대로 알아들었다. 나는 알고 있었다. 내가 얼음이라는 단어를 발음했을 때 그의 표정은 어, 어쩌지, 하는 난감함을 충분히 드러냈다. 일, 이 초쯤 지나 그는 '노 프라블럼'이라며 기다리라고 했다. 그때 테이블을 닦던 꼬마 두 명이 밖으로 달려나갔다. 한참 뒤 한 꼬마는 얼음을 들고, 다른 꼬마는 아보카도를 한아름 안고 돌아왔다. 그리고 이 남자는 믹서를 사러 간 것이다. 그 일련의 과정을 나는 구석 자리에 앉아 똑똑히 지켜보았다.

"당신은 세상에서 가장 맛있는 아보카도 주스를 만들 줄 아는 사람이에요. 카페 앞에 'The World's Best Avocado Juice' 라고 써 붙이세요. 아보카도가 없는 겨울 나라에서 온 사람들이 구름처럼 몰려들 거예요. 주스 덕분에 예정보다 오래 이 도시에 머물게 될지도 모르죠."

그는 너털웃음을 웃었다. 나는 행복했다. 언젠가 한번 느껴 본 적이 있었던 감정이다. 문득 오랫동안 그 느낌을 그리워했었다는 것을 기억해 낸다. 그때는 내 이웃들의 얼굴도 가난과 남루를 부끄러워하지 않는 이곳 사람들을 닮았었다.

그는 돈을 받지 않았다. 내가 첫 번째 손님이고 그것만으로 자신은 충분히 행복하다며 활짝 웃었다. 나는 어쩌면 꿈속에서 그 웃음을 다시 보게 될지도 모르겠다고 생각했다.

별사탕을 팝니다

사랑의 얼굴 4

||| 안 영 실 | | | | | | | |||

　　　　　　머칠째 '보리수'에 기수가 보이지 않는다. 녀석이 테이블 사이를 돌아다니며 너스레를 떨 때는 눈엣가시처럼 밉살스럽더니 정작 보이지 않자 카페가 텅 빈 듯 허전하다. 녀석이 요즘 열을 올리던 여자도 함께 보이지 않는 걸 보면 둘이 여행이라도 갔는지 모른다. 카페의 문을 열고 들어서는 녀석의 싱거운 웃음이 떠올랐다.

　기수가 별사탕을 팔기 시작한 것은 그리 오래전 일은 아니다. 언제부터인가 녀석은 스스로 자신이 자판기라고 떠들고 다녔다. 사람이 어떻게 자판기냐고 의아해하면 남들에게서 돈을 받고 물건을 내어주는 일을 하니 자판기라는 것이다. 틀린 말은 아니었다. 녀석은 일정한 직업을 가진 바 없는 백수건달이었고, 자신의 생활을 타인에게 의탁하여 살았다. 아니, 사실 의탁하여 살았다는 말은 조금 각도가

"

빗나간 말이다. 다른 사람들에게 돈을 받아서 살아가고는 있지만 녀석이 타인에게 기대거나 피해를 끼친 일이 없기 때문에 꼭 의탁했다고 할 수는 없었다. 그리고 타인에게 돈을 뜯어내거나 억지로 자신의 욕구를 드러낸 일도 없다. 그저 사람들이 스스로 와서 녀석에게 돈을 내고 자신에게 필요한 무언가를 얻어 갔을 뿐이다.

"히히, 나는 커피 자판기야. 그래도 길거리에서 동전 몇 닢으로 종이컵 속에 싸구려 커피를 담아내는 그런 자판기는 아니라고. 에스프레소, 아이리스, 초이스까지 준비된 고급 커피 자판기라구."

그렇게 말하며 싱글거리며 웃지만 녀석이 커피 따위를 판 일은 없었다. 정확히 따지자면 커피를 판 사람은 녀석이 아니라 나였다. 녀석이 한 일이 있다면 내 커피숍에 커피를 마시러 온 사람들 옆에 붙어 앉아 시시껄렁한 이야기를 나누며 빈둥거리는 게 전부였다. 내 커피숍 귀퉁이에서 녀석은 커피를 얻어먹고 밥과 술을 해결했다. 커피는 내가 팔았지만 언제부터인가 녀석이 커피를 파는 것 같은 분위기가 되어 버리고 말았다. 중학교 동창이라는 명분으로 계속 찾아오는 녀석에게 뭐라 꼬집어 싫은 소리를 할 수도 없었다.

"커피는 내가 파는데 왜 네가 파는 듯이 떠벌리고 다녀?"

참다 못한 내가 한마디 했다. 녀석의 처진 눈꼬리가 더 아래로 휘어지면서 잠시 생각하는 듯싶더니 빙글빙글 웃기만 했다. 그러다 뜬금없이 한다는 말이 "그럼 별사탕이나 팔아 볼까?"였다. 그러더니 다음날부터 호주머니에 한 움큼의 별사탕을 가져왔다.

그 별사탕에 특별한 점은 없었다. 이, 삼십 년 저쪽에 어린 시절을 보낸 사람들이 기억하는 그런 평범한 별사탕이었다. 설탕 덩어리를 녹여서 만든 듯한 허연 별사탕 속에는 분홍과 연두의 색소가 섞인 별사탕도 간간이 섞여 있었다. 그걸 어디서 구했느냐고 물었더니 그건 사적인 비밀이라면서 콧등을 찡긋하며 구석자리 손님들에게로 다가갔다. 그러고는 이쪽저쪽 자리를 옮겨 다니며 별사탕을 팔기 시작했다. 녀석은 우선 처음 보는 손님들에게 넉살 좋은 입담을 자랑하며 시시껄렁한 이야기를 꺼낸다. 그러면 처음에는 눈살을 찌푸리던 손님들도 녀석의 너스레를 들으면서 서서히 경계심을 누그러뜨리는 기색이더니, 신기하게도 곧 친해진다. 그러면 녀석은 호주머니에서 부스럭거리며 별사탕을 꺼내 놓는다. 그런 별사탕을 누가 살까 싶었는데 그게 아니었다. 그의 별사탕을 찾는 고객들이 생기기 시작했다. 별사탕 하나에 천 원이 되기도 하고 만 원이 되기도 하는 눈치였다. 제법 쏠쏠한 장사였다.

사람들이 무엇 때문에 그를 찾는지는 알 수 없었다. 그러나 그가 자판기 역할을 했다는 말처럼 그들이 원하는 상품을 주고 돈을 받은 것만은 확실했다. 길거리의 커피 자판기와 다른 점이 있다면 누가 그에게 얼마를 내고 무엇을 얻어 갔는지 알 수는 없다는 점이었다. 그러나 그에게 왔던 누구든 어떤 해답을 얻은 듯 만족한 얼굴로 돌아갔다.

그를 찾는 사람들은 어떤 문제를 해결하지 못해서 찾아오는 사람들이 대부분이었다. 연인과 헤어진 상처의 치유를 위해 또는 취직이 안 되어서 혹은 그저 짧은 가을이 지나가는 게 너무나 쓸쓸해서, 돌아가신 어머님 생각에 슬픔에 잠긴 사람도 있었다. 그런데 그런 모든 사람들에게 내리는 그의 처방이라는 게 별사탕이었다. 흰색 별사탕 10개에 분홍색 별사탕 2개는 실연당한 슬픔을 이기는 처방이었고 분홍색과 연두색이 1개씩 섞인 20개의 별사탕은 죽음의 심연 속으로 사라진 이들을 놓아 보내는 처방이었다. 우울증은 흰색 7개와 연두색을 부스러트려서 섞은 처방을, 돈 때문에 어려움을 겪는 사람을 위해서는 특별히 연두색 3개를 처방했다.

아내와 7년간의 결혼 생활을 청산하는 서류를 접수하고 난 다음 날, 허전함을 감추지 못하는 나를 위해서 그가 한 일도 별사탕 처방이었다. 흰색과 분홍과 연두색이 섞인 별사탕 3개를 삼키면서 나는 웬일인지 마음이 가벼워지는 것 같음을 느꼈다. 사실 나로 말하자면 녀석을 신뢰하지 않았다. 일하지 않고 빈둥거리며 먹고사는 인간들을 경멸해 왔기 때문에 녀석을 교활한 게으름뱅이라고 생각하고 있었던 것이다. 그런 내가 그의 이상한 처방약을 먹은 것은 기왕 이렇게 된 바에야 아무렴 어떤가 하는 심정이었기 때문이었다. 3년간의 연애와 7년간의 결혼 생활을 돌이켜보면 왜 사람의 마음이 세월 따라 바뀌는지 사랑이란 게 존재하고 있는지 모든 것이 허무하기 짝이 없었다. 나는 죽어서도 아내를 사랑할 것 같은데 그녀는 아니라는 것이다. 법원 정문 앞에서 기다리고 있던 '체어맨' 승용차에서 내려 그녀를 에스코트하던 남자는 목줄기가 두툼하고 눈을 떴는지 감았는지 알 수 없는 남자였다. 엉덩이도 나보다 예쁠 것도 없는 남자를 택한 그녀의 진심을 나는 알 수가 없었다.

"아이, 우리 예쁜 엉덩이!"

콧소리를 내면서 내 엉덩이를 토닥거리던 그녀를 어떻게 잊을 수 있단 말인가! 그런데 이상한 일이었다. 녀석의 별사탕 처방 약을 먹고 나니 사는 일이 그렇게 다 어긋나는 일뿐이었거늘 뭘 그리 심각하게 머리를 싸매고 있나 하는 자조적인 웃음마저 나왔다. 그러나 나는 알고 있었다. 단지 녀석이 준 별사탕만이 나에게 힘이 된 것은 아니었음을. 다만 나에게 그 별사탕을 줄 때까지 녀석이 나와 보낸 시간의 힘이 그것이었음을. 녀석은 코가 비뚤어지도록 술을 같이 마셔 주기도 했고 새벽에 한강 다리 밑에서 욕을 하는 내 곁에서 함께 욕을 해주기도 했다.

"이 나쁜 ×아! 쌍×아!" 하고 소리를 지르면 녀석도 내 어깨에 손을 얹고 똑같이 피를 토하는 소리로 응수했다.

한 시간 동안이나 입에 담지도 못할 욕을 했는데, 녀석도 나처럼 목청을 돋우어 소리를 질렀다. 그러다 그 자리에 주저앉아 엉엉 울어 버렸을 때도 녀석은 나보다 더 엉엉 소리를 내어 울었다. 그렇게 녀석의 처방에는 그 자신이 담겨 있었다. 친구로서 할 수 있는 최대한의 동조로 그를 투사시키는 일이 그것이었다. 내 경우에는 그렇게 온몸을 던져 함께 감정을 공유한 녀석의 성실한 동조가 그의 처방이었다고 말할 수 있다. 다른 사람들의 경우에는 어떤 것이 힘이 되었는지는 알 수 없다.

그러나 녀석의 별사탕 처방에는 그 자신이 온전히 들어 있다는 사실을 나는 믿는다. 요즘처럼 바쁜 세상에는 제아무리 가족이나 친구라 해도 그렇게 스스로를 던져 감정을 공유하기는 힘들다. 사람들이 녀석의 별사탕 처방을 찾는다지만 사실은 그의 세상일을 해석하는 나름대로의 잣대에 잠시 의지하려 했던 것이다. 세상과 타협하여 사는 사람은 아니었지만 녀석은 문제를 관통하는 시선을 가지고 있었다.

녀석의 출신이나 가족에 대해 아는 사람은 아무도 없었다. 녀석이 부모 형제에 관한 일을 이야기한 일도 없었고 아무도 녀석이 누구인지 알려고 하지 않았다. 자판기의 생산업체가 어디인지 알려고 하는 사람이 없는 것처럼 사람들은 녀석에 관해서 알려고 하지 않았다. 다만 자신들이 필요한 무엇을 취하는 데에 녀석을 이용했을 뿐이었다. 녀석은 이러저러한 세상일에 지친 사람들이 커피 한 잔을 마시러 찾아가는 커피숍 같은 존재였다.

카페의 문을 닫으려다가 나는 출입문 옆에 붙어 서 있는 녀석을 발견했다. 며칠 새에 수척해진 얼굴로 벽에 붙어 서 있는 것조차 힘들어 보였다. 겨우 부축해서 소파에 앉혔는데, 녀석의 눈은 뭔가가 빠져나간 것처럼 허옇게 들떠 있었다.

"무슨 일이 있어? 어디 아픈 거야?"

내가 물었지만 그는 고개만 저었다. 그리고는 물 한 잔만 달라고 했다. 며칠 동안 물을 마시지 못한 사람처럼 벌컥거리며 물을 마시고 나더니 녀석이 말했다.

"자판기가 고장났어. 별사탕 처방이 영 안 들어."

사연인즉 그간 쫓아다니던 여자에게 채였다는 것이었다. 별사탕 처방은 좋은데 녀석 스스로에게는 잘 맞지 않았던 모양이었다. 그날 밤 나는 녀석과 코가 비뚤어지도록 마셨다. 그리고 한강 다리 밑에서 약삭빠른 여자들을 향하여 큰 소리로 욕을 했다. 콧물과 눈물이 범벅된 우리 둘은 여관방에서 코를 골며 잠을 잤다.

다음날 '보리수'에는 별사탕을 주머니에 불룩하게 넣은 녀석이 나타났다.

그는 별사탕을 판 것이 아니라 별사랑을 전하고 있었다.
오늘 그가 몹시 보고 싶다. 만난 적도 없는.

정류장

||| 박 종 윤 | | | | | ||||

　　　　　　　　퇴색해 버린 나뭇잎들 사이로 해거름
내 바들대며 떨고 있던 가을볕도 사라져 버렸다. 만추의 차가운 바람이
거리를 휩쓸고 지나갔다.

　땅거미가 내리기 시작한 정류장에서 나는 지팡이를 의지하고 서
있었다. 기다리던 버스가 왔다. 버스를 탄 나는 빈자리를 골라 앉았
다. 어느 사이 버스는 만원이 되었다.

　다음 정류장에서 내 나이와 비슷한 고집스럽게 생긴 노인 하나가
힘들게 올라왔다. 그도 지팡이를 짚고 있었다. 그는 승객들 틈을 헤
집고 들어와 하필이면 내 앞에 버티고 섰다. 그를 위해 내가 일어설
수는 없었다. 주위에는 나보다 젊은 것들이 자리를 차지하고 있었으
니까.

　버스가 달리는 동안 그 노인은 나만 계속 째려보는 것 같았다.

　노인과 나의 버티기 작전은 꽤 오래 지속되었다. 나는 그가 차츰

얄미워지기 시작했다. 자리를 양보받으려면 기왕 젊은 것들 앞에 가서 이 바닥에서는 이미 퇴색해 버린 노인의 권위를 주장하든지, 아니면 재주껏 아양이라도 떨어 볼 일이지 굳이 내 앞에 붙박혀 있을 이유가 없지 않은가. 그의 음흉하고 고집스럽게 생긴 얼굴로 보아 젊은 시절 어지간히 자신의 욕심 채우기에만 급급한 삶을 살아온 것 같은 느낌이 들었다. 일방 그의 행동에서 바로 내 자신을 보는 것 같기도 했다.

나는 내 자리를 빼앗기지 않고 고수하기 위해 앞좌석의 손잡이를 바투 쥐었다. 그러는 사이 노인은 어디론가 사라지고 없었다. 갑자기 허탈감을 느꼈다. 나는 여태껏 존재하지도 않았던 나를 닮은 허깨비와 다툼을 벌인 셈이었다. 바로 내 자신 속 마귀와의 다툼이었다. 그 바람에 나는 내려야 할 정류장을 몇 곳이나 지나쳐 버렸다.

나는 지금까지 내 자신의 사욕에만 집착하며 속절없이 늙어 왔다는 것을 비로소 깨달았다. 조금 전에도 양보할 줄 모르는 아집만 움켜쥐고 버둥거리다가 분명히 내려야 할 정류장을 지나쳐 버리지 않았는가.

나는 서둘러 버스를 내렸다.

그러나 정류장은 어디에도 보이지 않았다.

그녀 4

개태사역

#-1

설달 그믐날이었다.

세찬 눈발이 좀처럼 그칠 기미를 보이지 않는다. 어스름이 내리면서 눈발의 형체는 강한 사선을 그으며 내리꽂혔다. 오후 내내 차부 주변을 서성이던 그녀의 얼굴은 이제 톡 건드리기만 해도 울음을 터뜨려 버릴 표정이다. 잔뜩 눈물을 머금은 눈망울이 시리도록 투명하다. 어둠이 내리기 전에 십여 리나 떨어진 수리미재를 넘어가야 하는데. 그녀는 몹시 애가 타는지 입술을 앙다물고 줄곧 제자리걸음을 치고 있다. 막차가 들어오고도 벌써 반 시간이 더 지났다. 더 이상의 차편은 없다고, 차부 아저씨는 그녀에게 어둡기 전에 고개를 넘어가라고 재촉한다. 그래도 그녀는 "언니가 꼭 올 건대요"라며 발을 구르고 서 있다. 이제 발가락도 호주머니에 찔러 넣은 손가락도 감각이 없어져 아픈 건지 시린 건지 구분이 가지 않는다. 이 혹한에 대여섯 시간을 밖에서 떨었으니 오죽하랴. 온통 눈 속에 갇혀 버린 세상은 차부조차 길을 잃고 섬처럼 떠 있을 뿐이다.

#-2

　아침 7시에 용산역을 출발한 호남선 완행열차는 간이역 하나도 빠뜨리지 않고 꼬박꼬박 정차하여 사람들을 내려놓건만 기차 안은 여전히 콩나물시루다. 서대전역을 지나고 진잠을 지나면서 봉자는 내릴 준비를 시작했다. 아직 키가 덜 자란 봉자는 2센티가 모자라 대전에 있는 방직공장도 못 들어가고 영등포에 있는 나일론공장의 시다로 들어갔다. 그것도 나이를 속이고. 봉자는 재봉 기술을 남들보다 빨리 익히려고 틈나는 대로 미싱에 매달려 버려진 천조각을 박음질해 보았다. 기숙사에서 생활하는 그는 퇴근 후 공장에 몰래 숨어들어가 전등불을 가리고 밤늦도록 자투리천을 이어 속치마를 만들고 덧신도 만들어서 동생들 옷가지를 준비했다. 식구별로 나일론 양말도 한 켤레씩을 샀고.

　연산역까지는 아직 두어 역을 남겨둔 상태였지만, 송곳 하나 꽂을 틈 없이 빼곡히 들어찬 인총들로 한 발짝도 뗄 수 없는 상황이어서 미리부터 서둘렀다. 봉자가 커다란 보따리 두 개를 들고 씨름하자 옆자리에 앉은 중년 아저씨가 "아가씨, 우선 몸이라도 빠져나가요. 내가 창문으로 보따리를 내려줄 테니" 하고 보따리를 받아들었다. 봉자는 고맙다는 인사를 몇 번이고 하면서 "아저씨 개태사 지나고 연산에서 내려주세요" 하고는 핸드백 하나만 달랑 메고 앞으로 앞으로 전진해 갔다. 젖 먹던 힘까지 다해 완강한 인총 숲을 헤치고 겨우 출입문 앞까지 진출했다. 이제 개태사역만 지나면 곧바로 연산이다. 개태사에서도 예닐곱 명이 내렸다. 덜커덩 하고 기차가 출발 신호를 내며 두 바퀴쯤 굴렀을 때 중년 아저씨는 창문 밖으로 보따리를 잽싸게 떨어뜨렸다. 아뿔싸! 연산역은 다음인데……. 분홍색 보자기로 싼 선물꾸러미 두 개가 나란히 철로 옆에 떨어져 눈발 세례를 받으며 멀어져 갔다. 기차는 미련 없이 기적을 울리며 황산벌 산모롱이를 휘돌고.

#-3

차부도 문을 닫은 적막한 시각. 눈발은 세상을 삼켜 버릴 것처럼 맹렬히 퍼붓는다. 남폿불마저 꺼져 버린 차부를 그녀 혼자 지키고 서 있다. 길도 없는 눈 속을 뚫고 트럭 한 대가 달려왔다. 구린내가 진동하는 돼지를 실은 트럭이. 조수석 옆자리에 쭈그리고 앉아 있던 소녀가 문을 열고 펄쩍 뛰어내린다, 안고 있던 새끼돼지를 운전수에게 건네주고는. 폭설에 양돈 축사가 무너져 돼지들을 긴급 이동시키는 트럭을 우여곡절 끝에 얻어 타고 온 것이다. 그녀는 언니의 손에 아무 것도 들리지 않은 것을 보고 참았던 울음을 터뜨렸고, 언니는 선물꾸러미를 잃어버린 시간부터 내내 울어서 이미 눈물이 말라 버린 상태였다.

#-4

손을 꼭 잡은 두 소녀는 신해년(辛亥年) 섣달 그믐밤을 걸어 수리미재를 넘고 있다. 칠흑 같은 어둠 속에 멀리 호롱불빛 하나가 잠들지 않고 샛별처럼 반짝이고 있다.

모녀 삼대 三代

‖‖ 윤 용 호 ‖ ‖ ‖ ‖ ‖ ‖‖

불의의 사고로 아빠가 돌아가시자 엄마는 반쯤 넋이 나가 버렸다. 엄마 나이 사십 때였고, 나는 중 3이었다.

어느 날부터 엄마는 술을 입에 대기 시작했다.

1년쯤 지나자 엄마는 제법 술꾼이 되어 있었다. 엄마는 주로 소주를 맥주에 타서 마시곤 했다.

다시 1년이 지나자 엄마는 아예 대낮부터 술잔을 기울였다. 그리고 만취가 되면 점점 토하는 횟수가 잦아졌다.

"얘야, 미안하다."

반쯤 삭은 음식물을 흥건히 게워 낼 때마다 엄마는 이렇게 말했고, 나는 그 치다꺼리에 이를 갈며 속으로 다짐했다.

내 평생 절대 술은 입에 대지 않을 거야.

#

　어느 날 아침 남편이 주검으로 발견되자 그녀는 꼭 꿈을 꾸는 듯한 기분이었다. 자다가 갑자기 심장이 멎는 돌연사라니! 도저히 현실 같지가 않아, 자신의 머리카락을 쥐어뜯어 보기도 하고 방안을 데굴데굴 굴러 보기도 했지만 그녀는 그 악몽에서 깨어날 수가 없었다.

　한 1년 가까이 그녀는 그렇게 남편의 체취와 온기 속을 헤매며 몽유병자처럼 지냈다. 그리고 그제야 차츰 생전의 엄마가 이해되고 그리워지기 시작했다. 그녀의 엄마는 그녀가 딸애를 낳고 난 이듬해 간암으로 돌아가셨다.

#

　잊었던 남편의 모습이 이따금 가을 햇살처럼 가슴에 스밀 때면 그녀는 술을 마셨다. 소주를 맥주에 타서 조금씩.

　더 시간이 흐르자 가슴을 파고드는 가을 햇살이 없이도 그녀는 곧잘 술잔을 기울이기 시작했다.

　취기가 주는 나른함과 평화가 그녀의 몸을 흠뻑 적시게 되면 그녀는 버릇처럼 이같이 중얼거리고는 제자리에서 잠들어 버렸다.

　"엄마, 미안해. 그리고 애야, 너한테도 미안해."

　그럴 때마다 그녀의 딸은 그녀를 침대로 데려가 눕히며 피가 나도록 입술을 깨물었다.

　난 절대 술을 마시지도, 그리고 결혼도 하지 않을 거야.

초코파이

||| 최 옥 정 | | | | ||||

꿈속에서 당신의 휘파람 소리를 들었습니다

커튼을 걷고 밖을 내다보니

거기 환한 아침과 함께 당신이 보낸 새 한 마리가 나를 기다리고

있었습니다

나는 새를 잡으러 맨발로 달려나갔습니다

새는 벌써 멀리 날아가 버리고

새가 앉았다 떠난 문 손잡이에 흰 봉지가 대롱대롱 걸렸습니다

봉지 속에는 초코파이랑 바나나우유가 새알처럼 들어 있습니다

당신은 날마다 내게 새알 같은 초코파이와 함께 하루를 배달합

니다

어느새 나는 나팔꽃인 양 아침을 기다립니다

먼 곳의 당신이 전해 오는 아침 인사를 고대합니다

자전거를 타고 와서 살짝 갖다 놓은 초코파이처럼

나도 당신의 달콤한 양식이 되고 싶습니다
이등병이 화장실에서 눈물을 닦으며
몰래 먹는다는 초코파이가 되고 싶습니다

Let it be

||| 김 홍 근 | | | | | ||||

　　　　　　　　희미한 비명 소리를 들은 것 같다.
내 안의 꽃을 내가 밟고 있다니. 나는 얼른 발을 떼고 자세히 살펴보
았다.

　다행이다. 안에 핀 꽃은, 비록 밟히더라도 뿌리는 그대로다. 언제
나 여건만 되면 다시 피어난다. 얼마나 안심인지. 다만 내가 밟고 있
는 줄을 스스로 알아채야 될 것이다. 발만 떼면 다시 피어나니, 이보
다 다행스런 일은 없다.

　안의 소리에 민감하게 된다. 마음을 살펴보게 된다. 행여나 꽃을
밟고 있지나 않은지 수시로 돌아보게 된다. 꽃은 밟히지 않을 때, 스
스로 피어난다. 그 아름다움은 넋을 빼앗아 갈 정도다. 밖에도 꽃이
있지만, 안에도 꽃이 있다. 안의 꽃은 우리가 발을 떼고 돌아봐 주기
를 기다리고 있다. 밟히지 않는 꽃이 더 아름답다.

거울이 없는 집

||| 윤 용 호 | | | | |||||

아빠는 용감한 소방관이셨다.

아빠를 너무 사랑하는 엄마는 종종 이렇게 말하곤 했다.

"우리나라 소방관 중에서 아마 아빠만큼 멋있는 분은 없을걸."

사실 아빠와 손을 잡고 외출하면 나 또한 저절로 어깨가 으쓱해지곤 했는데, 그만큼 아빠가 잘생기고 씩씩하기 때문이었다.

\#

수은주가 폭락 장세의 주가처럼 뚝 떨어지던 날 저녁, 아빠는 화재 현장으로 출동했다. 하지만 아빠는 그날 밤 집으로 돌아오지 못했다. 오히려 엄마와 내가 병원으로 달려가야만 했다.

생각해 보면 아빠가 혼자 부상을 당한 건 보나마나 화재 진압 중 아빠만 너무 용감하게 활약한 탓이 아닐까 싶었다.

그리고 얼굴의 붕대를 풀고 퇴원한 이틀 뒤 아빠가 자살을 기도 한 건 그 핸섬한 얼굴에 '옴두꺼비'가 들어앉은 때문이 틀림없었다.

아빠의 자살 미수 소동이 있은 다음날 엄마는 우리 집에서 거울을 모조리 없애 버렸다.

#

나도 이제 제법 가슴이 봉긋하다. 초등학교 6학년짜리치곤 어쩌면 매우 조숙한 편인지도 모르겠다.

하지만 나는 아직도 머리를 아무렇게나 빗는다. 벌써 반 년째로, 우리 집에는 거울이 없기 때문이다. 이따금 학교 화장실에서 거울을 마주하면 그 속에는 웬 선머슴 하나가 들어 있는 것 같다.

그러나 상관없다. 아빠만 안정을 되찾는다면. 이따금 한밤중에 들려오는 아빠의 숨어 우는 소리가 영원히 사라지기만 한다면 나는 죽을 때까지 화장을 하지 않아도 좋을 듯싶다.

문제는 엄마의 인내심이다. 거울을 없애던 날의 그런 엄마 결심이 얼마나 오래 갈는지. 이런 의문이 드는 것은 얼마 전부터 땅이 꺼지도록 한숨을 쉬는 엄마의 모습을 종종 목격하기 때문이다.

내가 죽는 날까지 화장을 포기하려고 하듯 엄마의 인내 또한 영원토록 지속되었으면 하는 것이 나의 바람이지만, 글쎄, 잘 모르겠다.

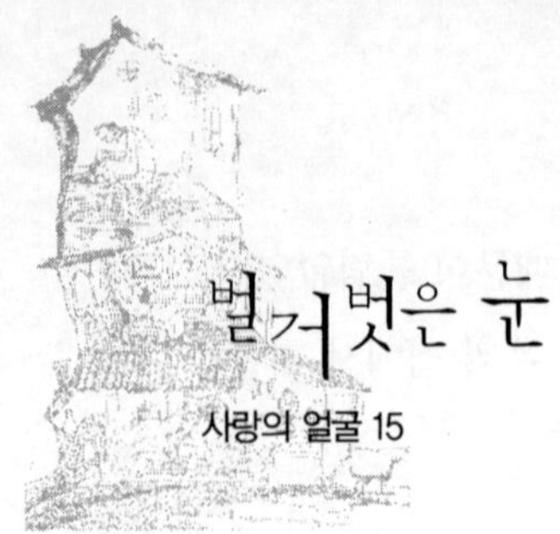

벌거벗은 눈

사랑의 얼굴 15

||| 안 영 실 | | | | | |||

그의 발상은 기발한 것은 아니었다. 물론 현대적이지도 않았다. 오히려 뒷걸음질치고 있다며 스스로 자책하고 있었다. 그는 당시 유행하던 인상주의의 등산로에서 슬며시 벗어나 자신만의 오솔길을 오르기 시작했다. 사람의 발이 거의 닿지 않은 그 길에는 잡초가 우거지고 이름 모를 들짐승들이 뛰놀고 있었다.

그가 우회한 길은 혼돈으로의 길이었다. 원래 인간의 지각은 혼란스럽다고 그는 믿었다. 정보를 산만하게 받아들이는 눈을 신뢰하지 않았다. 물론 빛의 각도나 강도에 따라 사물은 다르게 드러난다. 붓질이 빛의 기교를 따라감은 당연했다. 그는 당연한 길을 걷지 않았다. 그는 혼돈 속에서의 질서를 찾고자 했다. 그가 택한 오솔길을 걸으면서 그는 신의 숨결을 보았다. 신의 손이 매만진 질서 속에서 옷을 벗어던진 살빛 평화에 잠겼다.

어떤 사람은 사물의 겉과 속을 모두 그리려는 그에게 자살 행위라며 말리기도 했다. 묵묵히 그림을 그린 것은 그의 물감과 붓이었다. 그 자신은 끊임없이 자신의 목표와 의지를 의심하며 절망했다.

그의 그림은 논리적인 원근법에 맞지 않아서 당시의 사람들에게는 미치광이 취급을 받았다. 그는 자신이 체험한 원근법을 그렸다. 혼돈 자체를 그렸다. 그가 그린 것은 자연의 세계였으며 원초적 지각의 세계였으며 그만의 시선이었다.

후에 평론가들은 헤겔에 의해 사멸될 것이라고 예언된 예술이 그에 의해 다시 살아났다고 평했다. 그의 길고 그윽한 향취는 오래 남았다. 그의 벌거벗은 눈에 의해 예술은 다시 이어졌다. 그의 이름은 세잔이다.

자신을 뛰어넘은 세잔의 눈.

어느 성城

||| 정 성 환 | | | | ||||

성은 오래전부터 거기 있었다. 성은 이 도시에서 가장 높은 산의 정상에 우뚝 서 있다. 성에서는 이 도시의 모든 곳이 내려다보인다. 반대로 도시의 모든 사람은 언제나 성을 올려다보아야 한다. 성을 내려다볼 수 있는 것은 오직 새들뿐이다. 새들만이 두려움 없이 성 위를 날아다닌다. 성에는 이 도시를 지배하는 성주가 살고 있고, 성주의 신하들과 시종들이 성을 드나들며 성주를 위해 충성을 다한다. 이들에게만 성을 자유롭게 드나들 수 있는 특권이 부여된다. 이 도시의 어느 누구도 성주의 허락 없이는 성에 들어갈 수 없다. 성주에게 성(城)은 성(聖)이었다.

성은 천년을 그렇게 존재하고 있다. 천년의 세월 동안 수많은 성주가 명멸해 갔다. 성주는 이 도시를 지배할 수 있는 모든 권력을 쥐고 있다. 성에는 마음대로 쓸 수 있는 재물이 언제나 광 속에 가득 쌓여 있다. 가뭄이나 홍수 또는 역병으로 성밖의 사람들이 헐벗고 굶주려도 성안에는 늘 화려한 비단과 기름진 음식이 넘쳐난다. 처음에 성주 자리는 세습제로 출발했으나 많은 세월이 지난 뒤 세습제가 폐지되고 시민이 직접 성주를 선출하게 되었다. 세습 성주와는 달리 자신들이 직접 뽑은 성주는 자신들을 잘살게 해주리라고 시민들은 기대했지만 기대는 늘 빗나가고 말았다.

어느 때 돌연 한 사나이가 나타나 자신이야말로 시민들의 행복을 보장할 적임자라며 자신을 성주로 뽑아 달라고 소리 높이 외쳤다. 그는 돈이 많은 사람도 아니었고, 학벌이 좋은 사람도 아니었고, 무력을 가지고 있지도 않은 사람이었다. 그는 고기 잡는 재주도 농사 짓는 능력도 기계를 조작하는 기술도 없었다. 그는 아무것도 생산하는 능력이 없었다.

하지만 그는 대단한 무기를 가지고 있는 사람이었으니 그 무기는 바로 말을 잘한다는 것이었다. 그는 사람을 휘어잡는 웅변술이 뛰어났고 그가 펼치는 논리는 빈틈이 없어 보였다. 그는 세 치의 혀로 세상을 요리하는 사람이었다. 많은 사람들은 이 사람이야말로 진짜로 성주 자격이 있는 사람이라고 믿었다. 그러자 기존의 성주는 자신의 권좌에 불안을 느꼈고 끝내는 그를 외딴 섬에다 유폐시키고 말았다.

그러자 그를 섬에서 석방하라고 시민들이 궐기했다. 어쩔 수 없이 성주는 그를 해방시켰고 그는 다시 도시로 돌아왔다. 섬에서 풀려난 바로 그날부터 그는 자신만이 성주가 될 자격이 있다고 또다시 사람들을 향해 외쳤다. 그의 모든 언행은 오로지 성주가 되기 위한 하나의 방편으로 행해졌다. 그는 마치 성주가 되기 위해서 이 세상에 태어난 사람 같았다. 그렇지만 그는 성주 도전에 번번이 실패했다. 그

때마다 그는 새로운 대응 논리를 만들어 시민들에게 호소했고 마침
내 성주로 뽑혔다.

사람들은 이제야 훌륭한 성주를 뽑았다고 기쁨에 넘쳐 술을 마시
고 춤을 추고 노래를 부르며 성주를 칭송했다. 하지만 그도 막상 성
주가 되고 나서는 달라져 버렸다. 자기 확신은 아집이 돼버렸다. 그
에 대한 기대가 컸던 만큼 시민들의 실망도 컸다. 사람들이 웅성거
리기 시작했고 급기야는 주먹을 치켜들고 성주를 향해 소리를 질렀
다. 온 도시가 성주를 향한 불만의 소리로 뒤덮였다. 성주는 시민에
게 명령했다, 만인만성(萬人萬聲)은 소음이니 전체 시민이 한목소리
를 내라고.

그러나 신뢰를 상실한 그의 말은 이미 설득력이 없었다. 시민들
은 계속해서 자신들의 목소리를 높였다. 드디어 성주는 자신의 마음
에 들지 않는 목소리를 내는 사람들을 잡아들여 본보기로 성대 수술
을 하라는 칙령을 내렸다. 여러 사람들이 끌려가 성대 수술을 당했
다. 그러자 사람들은 말을 삼갔다. 사람들은 점점 말을 잃어 갔고 마
침내는 말을 잊고 말았다. 말이 사라진 침묵의 도시에는 유령들만
떠돌았다.

언론의 자유에 힘입어 정권교체에 성공한 정권이 막상 자신들이 권력을 잡자
자신들에게 비판적인 언론을 탄압하는 것을 보고 크게 실망했다.

죽음
어린 날의 삽화 2

||| 홍 적 | | | | | |||

　　　　　　　　판자담 아래로 난 수채구가 따사로운 햇볕에 녹아 길바닥을 촉촉하게 적시던 삼월 어느 날 정오 무렵이었다. 그날 나는 골목길 양지 쪽에 아이들과 함께 쪼그리고 앉아 열심히 금긋기 놀이를 하고 있었다. 그런데 웬일이었을까, 나는 갑자기 손에 든 사금파리를 집어던지고 발딱 일어났다. 그러자 다른 아이들 역시 하나 둘 자리를 털고 일어났고, 이내 모두 집을 향해 뿔뿔이 흩어져 버렸다.

　반쯤 열린 대문을 밀고 마당으로 들어섰을 때, 마루는 휑하니 비어 있었다. 부엌 쪽도 마찬가지였다. 언제나 놀이에서 돌아오면 마루 끝이나 처마 끝, 아니면 부엌의 한편이나 뜰의 화단 언저리에서 나를 반기던 어머니의 모습이 보이지 않았던 것이다. 정말 이상한 일이었다. 바로 그때였다.

　안방과 사랑방 사이의 골방 미닫이문이 반쯤 열리고 어머니의 얼굴이 나타났다. 나는 비로소 안도했다. 그러나 어머니는 나의 얼굴만 한 번 힐끗 내려다보았을 뿐, 마루에서 내려서 곧바로 부엌으로 들어가고 말았다. 나는 갑자기 표변한 어머니의 태도에 그만 울고 싶은 심정이 되어 버렸다.

그러나 그때 부엌 바닥에 잠시 쪼그리고 앉았던 어머니가 손짓으로 나를 불렀다. 나는 반가운 마음에 한달음에 부엌으로 달려가 어머니의 품에 안겼다.

어머니가 나의 등을 손바닥으로 쓸어내리며 말했다.

"더 놀지 않고 왜 벌써 들어왔니?"

나는 아무런 대답도 하지 않았다. 그러자 어머니는 두 손으로 내 얼굴을 부드럽게 감싸쥐며 말했다.

"방에 들어가 봐라. 할머니가 돌아가셨다."

나는 그 말에 놀라 비로소 어머니의 얼굴을 뚫어지게 바라보았다. 그제야 나는 평소처럼 고물고물 묻어나는 어머니 입가의 그 따뜻한 미소와 함께, 붉어진 눈자위에 어른거리는 옅은 물기 같은 것을 보았다. 나는 서둘러서 마루 위로 뛰어올라갔다.

여든이 가까워 오는 할머니는 지난 가을로 접어들면서부터 부쩍 자리에 누워 계시는 날이 많았다. 그러다가 추위가 닥치자 할머니는 지난 겨울 내내 골방에 갇혀 누워만 계셨다. 세수와 용변도 방안에서만 해결하셨고, 밥상도 매끼니 때마다 늘 따로 차려서 날라 드려야만 했다.

그러던 어느 날, 날씨가 고추같이 맵던 삼동(三冬)의 아침이었다. 골방에서 물린 밥상을 치우던 어머니를 향해 할머니가 말씀하셨다. 야야, 이대로 가면 참말 큰일잇따. 어서 날씨나 확 풀려야 죽든 둥 말든 둥 할 낀데…… 그 순간 어머니는 무엇이 우스운지 한 손으로 얼른 입을 가리고 한참이나 호호거리다가 말했다. 아이, 어머님도 참 별 말씀을 다 하세요! 그리고 어머니는 얼른 밥상을 들고 돌아 나왔다. 그때 나는 보았다. 허둥대며 문턱을 넘어서는 어머니의 붉게 물든 눈자위에 어른거리던 그 물기를…….

그러나 내가 방안으로 들어섰을 때, 할머니는 평소처럼 양손을 가슴에 그러모은 채 반듯하게 누워 깊이 잠들어 있었다. 나는 할머니 앞에 무릎을 꿇고 앉은 아버지의 등 뒤에 서서, 잠든 할머니의 얼굴을 물끄러미 내려다보았다. 이따금 할머니 앞에 고개를 숙이고 앉은 아버지의 축 처진 어깨가 한 번씩 들썩거릴 뿐, 방안은 너무나 조용했다.

할머니의 관을 든 사람들이 비척거리는 걸음걸이로 그 비좁은 골목길을 겨우 빠져나갔을 때, 하얀 무명 소복을 입은 어머니가 내 손목을 잡아 쥐며 대문을 향해 돌아섰다. 어머니는 할머니의 관이 나간 골방으로 들어가서 문을 닫았다. 그로부터 오전 내 어머니는 그 방에서 나오지 않았고, 나는 마루 끝에 앉아 다시 방문이 열리기만을 기다렸다. 마침내 정오가 가까워 올 무렵이었다.

"노인네가 참 속도 깊네…… 자손들 고생할까 봐 일부러 이렇게 따뜻한 날을 골라서 돌아가셨네!"

어머니를 보기 위해 온 옆집의 나이든 아주머니가 처마 끝으로 올라서며 한 말이었다. 그제야 골방 문이 열리고 어머니가 다시 모습을 드러내었다. 그러나 방을 나와 마루 끝에 쪼그리고 앉은 어머니는 아무 말이 없었다. 그러다가 한참 만에 옆에 와 앉은 아주머니를 돌아보며 말했다.

"삼우제에나 간대요. 우리 여자들은 삼우제 때에나 산에 가볼 수가 있대요."

어머니의 말에 나이든 옆집 아주머니가 입가에 엷은 미소를 띠며 고개를 끄덕였다. 그녀가 말했다.

"그래, 세상 풍습이 그런 걸…… 그나저나 넌 이제 할머니가 보고 싶어서 어쩔래?"

아주머니가 갑자기 나를 향해 던진 말이었다. 당황한 나는 옆자리 어머니의 얼굴을 올려다보았다. 그 순간 나와 눈이 마주친 어머니의 눈에 웃음기가 가득 묻어났다. 어머니가 손을 뻗어 나를 끌어당기자, 나는 기다렸다는 듯이 어머니 품속에 가 안겼다. 그렇게 얼마나 지났을까?

"거, 날씨 한번 좋다……!"

갑작스런 옆집 아주머니의 음성에 놀란 나는 눈을 번쩍 떴다. 어머니의 무명 소복에 얼굴을 묻고 있던 나는 그만 그 사이에 설핏 잠이 들어 버리고 말았던 것이다. 마루 끝에 내리쬐는 햇볕이 유난하게 따사롭던 그해 삼월, 화창한 어느 봄날의 일이었다.

지금도 그날의 일이 눈에 선하다. 비좁고 질척거리는 골목길과 그 길을 비척거리며 겨우겨우 빠져나가던 할머니의 상여. 그리고 이상하게도 그날의 일만 생각하면, 정작 할머니보다는 어머니의 모습이 먼저 눈앞에 어른거린다. 세상을 뜬 지 벌써 삼십 년이 가까워 오는, 그날 하얀 소복 차림의 물기 어린 어머니의 그 곱던 얼굴이…….

파리 - 호텔 꼬레

나가! 이 잡놈아. 당장 꺼지지 못해!

마담 리는 젊은 프랑스 사내의 뺨을 두 대나 올려붙인 후 한국말로 악을 썼다. 옆에서 분을 삭이지 못해 시근벌떡대던 조선족 집사 미스터 장이 중국말로 뭐라고 거칠게 내뱉으며 몇 장의 지폐와 함께 프랑스 사내의 트렁크를 현관 밖으로 내던졌다. 사내는 얼굴이 벌겋게 달아올라 제 뒤에 질린 표정으로 움츠리고 선 금발과 붉은 머리의 두 여자를 데리고 나가면서 프랑스어로 쌍욕을 지껄였다.

새벽 3시에 일어난 이 소동은 그 호텔에 묵고 있는 장단기 투숙객 모두를 깨워 놓았다. 서너 가지 다른 인종으로 구성된 그들은 각기 자기들 말로 투덜대며 잠자리에서 뒤척였다. 그들이 투덜댄 내용은 대략 다음 두 가지 중 하나였다.

— 어느 인간이 또 마담 리의 규칙을 어겼구만. 내쫓겨 싸지, 싸!

— 누가 누굴 몇 명이나 달고 자든 무슨 상관이람. 정말 웃기는 호

텔이야!

　이튿날 아침, 마담 리는 우아하게 단장한 모습으로 호텔 로비에서 마주치는 손님들에게 일일이 상냥하게 인사했다.
　봉쥬르! 봉쥬르! 사바? 비앙, 메르씨!
　미스터 장이 주방에서 아기 이유식 병을 들고 나타나 물었다.
　―사장님, 505호 여자가 또 이걸 데워 달라는데요? 자꾸 이런 거 부탁하면 여기서 계속 살 수 없다고 말씀하시지 그럽네까.
　―아냐, 그냥 군소리 없이 데워 줘요. 쟤들 우리가 안 봐주면 어디 가서 새끼 데리고 지내겠어? 당분간 집도 절도 없이 떠돌아야 할 텐데…….
　―예, 그건 그럽네다. 저두 간밤에 프랑스 애새끼한테 한 대 쥐어 박혔을 적엔 어뜨케 분통하고 서러웂던지……. 고저 불법체류니끼 참고 참았지만서두, 그거를 기냥, 으후! 기래두 사장님이 대신 떼레 줘서 분이 좀 풀렛시다.
　그때 머리에 흰 수건을 쓰고 눈썹이 짙은 젊은 여자 하나가 가무잡잡한 아기를 안고 로비에 나타나 미스터 장한테 이유식 병을 받아들며 메르씨! 하고 인사하고 객실로 향한 계단을 올라갔다. 유난히 툭 불거진 여자의 엉덩이에 휘감긴 회교도식 치맛자락이 치렁거렸다.
　마담 리는 그녀를 눈으로 좇으며 혼잣말처럼 중얼거렸다.
　여긴 내 집이야. 흘레를 붙더라도 난장판으로 붙는 것들은 억만금을 줘도 사절이다, 사절! 짜아식들, 어딜 함부로…….
　로비에 놓인 자개 장식장에 상감된 매화 문양이 창백한 초봄 햇살 속에 단아한 은백색 광채를 반사하며 그녀의 눈망울에 일순간 차가운 이슬로 맺혔다 사라졌다. 잠시 후 마담 리는 주방을 향해 소리쳤다.

미스터 장! 오늘 한국서 손님들 몇 올 건데, 우리 달팽이 좀 준비할까?

파리 근교, 호텔 꼬레의 하루는 그렇게 또 시작되었다.

지난 겨울 파리에 갔다가 지인이 경영하는 호텔에 며칠 묵으면서
프랑스가 대표하는 서구 '선진' 문화의 곰팡내를 맡았다.

'숨은 벽' 위의 여자

||| 김 병 언 | | | | | |||

휴일 점심녘쯤이 돼 봉우리 근처까지 올라가 보면
그녀의 모습을 볼 수 있었다.
그녀가 홀로 앉아 있는 암반은 등산로를 한참
벗어나 있었으며 그 암반의 아래는 곧장
깎아지른 절벽이었다.
등산로에서 바라보는 그녀의 모습은 허공에 떠 있는
한 마리 검은 새의 실루엣으로서 실로
고독하기 짝이 없었다.
그녀는 왜 그 위험하고 적적한 암반 위에 줄곧
등을 보이며 웅크린 채 앉아 있는 것일까?
한 가지 확실한 것은 그녀가 언제부턴가
그 동떨어진 암반을 '자신의 장소'로
삼고 있다는 점이다.

'숨은 벽' 위의 여자

'자신의 장소'를 가짐은 고독한 사람들의
한 특징이다. 그렇다면 그녀는 그런 여자인가?
혹은 그녀에게 소중했던 어떤 사람이
'숨은 벽' 어디에서 추락사했던 적이 있는 걸까?
'숨은 벽'은 해마다 예외없이 희생자를
기록할 만큼 위험한 곳이기 때문이다.
아님 그녀 자신이 희생자를 꿈꾸고 있지는
않은 것일까? 만약 그렇다면 그 장소는
그녀의 꿈을 실현시키기엔 안성맞춤일 것이었다.
그는 등산을 하지 않는 날에도
암반 위에 홀로 앉아 있는 그녀의 모습을,
그 고독한 실루엣을
이따금씩 머릿속에 그려보곤 했다.
텅 빈 편지함에 손을 넣었다 돌아설 때 문득, 혹은
밤 깊어 어두운 베란다에 나가 담배를 피울 때,
물어 봐야 되지 않을까? 그는 생각했다.
왜 거기가 당신의 장소이어야만 하느냐고.
하지만 그는 다음 주 휴일에도, 그 다음 주 휴일에도
그녀에게 선뜻 다가가지 못했다.
이를테면 그는 소심한 남자에 속했다. 그랬기 때문에
그의 내면은 더욱 치열했다.
마침내 그는 그녀에게 말을 걸어 보지 않고는
자신이 더 이상 배겨 내지 못함을 알았다.
그는 휴일이 올 때까지 몇 날 며칠을 뜬눈으로 세웠다.

한데, 정작 '숨은 벽' 위로 올라갔을 때

그는 몹시 실망했다. 그녀의 모습이 눈에 띄지 않았던 것이다.

문득 형언할 수 없는 슬픔이 그의 가슴을 적셔 왔다.

그는 그녀의 장소로 다가갔다.

그녀의 장소는 멀리서 볼 때보다 더욱 쓸쓸하고

위험한 암반이었다.

그는 깊은 샘 속의 어두운 수면 위에

자신의 얼굴을 비춰 볼 때처럼 벼랑 아래를 내려다보았다.

아! 다음 순간 그는 소스라치게 놀랐다.

거기, 십 년 전 갑자기 소식이 끊겨 버린

자신의 연인이 잠자는 듯 누워 있었던 것이다.

이튿날, 신문은 아주 작은 기사로

'숨은 벽'에서 추락사한 한 남자의 불운이

백골이 된 한 여자의 주검이 발견된 사실과

공교롭게도 겹쳐 있음을 전했다.

초여름 산중 차담

5

minifiction

초여름 산중 차담

||| 김 정 묘 | | | | ||||

−질문 없습니까?

−사는 데 기쁨이 있습니까?

−사는 게 힘들지 않나요? 이런 질문은 들어 봤어도…… 기쁨이 있느냐는 질문이 왜 이렇게 당혹스럽죠?

−대학 다닐 때 일이 떠오르네요. 어느 교수님이 '그대들은 어느 때 기쁨을 느끼는가' 하고 물었습니다. 그때 무슨 생각으로 말했는지 모르지만, 싫은 것도 좋은 것도 없이 텅 비어 있을 때가 기쁘다고 대답했습니다.

−기쁨의 반대가 뭘까요?

-슬픔이죠.

-그러면 사는 데 슬픔이 있습니까? 물으면 어떤가요?

-머리에서 뜨는 게 많네요.

-저…… 기쁨의 반대는……아무것도 느낄 수 없는 것…… 느끼지
못하는 것…….

그때였다. 새 한 마리가 유리창 쪽으로 쏜살같이 날아왔다. 유리창
에 머리를 박고 새는 땅으로 뚝 떨어졌다.
그야말로 눈깜짝할 새에 벌어진 일이었다. 차담을 나누던 사람들
은 일제히 창문 쪽으로 눈을 돌렸다. 그리고 비명을 지르는 사람, 창
가로 달려가는 사람, 찻잔을 거두는 사람, 멍하니 창 밖을 보며 앉아
있는 사람, 마당으로 뛰어나가는 사람, 팔짱을 낀 채 그 자리에 앉아
방바닥을 뚫어지게 쳐다보는 사람으로 갈라졌고, 마당으로 뛰어나
간 사람이 죽은 새를 집어들고 숲 속으로 들어갔다.

-질문 있습니까.

세상은 좁고 인연은 길다

||| 윤용호 | | | | ||||

제대한 지 얼마 되지 않은 사내들은 곧잘 군대 이야기를 끄집어낸다. 전혀 흥미 없어 하는 여자 앞에서조차! 나도 그랬다.

군 시절 나는 BOQ(독신 장교 숙소) 관리병이었다.

제대하고 처음 사귄 여자에게 BOQ란 말을 하자 그녀는 픽 웃었다.

"꼭 바비큐가 들어간 신제품 햄버거 이름 같네."

맥도날드 한국지사에서 근무하던 그녀는 잘 웃고 성격이 쾌활했지만 허영심 또한 많았다. 만난 지 한 달쯤 되자 우린 자연스레 모텔을 들락거렸고, 석 달 뒤에는 웃으며 헤어졌다(정확히 말하면 내가 쿨하게 그녀 곁을 떠났다).

제대하고 두 번째 사귄 여자는 백화점 직원이었다.

"BOQ? 여자 속옷 브랜드가 아니고?"

그녀는 약간 노출증이 의심될 만큼 초미니와 핫팬티 입기를 좋아했다. 딱 40일 만에 모텔에 갔고 정확하게 70일 만에 우리 사이는 끝이 났다(역시 내가 스무드하게 탈출했다).

세 번째 만난 여자는 내가 BOQ란 말을 꺼내자 묘한 관심을 보이더니 어느 부대였느냐고 되물었다.

"동부전선 18부대."

"어머, 그래요? 예전에 우리 오빠도 그곳에서 근무했는데……."

#

박 중위는 불운하게 발에 총상을 입고 내가 관리하는 BOQ에 임시로 들어왔다. BOQ 바로 곁이 의무대여서 통원 치료 받기가 수월하기 때문이었다. 후방의 통합병원으로 후송돼야 마땅했으나 그가 굳이 연대 의무대를 고집한 건 인사 기록에 오점을 남기지 않기 위해서였다. 물론 여기에는 선후배 관계인 부대장의 배려가 있었다. 박 중위의 총상은 부하가 잘못 다룬 총기의 오발 사고에 의해서였는데, 그것이 부대장으로서도 안타까웠던 모양이다.

―나는 장군이 되는 꿈을 안고 육사에 갔어. 한데 이런 사고를 당했으니 원.

언젠가 그는 침통한 표정을 지으며 나한테 이같이 자신의 소회를 밝힌 적이 있었다.

"그때 끝내 의무대에서는 치료가 잘 안 되어 통합병원으로 옮겼는데……."

"그래요. 후송이 되고서야 오빠는 부상 사실을 집에 알렸고 저도 그때 면회를 갔죠."

완쾌되어 본대 귀대 후 그는 곧장 전역 절차를 밟은 모양이었다.

그 사고로 장군 되기는 글렀다는 판단이 서자 일찌감치 옷을 벗었으며, 지금은 어떤 중소기업 오너가 되어 있다고 했다.

#

핸드폰의 진동이 울렸다. 보나마나 아내였다.

"자기, 오늘은 좀 일찍 퇴근해서 칼질하는 데 가서 저녁 먹고 진한 영화라도 한 편 때리자."

이 무슨 운명의 장난이고 기구한 인연일까, 나는 그녀한테 코가 꿰이고 말았던 것이다(단언컨대 미꾸라지 작전도 전혀 통하지 않았다).

만일 내가 군대 이야기를 들먹이지 않았다면, 아니 적어도 18부대의 BOQ에만 근무하지 않았던들 그녀와 나 사이에 결혼 같은 불상사가 생겼을까.

하긴 뭐 탄탄한 중소기업 사장의 유일한 여동생을 마누라로 둔 팔자도 그리 나쁜 건 아니지만.

솔직히 말하자면 나는 지금 처남 회사의 관리부장으로 있다.

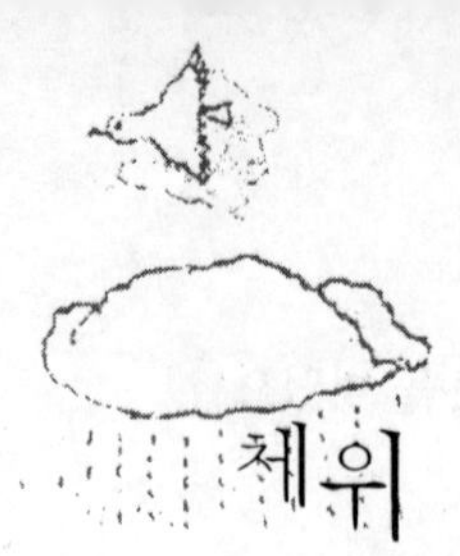

||| 김 명 이 | | | | |||

　　　　　　　　밤이다. 하늘에서 별빛이 쏟아져 내리고 들판 가득 피어 있는 꽃들이 환하게 빛났다.

　마치 쇠사슬 끄는 소리 같았다. 이슬로 범벅이 된 흙이 걸음마다 그녀의 종아리로 튀어 올랐고, 축축한 치맛자락이 다리를 휘감으며 철거덕거렸다. 땅의 찬 기운이 발, 종아리, 허벅지를 따라 그리고 붉은 대롱을 따라 몸 속 깊숙한 곳까지 스며들어 축적되고 있었다. 언젠가는 그녀를 숨쉬게 할 자양분으로 전환될 것이다. 여름 끝 무렵치고는 제법 찬 밤공기가 가슴을 싸하게 만들었다. 어느 순간, 귀에 익은 목소리가 발끝에 묻혀 날아왔다. 그것은 꿈속에서처럼 메아리쳤다. 그녀를 부르는 소리였다.

　깊은 수면 속에서 빠져나온 그녀의 몸이 잠깐 떨었다. 덧옷을 걸치고 거리로 뛰어나갔다. 저 멀리 어둠 속에서 한 남자가 걸어 나와 가로등 불빛 아래 모습을 드러냈다. 그는 푸른색 셔츠를 입고 있었다. 그녀를 알아본 그가 단숨에 달려와 허리를 꽉 껴안았다. 스카이라인 위, 고층 주거지 사이로 펼쳐진 검푸른 하늘, 구름 뒤로 달이 재빨리 모습을 감추었다.

물 흐르는 소리와 뽀얀 수증기가 욕실을 가득 채웠다. 현기증이 났다. 거울에 두 손을 짚고 숨을 들이쉬었다. 뜨거운 증기가 닿아 만들어진 물방울이 여기저기 흘러내리고 있지만 거울은 차가웠다. 그녀는 웅크렸던 몸을 펴 몸에 남아 있는 진흙을 씻어 내렸다. 따뜻하고 부드러운 물의 감촉이 그가 잡았던 허리를 타고 아래로 흘러내렸다.

하늘이 노랗다. 멀리 마른 풀 사이로 꽃들이 바람에 나풀거렸다. 날개옷을 접은 그녀는 초록 융단 위에 누워 눈을 감고 있었다. 그녀를 실은 대지는 언제나 그랬듯이 천천히, 아주 천천히 하늘과 반대 방향으로 움직였다. 코끝으로 바람이 스쳐 지나갔다.

그가 다가오는 소리에 눈을 떴다. 움직이는 방향을 따라 그의 옷에선 물결이 일며 파란색이 빛났다. 그만의 색이었다. 파랗다 못해 은빛까지 띠며 형광으로 반짝이는 빛깔 때문에 그녀는 꼼짝도 할 수 없었다. 갑자기 눈앞에서 그의 모습이 사라졌다. 보이지는 않았지만 거친 숨결이 그녀의 목덜미를 스쳤다. 그녀에게서 흙 내음과 풀 향기가 뒤섞인 숨결이 쏟아져 나왔다. 파닥거리며 그를 찾아보지만, 숨결만 들릴 뿐 그는 없었다. 한순간, 그는 날개를 접고 반대편을 향해 엎드린 것이다. 그를 마주 보려고 애써 보았지만 몸이 움직여지지 않았다. 이미 그녀의 하체가 그에게 잡혀 있었다. 지척에 있었건만 서로 대칭을 이루며 반대편을 향한 그들은 서로의 얼굴을 볼 수 없었다. 그녀의 망막 속엔 더 이상 날지 않는 그의 날개가 맺힌 채로 존재하였다.

그녀의 꽃을 열게 한 그 어떤 것도 이런 빛깔로, 이런 자세로 그녀를 유혹한 적이 없었다. 그녀의 몸을 간질이며 스쳐간 바람도, 배암도, 얼굴 없는 손도…… 하얀 꽃 속을 자맥질하며 수액을 뽑아 올리는 그는 부드럽고 강했다. 근처 풀잎들이 떨고 있었다.

바람이 산을 넘었다. 그것은 수평 방향이 아니라 뇌운이 몰고 온 수직 방향의 바람이었다. 멀리 동쪽 하늘이 잿빛으로 변했다. 아직 꽃조차 피우지 못한 억새풀이 불어닥친 비바람에 이리 휘고 저리 꺾였다. 영원히 끝날 것 같지 않은 차갑고 축축한 어둠이 바닥으로 스며들기 시작했다.

모든 빛이 기와 무늬의 벽과 바닥을 통과하여 사라졌다. 칠흑 같은 어둠이 세상을 뒤덮었다. 빛이 없는 어둠 속에서 그는 색이 없었다. 아니 애초부터 그에게 파란 색소 같은 것은 없었다. 다만 그 빛깔만을 반사시켰을 뿐이었다.

그는 한 마리 몰포나비*. 그에겐 파란색 파장을 반사시킨 날카로운 촉감의 정수만이 있었다. 빛은 서로가 서로를 쫓고 쫓기게끔 만들었던 현혹적인 유희의 도구였을 뿐. 응집된 갈망은 그녀의 망막을 찢고 들어가 그녀를 마비시켰고, 결코 서로를 마주 안을 수도, 볼 수도 없는 합일을 이루게 했다. 그들은 서로를 마주 껴안거나 바라보지 않았다. 그리하여 그들은 어느 누구에게도 흔적이나 상처 따윈 남기지 않았다. 둘 사이에는 애초부터 차가운 양면 거울이 놓여져 있었다.

뜨거운 수증기가 닿아 흐르는 물방울이 흐르는 그곳에는 정확한 대칭성의 자기 자신이 있었고 그 너머에 서로가 있었다.

빛이 낮과 밤을 가르며 빠르게 비추었다 사라졌다. 모든 사물이 반사체가 되어 움직였다. 들판엔 아득히 먼 태고와 훗날이 동시에 존재하였다. 그곳엔 아무것도 없는 텅 빈 들판이 있었고, 나무가 우거진 숲이 있었고, 움막이 모여 있었고, 고층 주거지가 있었다. 밤마다 켜지는 가로등 아래에는 꿈, 그리고 황홀한 파란 빛깔이 있었다.

별들이 이슬 머금은 들판의 꽃들을 비추었다.
그가 별빛을 따라 그녀를 찾아가고 있었다.

* 몰포나비 : 중남미 아메리카에 분포. 몰포나비의 날개에는 파란 색소가 전혀 없다. 다만 날개의 표면 구조가 독특해 파란색 파장의 빛만이 반사되고 나머지 빛은 통과된다.

밤하늘, 푸른 빛은 모든 생의 흔적들을 담고 있는 것만 같다. 아득하다.
빛을 좇아 거닐다, 사내를 만나고, 푸른 몰포나비의 비늘 속까지 들어갔다 나온다.
그러나 그곳에 푸른 빛은 존재하지 않는다. 다만 여전한 유혹이다.

백사

1

—얄궂애라. 그때 왜 내가 갑작시레 고개를 돌리고 싶었으꼬…….

어린 계집아이는 무심코 고개를 옆으로 돌렸다. 그런데…… 이상
도 해라……!

점심을 먹고 난 일곱 살 난 계집아이는 지게를 지고 삽짝을 나서는
아버지를 졸랐다. 계집아이의 아버지, 그러니까 나의 젊은 외할아버
지는 산에 나무를 하러 나서는 길이었다. 그러나 계집아이의 어머니,
즉 나의 젊은 외할머니가 말렸다. 벨일잇따. 기집아가 남정네 나무하
러 가는 데는 머 하러 따라가. 젊은 외할머니는 손으로 입을 가리며
웃었다. 젊은 외할아버지 역시 웃으며 말했다. 왜 우리 열이도 산에
나무하러 갈라꼬?

　마침내 어린 계집아이는 아버지를 따라 나섰다. 계집아이는 신이 났다. 아이는 아버지를 앞서 사립문을 나섰다. 멀리서 바라본 산은 진달래가 한창이었다. 곳곳에 연분홍 진달래가 무더기로 피어나 산을 붉게 물들이고 있었다. 아이와 아버지는 개울의 징검다리를 건너고 보리밭을 지나 산골짜기로 접어들었다.

　산자락을 오른 아버지가 지게를 내려놓고 앉아 담배를 말아 입에 물었다. 지친 아이도 잠시 아버지의 옆에 주저앉아 이마에 밴 땀을 손으로 훔쳤다. 그러다가 아이는 다시 일어나 혼자 산을 오르기 시작했다. 뒤에서 아버지가 말했다. 너무 멀리 가지 마라.

　한참을 올라왔다 싶은 아이가 뒤를 돌아다보았을 때, 아버지는 어느새 일어나 소나무의 잔가지를 낫으로 치고 있었다. 아이는 다시 산을 오르기 시작했다. 그렇게 얼마나 올랐을까. 아이는 갑자기 오줌이 마려웠다. 아이는 걸음을 멈추고 주위를 둘러보았다. 그러다가 아이는 제 키보다 한참이나 더 큰 진달래꽃 그늘로 들어서서 치맛자락을 들쳐 올렸다.

　아이는 오줌을 다 누고 나서도 한동안 그 자리에 앉아 산 아래로 눈길을 주었다. 아버지의 모습이 보이지 않았다. 아이는 갑자기 조바심이 났다. 아이는 자리에서 일어서려다 말고 무심코 옆으로 고개를 돌렸다. 그런데…… 이상도 해라……!

　아이의 눈길이 머문 곳에 무엇이 있었다. 아이가 쪼그려 앉은 진달래꽃 그늘에서 두어 걸음쯤 떨어진 햇빛 아래, 언제부터인가 그곳에 자신을 향한 무엇이 있었다…… 얼핏 보면 구부러진 나무 막대기 같은 것…… 아이는 처음엔 그것이 햇빛 아래 놓인 가는 나무 막대기라고 생각했다. 그것도 햇빛을 받아 눈빛처럼 반짝이는 흰 나무 막대기……

그러나 그것은 막대기가 아니었다. 햇빛 아래 눈처럼 흰 몸체를 반짝이는 그것은 분명히 살아 있는 무엇이었다. 그것도 자신을 향해 대가리를 바짝 쳐들고 있는 살아 있는 그 무엇……!

아이는 쉽사리 그것에서 눈을 뗄 수가 없었다. 그러다가 갑자기 등골이 시리도록 섬뜩해진 것은 그것의 눈과 마주쳤을 때였다. 어른의 엄지손가락만한 그것의 머리에 마치 깨알같이 박힌 작은 두 눈! 그것과 마주쳤을 때부터 아이의 가슴은 콩닥거리기 시작했다. 아이는 일어서야 한다고 생각했다. 그러나 웬일인지 선뜻 일어설 수가 없었다. 그때부터 아이는 미동도 않고 그대로 쪼그리고 앉아서 그것과의 눈싸움을 시작했다. 그것 역시 미동도 않고 아이를 노려보았다.

그렇게 서로가 서로를 노려보며 눈싸움을 한 지도 한참이나 지났다. 아이는 이제 정말로 일어나 아버지가 있는 곳으로 가야 한다고 생각했다. 그러나 생각만 앞설 뿐, 아이는 쉽사리 일어날 수가 없었다. 상대방 역시 꼼짝 않고 아이만 노려보고 있었다. 그때였다. 열아, 열아아…….

산 아래쪽에서 아버지가 아이를 부르는 소리가 들렸다. 아이는 그제서야 발딱 자리에서 일어났다. 그때 자신을 노려보던 상대방이 약간 멈칫하는 모습이 아이의 눈에 비쳤다. 갑자기 아이의 전신에 소름이 쪽 돋았다. 공포에 질린 아이는 조심스럽게 발걸음을 떼어놓기 시작했다. 한 발, 한 발, 상대방이 눈치채지 않게…….

마침내 아이는 꽃그늘을 벗어났다. 상대방은 여전히 아이를 노려보고 있었다. 간신히 햇빛 아래로 나선 아이는 한순간, 뒤도 돌아보지 않고 산 아래쪽을 향해 뛰었다. 멀리 한 손에 낫을 든 아버지의 모습이 보였다.

어린 어머니는 그날의 일을 혼자만 속에 오랫동안 간직하고 있었다. 그러다가 입을 연 건 그날로부터 달포 가량이나 지난 후였다. 처음에는 어린 어머니의 이야기를 아무도 믿으려 하지 않았다. 하지만 젊은 외할머니가 몇 번인가 반복하여 물어 본 끝에, 어린 어머니의 말이 모두 사실이라는 것을 알았다. 그때 젊은 외할아버지는 어린 어머니에게 이렇게 말했다. 허…… 내 이런 쑥맥 같은 아를 봤나! 그게 부르는 게 값이라는 백삿따, 백사……!

이렇게 하여 어머니의 백사 이야기는 삽시간에 온 마을에 퍼졌고, 얼마 후에는 근동에 모르는 사람이 없을 정도로 소문이 났다. 이야기를 전해들은 사람들은 마치 제 일인 양 혀를 차며 저마다 한마디씩 했다. 세상에! 평생을 땅꾼으로 먹고 살아도 한 번 볼까 말까 하다는 백사가 고 어린 눈에 우에 띠엣노? 허, 참! 가 아부지도 코앞에 황금을 두고 나무만 한 짐 해지고 내레왔뿌렛네! 아, 아부지도 억울해할 거 없다. 그게 아이까 눈에 띠엣제, 어른 눈에 어째 띠엣을로? 그래도 아가 그 즉시 지 아부지한테만 일렀어도……!

이런 소동 가운데, 그 후 한동안 젊은 외할아버지는 나무를 하러 갈 때마다 어린 어머니를 데리고 다녔다. 그러나 그 뱀은 다시 나타나지 않았다. 그 후로는 물론 일흔을 넘긴 어머니가 정신을 놓고 눈을 감을 때까지, 어머니는 두번 다시 그 뱀을 볼 수가 없었다.

2

─세상에, 날 쳐다보는 두 눈이 발갛더라……!

일흔이 넘은 어머니는 가끔씩 정신이 돌아올 때마다, 마치 처음으로 하는 양 그때의 이야기를 또다시 꺼내곤 했다. 그때마다 아이들은 에이, 할머닌 또 그 뱀 이야기야! 라며 시큰둥해했고, 아내는 돌아서서 입을 가리며 웃었다.

어려서부터 나는 어머니에게 수도 없이 이 백사 이야기를 들어 왔다. 하지만 나는 한 번도 본 적이 없었다. 그런데 마침내 그 백사를 볼 기회가 있었다. 그것도 살아서 꿈틀대는 어머니의 그 백사를…….

어머니가 돌아가신 그 이듬해 봄, 어느 날이었다. 그날도 나는 지친 몸으로 직장에서 돌아와 늦은 저녁식사를 마치고 텔레비전 앞에 앉아 있었다. 그날 밤 아홉 시 뉴스의 말미쯤이었을까, 난데없는 뱀 한 마리가 화면에 비쳤다. 그 순간 나는 급히 상체를 일으켜 세웠다. 놀랍게도 그것은 말로만 듣던 백사, 흰 뱀이었다.

전문적으로 뱀을 잡는 땅꾼들도 평생에 한 번 볼까 말까 하다는 백사가 한 농부의 손에 잡혀 화제가 되고 있습니다. 강원도의 한 야산에서 산나물 채취를 나온 농부에 의해 잡힌 이 뱀은 몸체의 길이가…… 직접 뱀을 잡은 사람인 듯한 사십대의 사내가 막대기로 뱀을 감아 들어 보이는 화면에 이어, 땅바닥에 놓인 뱀을 카메라가 서서히 클로즈업해 들어가기 시작했다. 나는 숨을 죽이고 텔레비전 화면에 눈을 고정시켰다.

—세상에, 날 쳐다보는 두 눈이 발갛더라……!

어머, 눈이 정말 발가네! 어머니의 말과 아내의 말이 동시에 들렸다. 나는 뒤를 돌아다보았다. 아내가 물 묻은 손을 행주치마에 비비며 내 등 뒤에 와 서 있었다. 그러다가 아내는 말없이 돌아와 내 옆에 앉았다. 그러나 그 순간 그만 화면이 바뀌어 버렸다. 백사에 관한 뉴스가 끝나 버린 것이었다. 아내는 아쉬운 듯 한동안 나를 돌아보더니 혼잣말 하듯 했다. 내일 아침 뉴스에 또 나오려나…… 아내의 말에 나는 아무 대꾸도 않고 텔레비전만 바라보고 있었다.

그러나 그냥 망연히 화면에 눈길만 주고 있을 뿐, 나는 당시 몇 달 전에 돌아가신 어머니를 생각하고 있었다. 그때 아내가 다시 혼잣말을 했다. 애들이 봤으면 좋아들 할 텐데…… 그러고 아내는 다시 나에게 얼굴을 돌렸다. 나는 대답 대신 한쪽 팔을 들어 아내의 어깨에 얹었다. 그러자 아내가 전신을 나에게 착 밀어붙이며 자신의 머리를 내 어깨 위에 얹었다. 아내도 그 순간 돌아가신 어머니를 생각하고 있었던 것이다.

그날 밤이었다. 나는 꿈속에서 기어코 다시 어머니를 만났다. 그곳이 어딘지 확실치는 않았지만, 어머니가 백사 앞에 쪼그리고 앉아 나를 돌아다보았다.

―니, 여게 봐라. 눈이 발갛찮나? 안 그러나?

그러나 어머니는 평소의 모습이 아니었다. 그렇다고 정신을 놓아 버리고 난 뒤의 흐트러진 모습은 더더욱 아니었다. 놀랍게도 어머니는 어린 계집아이로 다시 돌아가 있었다. 당신이 그렇게도 그리워하던 유년 시절로 되돌아간 어머니가 직접 나에게 그 뱀을 보여 주고 있었다. 고작 일곱 살 난 작은 계집아이, 고 어린 나의 어머니가……

우리가 서 있는 곳

||| 배 명 희 | | | | | | | | |

여자는 털이 부숭부숭한 검은색 스웨터를 꺼내 입었다. 다음날 십오 년 만에 닥치는 한파라는 저녁 뉴스를 보았고, 오리털 담요를 꺼내며 그 때문에 집이 추운 거구나, 그렇게만 생각했다.

사흘째 되던 날, 여자는 관리실에 전화를 했다. 남편이 서재로 쓰는 방에서 시작해 안방과 아들 방, 거실과 부엌까지 집 안 모든 곳의 난방이 멈춰 버린 거였다. 털양말을 두 개나 껴 신고 여자는 관리실 직원이 들고 온 손전등을 졸졸 따라다녔다.

"어딘가에서 난방 배관이 막힌 것 같아요."

"어느 곳에요?"

"알 수 없어요. 배관을 따라 전부 방바닥을 뜯어 볼 수밖에요."

여자는 비명을 질렀다.

"집 전부를요? 이 겨울에. 다른 방법은 없을까요?"

"집집마다 다 그래요. 배관이 낡아서 툭하면 막히고 새고 그래요."

관리실 직원이 돌아간 후, 여자는 회사에 있는 남편에게 전화를 했다. 남편은 회의 중이라 길게 통화할 수 없다면서 알아서 하라고는 전화를 끊어 버렸다.

아파트는 자신들의 결혼 생활만큼 나이를 먹었다. 어디가 꽉 막혔을까? 여자는 신고 있던 양말을 벗고 고등학생인 아들의 방부터 시작해서 이방 저방 돌아다녔다. 발바닥에 와닿는 냉기만으로는 어디가 고장이 난 건지 알 수 없었다. 발바닥을 통해 올라오는 냉기는 금방 다리를 타고 올라와 온몸으로 퍼져 갔다. 여자는 진저리를 치면서 거실 바닥에 깔아 놓은 전기 장판 위에 올라섰다.

다음날 아침, 배관 수리공이 곡괭이로 바닥을 내리쳤다. 아파트는 금방이라도 부서져 내릴 듯 사나운 소리를 내며 울었다.

남편은 수리가 끝날 동안 회사 근처의 호텔에서 묵었고, 고등학생인 아들은 학교 근처에 있는 이모 집으로 피신했다. 가족이 함께 호텔에서 묵자는 남편의 제의는 아들에게 간단히 묵살당했다. 여자 또한 남편과 함께 호텔에 들 마음이 없었다. 단 며칠이라도 혼자만의 시간을 갖게 된 것이 기쁠 지경이었다. 여자는 간단하게 가방을 꾸리던 남편 역시 홀가분해하던 모습을 떠올렸다.

생각해 보니 세 식구가 함께 식탁에 앉아 밥을 먹은 지 오래되었다. 아이는 자율학습 때문에 새벽에 집을 나섰다. 남편과 아이는 서로 얼굴을 마주할 기회도 드물었다. 어쩌다 날씨가 나빠 골프를 못 나가면, 남편은 종일 텔레비전의 골프 프로그램에 눈을 박고 있었다. 아이는 자신의 방에서 종일 컴퓨터를 끌어안고 있었다. 날씨가 좋으면 집은 텅 비었다. 아이는 아이대로 남편은 남편대로 모두 밖으로 나갔다. 휴일 내내 여자는 혼자 밥을 먹으며 책을 읽고, 텔레비전 연속극을 보고, 음악을 듣고, 세탁기를 돌렸다. 입 안에서 씹히는 밥알은 마치 모래알처럼 서걱거리며 겉돌았다.

집 대부분이 파헤쳐졌고, 막힌 곳은 안방이라는 결론이 났다. 수리공은 막힌 부분을 잘라내고 그 길이만큼 새 배관으로 갈아 끼워야 한다고 말했다. 오층인 여자의 집 상하수도관을 비롯한 난방 배관은 죄다 사층의 천장에 들어 있기 때문에 수리는 사층에서 해야 했다. 그것은 모든 공동주택의 운명이었다.

오층에 사는 여자는 사층 여자에게 죄없이 머리를 조아렸으며, 모든 경비 일체와 그간의 불편사항에 대한 위로금도 지불하겠다고 약속했다.

수리공은 사층의 화장실 천장을 죄다 뜯어내었다. 사층의 지붕 겸, 오층의 바닥인 어두운 공간이 화장실을 통해 드러났다. 하수관과 상수관, 난방 배관들이 어지럽게 엉켜 있었다. 공사를 할 때 쓰다 남은 자재들을 정리해서 내다버리지 않고, 천장이자 바닥인 공간에 방치해 두었다. 녹이 슬어 금방이라도 푸슬푸슬 녹이 떨어질 것처럼 낡은 쇠파이프 사이로 쓰다 남은 각목과 토막 난 배관, 굵은 못이나 철사 조각, 심지어는 모래와 시멘트를 담았던 부대 자루와 걸레 조각도 널려 있었다.

수리공은 사다리 위에 올라가 머리만 천장의 배관 사이로 집어 넣고 전기 쇠톱으로 막힌 배관을 잘라내었다. 쇠톱이 맹렬한 소리를 내며 돌아갔고, 잘디잔 불티가 사방으로 튀었다.

여자는 사층의 화장실 문턱에 쪼그리고 앉아 턱을 괴고 화장실 천장을 쳐다보았다. 자신의 발밑이 무질서하고 저토록 불안전하게 되어 있는 것을 보고 여자는 놀랐다. 견고한, 단단한 바닥을 밟고 서 있다고 여자는 늘 생각했던 것이다.

낡은 쇠파이프를 잘라낸 수리공은 사다리에서 내려왔다. 자른 파이프 속은 녹슨 쇳가루와 기름 찌꺼기, 모래와 잔돌과 이물질로 꽉 막혀 있었다.

"이 기회에 다른 곳도 손을 좀 보시는 게 나을 겁니다. 뜯어 보니까 배관뿐 아니라 상하수도관도 여기저기 낡아서 조그만 충격에도 금방 망가지게 되어 있어요."

여자는 가볍게 한숨을 내쉬었다. 여자도 그 생각을 하지 않은 게 아니었다. 그러나 아래층 여자가 단호하게 말을 잘랐다. 만약 상하수도관이 터지면 그때 다시 공사를 하라는 거였다. 공사 때문에 며칠 가게에 나가지 못해 손해가 막심하다고 했다.

수도관이나 낡은 난방 배관이 터진다면 천장에서 쏟아져 내리는 물 때문에 아래층은 물바다가 되고 물을 뒤집어쓴 가재도구를 못 쓸지도 모른다는 수리공의 충고도 소용없었다.

일어나지도 않은 일 때문에 지금 손해를 볼 수는 없다며, 여자는 수리공과 여자를 빤히 쳐다보기까지 했다. 진홍색 루즈를 바른 아래층 여자의 입술을 물끄러미 쳐다보며 여자는 고개를 끄덕였다. 하지만 마음속에서는 다른 생각이 고개를 들었다. 저 어두운 천장, 당신이 머리에 이고 사는 저곳이 얼마나 허술하고 위험한지 당신이 깨달았으면 좋겠다. 그러나 여자는 아무 말도 하지 못했다. 여자가 밟고 사는 바닥, 십오 년 동안 단 한 번도 의심해 보지 않았던 발 아래. 여자 또한 아래층 여자나 다름없었던 것이다.

내 발 아래에는 시한폭탄이 있다? 병 혹은 사고란 놈, 실직이나 이별. 그 중 가장 강력한 것은 사랑의 부재란 놈이다.

외도 外島 에서

||| 백 경 훈 | | | | ||||

온몸을 꽁꽁 싸맸다. 한 오라기의 바람도 몸 속으로 들어오지 않아야 했다. 두터운 겉옷의 지퍼와 단추를 야물딱지게 여몄다. 목도리로 얼굴마저 친친 감고 두 눈만 똉그라니 남겼다. 선장의 만류를 뒤로하고 통통배의 뱃머리로 나갔다. 불어닥치는 겨울 해풍이 완전무장을 거역 없이 헤집었다. 수만 빙(氷) 화살을 내 몸에 꽂았다. 콧구멍이 아예 불에 타는 듯했다. 그래도 그 바람이 좋았다. 미치도록 좋았다. 허공이 바람이고 바람이 허공이었다. 서해안 어느 포구에서 간신히 얻어 탄 작은 고기잡이 배가 그 바람 소리에 공명하며 웅웅댔다. 제법 너울지는 바다. 배는 바다 위에 흔적을 남기고 또 지우며 일엽(一葉)으로 떠갔다. 멀리 하얀 삼각 깔때기가 보이기 시작했다. 눈을 이고 낙조를 가사처럼 두른 섬, 외도. 섬이 아니라 법석(法席) 모양으로 고아(高雅)해 보였다.

통통배 두 척쯤 피할 수 있는 짧은 방파제. 바람을 등진 비탈에 세

채의 집이 전부인 섬. 선장 집에 며칠 묵기로 한 나는 뜻밖의 얘기를 들었다. 비탈 맨 윗집에 한 여대생이 한 달 가까이 유숙하고 있다는 것이었다. 그림을 그린다는 그녀를 궁금해하며 짐 속에서 소줏병을 꺼내 들었다. 방파제의 바람은 뱃머리에서보다 훨씬 참을 만했다. 술이 들어간 몸뚱이는 으레 따땃해져 갔다. 노을 술상 앞에 소주 한 병은 금세 바람만 가득했다. 나는 왜 여기 왔을까. 왜 한 해의 시작을 섬에서 맞고 싶어했을까.

고등어 등처럼 시퍼래져 가는 하늘. 방파제에는 발전기로 켜는 나트륨 가로등 두 개. 불빛 아래 내 그림자를 끌고 선장 집으로 들어갔다. 선장 부인이 따로 차려준 밥상머리에 앉아 거푸 술병을 비웠다. 창 밖 파도 소리가 내 가슴을 북처럼 두드려 댔다. 이왕이면 섬에서 다시 시작하고 싶었다. 육지와 섬 사이 바다, 지난날과 지금의 사이에 나의 흔적을 던져 넣고 싶었다. 차디찬 바닷물에 삶의, 생각의 뿌리와 가지와 이파리를 담가 헹궈 내고 싶었다. 독한 염수를 이겨 내고 흰 포말로 떠오르고 싶었다. 해자연(海自然)의 모진 풍상을 견디는 오똑 섬 같은. 몇 병째였던가. 바람 소리를 베고 잠이 들었다.

꿈속이었다. 방파제에 우두커니 서 있는 내게 얼굴을 알 수 없는 한 여인이 다가온다. 그림 도구를 들고 있는 것을 보아 그 여대생인 것 같다. 예쁜 목도리를 두른 그녀가 두세 걸음 발치에 서서 나를 바라본다. 여전히 얼굴은 안개 속처럼 알아볼 수가 없다. 하지만 그녀는 이전부터 나를 알고 있는 듯 말을 걸어 온다.
　—저는 여기서 바다를 그린답니다. 상어도 그리지요. 가끔 고래도

그리구요.

　─…….

　─제가 그림을 그리면 그들이 이따금 물 밖으로 튀어 오르기도 하지요, 호호호.

　─…….

　─그런 내 옆에서 아저씨는 무얼 하고 계시는 줄 아세요? 바지락을 캐시더군요. 그저 하루 종일 개펄에 쪼그려 앉아 잘디잔 조개만 뒤적이시더라구요.

　─…….

　─섬에 오셨으면 바다를 보세요. 바다와 노세요. 바다가 섬을 품듯이 섬도 바다를 품고 있지요. 섬이야말로 바다를 가장 크게 품고 있는지도 모르죠. 작은 화선지가 바다를 얼마든지 담아낼 수 있는 것처럼 말이에요. 호호호호…….

　벌떡 잠에서 깨었다. 사각(斜角) 햇살이 창문에 가득했다. 서둘러 선장 집을 나섰다. 방파제 끝, 이젤을 세워 놓은 어느 여인. 그 여대생일 것이었다. 일면식도 통성명도 없었던 그녀. 뒷모습의 그녀 너머 바다가 햇살에 번득였다. 선장의 것인 듯한 배가 햇빛을 튕겨 내며 고래처럼 지나가고 있었다. 겉옷의 지퍼와 단추를 모두 풀어헤쳤다. 외도 앞바다의 바람이, 바다가 가슴속에 하얀 화선지 되어 밀려들어오고 있었다.

동감

||| 윤 신 숙 | | | | | | |||

오전 진료가 끝났다. 마음이 편치 않아서일까. 머리가 무겁고 일 이외 누구와도 만나고 싶지 않아 평소 즐기던 상가 안 타진료과목 의사들과의 점심도 포기한 뒤 간호사에게 요깃거리만 주문하고 문을 잠갔다.

수납장에 가서 코냑 한 잔을 따라 반쯤 마셨다. 환자들이 많아 몸이 고될 때나, 반대로 손님이 뜸해 지루한 시간을 책으로 보낼 때 가끔 한 잔씩 하는 낮술이다. 오랜만에 라디오도 틀어 봤다. 그러나 음악 소리보다는 어젯밤 일이 더 또렷이 귀에 쟁쟁했다.

"여보, 어쩜 좋아요. 수일이가 글쎄……, 그런 짓을 하다니."

"무슨 일인데?"

"웬만하면 나 혼자 처리하려 했는데 담임 선생님이 워낙 강경하게 이 일은 아버님이 아셔야 한다고 해서."

나는 눈빛으로 빨리 말하라고 재촉했다.

"어제 본 수학 기말고사 주관식 문제에서 두 가지 답을 놓고 고민하다, 처음에 쓴 답을 지우고 다른 것을 썼는데 그만 먼저 것이 답이었대요. 반장이라 교무실 상황을 잘 아는 그 애가 선생님들이 식사하러 간 사이 서랍을 뒤진 거예요. 마침 일찍 들어온 다른 선생님께 들키고 말았죠. 그분들은 직업상 아이들의 행동을 꿰뚫고 있는데, 순진한 수일이가 얼떨결에 거짓말을 했대요. 문제의 답을 어떤 것을 썼는지 헷갈려서 확인하러 왔다 안 계셔서 생각지도 않게 서랍을 열어 봤다고요. 근데 손에는 지우개와 연필이 있어 들통난 거죠."

"아니 감히 그런 생각을 어떻게 했대, 참 나 원."

"지딴엔 그 한 문제만 맞히면 평균 90점 이상으로 전 과목 '올 수'를 받을 수 있었는데 그걸 놓치는 것이 억울했대요. 걔는 소심하여 정시보다 내신을 잘 받아 수시로 가야 된다는 걸 지도 잘 알거든요."

화장한 그녀의 눈에서 검은 물이 흘러내렸다.

주말도 없이 내신 관리 학원을 전전하느라 자주 코피를 쏟는 아이와, 매니저 역할을 하는 아내가 안쓰럽다가도 돈으로 만든 공부가 얼마나 오래 갈까 내심 걱정은 됐었다.

한잔 술에 마음이 누그러져 철없는 아들의 행동이 조금씩 이해되기 시작됐다. '그래, 네놈의 가치 기준에선 그럴 수도 있겠구나' 하고 마음이 한껏 너그러워졌다.

~ 꿈 속에 그려라 ~ 그리운 고향 ~
~ 라라라 라라라 ~ 향기도 좋아 ~

들려오는 낯익은 음악에 확실치 않은 가사를 붙여 따라 불렀다. 신

세계 교향곡 2악장 아다지오……. 으음, '꿈속의 고향'이지. 의자 등받이에 몸을 뉘이고 39년 전 '또 다른 나'였던 소년을 만나기 위해 눈을 감았다.

　―아버지는 산부인과 의사였다. 특이체질 검사를 사전에 못한 결과 분만 후 지혈이 안 된 산모가 죽자 의료사고로 고소당해 법정까지 간 아버지. 당신은 합의를 본 후로도 사람을 죽였다는 충격에서 벗어나질 못해 병원 일을 접고 반미치광이가 되어 몇 년간 전국을 떠돌다 결국 병자가 되어 집으로 돌아왔다. 그나마 있던 돈은 피해자 가족과의 합의금과 아버지 병원비로 날렸고, 결국 어머니는 보따리장수로 다섯 식구를 먹여 살려야 했다. 영특하고 명랑했던 나는 6학년이 되면서 성적도 떨어지고 성격마저 뒤틀려 가고 있었다. 기성회비도 3개월이나 밀려 늘 부모님을 모셔 오라는 선생님의 독촉에 시달려야 했다.

　기성회비를 걱정하는 어머니께는 우등생이라 면제받는다고 거짓말로 둘러댔다. 가냘픈 몸으로 '신앙촌' 물건들을 머리에 이고 이 동네 저 동네로 다니는 어머니 모습에 어린 내 가슴도 쓰렸다.

　담임은 기성회비가 조금만 늦어도 눈을 치뜨고 독촉하였다. 제 날짜에 못 낸 아이들이 처음엔 과반수나 되어 창피한 줄도 몰랐는데 날이 갈수록 숫자가 줄어 심지어는 너댓 명의 아이들을 복도에 벌 세우기도 했다. 나는 새 날이 오는 것이 두려웠다.

　그러던 어느 날 새벽 학교로 달려갔다. 중앙 현관문은 일찍 열려 있었다. 날은 밝았지만 2층 기다란 복도는 안개가 낀 듯 뿌옇게 보였다. 나는 전날 청소하면서 몰래 내놓았던 의자를 밟고 미리 고리를 풀어 놓은 복도 창을 넘어 교실로 들어갔다. 담임 선생님이 출장을 가면서 줄반장인 내게 마무리를 부탁한 것을 기회로 그날을 택한 것이었다. 교실로 숨어들어 간 나는 선생님 책상 서랍을 송곳으로 열고 기성회비 수첩과 함께 놓인 도장으로 3개월이나 밀려 허옇게 비어 있는 내 이름 옆 세 개의 칸에 꾹, 꾹, 꾹 찍었다. 책상 서랍을 감쪽같이 닫으니 큰일이나 해낸 듯 가슴이 뿌듯해져 왔다.

며칠 후 담임의 표정이 심하게 일그러지더니 기성회비 밀린 아이들은 하나도 빠짐없이 부모를 모셔 오라고 했다. 그런 뒤 나를 따로 불러 의심의 눈초리로 다그쳤다.

"내가 알기로는 네가 몇 개월 못 낸 것 같은데 언제 이번 달까지 다 냈지?"

가슴이 철렁했지만 이까짓 질문에 굴복하랴 싶어 태연하게 둘러댔다.

"어어, 선생님 제가 며칠 전에 갖고 와서 선생님 바쁘실 때 드렸더니 '잠깐만' 하시면서 서둘러 도장을 찍으셨잖아요."

노안이 심한 담임은 수첩에 눈을 가까이 대고 또렷이 찍힌 도장을 다시 한 번 확인했다.

"오오 그래? 맞긴 맞는데, 이상하다. 기억이 안 나니……. 알았어."

그 이후로 지금껏 그때의 거짓 행동과 말에 추호의 죄의식을 갖기는커녕 선생의 표독스런 인상만 각인되었고, 가난한 나로서는 어머니 마음을 편하게 해드리는 것만이 당연한 도리라고 생각했다.

지금 돌아가신 어머니가 그 사실을 알았다면 나를 용서하셨을까?

깨달음이 부족한 인간은 누구나 자기 가치관의 잣대로 세상 모든 것을 마름질하려 한다.
'나'를 넘어서 세상을 들여다볼 줄 아는 눈은 언제쯤 가지게 될까?

그녀가 돌아왔다

‖‖ 최 서 윤 ‖ ‖ ‖ ‖ ‖ ‖‖‖

그녀가 돌아왔다. 떠난 지 꼭 일 년 만에 돌아왔다. 처음에는 그녀가 사라진 것도 몰랐다. 그만큼 나는 무심했다. 언제부터인가 그녀를 느낄 수 없었다. 집안에 들어서면 늘 그 자리에 있는 옷장을 보듯, 그녀를 보면서도 그녀를 보지 못했다. 옷을 꺼내 입을 때, 벗은 옷을 넣어 둘 때 옷장을 보고, 가까이 다가가서 만지고, 냄새를 맡으면서도 관심이 다른 곳에 가 있는 것과 마찬가지였다.

그녀가 온 날 사람들이 대문 기둥, 대들보, 천장에 좋은 글귀를 써붙였다. 그녀가 온 뒤로 눈이 비로 변하고, 얼음이 녹아 물이 되고, 겨울잠을 자던 동물들이 깨어나는 등 수많은 변화가 일어났다. 사람들은 칙칙하던 산에 피어난 분홍색 진달래를 보며 그녀의 화사한 얼굴이라고 했다.

그러자 앙상했던 나뭇가지에 꽃눈과 잎눈이 앞다투어 터지기 시작했다. 이제는 누구도 그녀의 얼굴을 짐작할 수 없었다. 나는 온천지에 피어나는 꽃 향기와 물소리, 새소리에 취해서 꽃놀이를 다니고 낮술에 취해 혼곤한 어지러움 속에 묻혀 지냈다. 매화, 벚꽃, 목련꽃, 복숭아꽃, 살구꽃, 진달래, 철쭉, 개나리, 앵두꽃이 차례로 피고 졌다. 곧이어 연두색이 물밀 듯 밀려왔고, 뒤쫓아 온 초록이 온 산하를 점령했다.

그렇듯 그녀는 하나의 모습으로 가만히 있지 않았다. 어디에선가 또 다른 모습을 하고 있겠지 하고 무심히 있다가 그녀가 사라진 것을 알아차린 것은 초록이 말라 노랗고 붉게 변할 때였다. 어느 날 저녁 두두둥 울리는 북소리처럼, 가슴을 치고 들어온 슬픔이 그녀가 내 곁에 없음을 알려 주었다. 그때부터 나는 그녀를 다시 생각하기 시작했다. 이번에는 처음처럼 가슴이 꽉 차오르는 느낌이 없었다. 허전하게 비어 있는 가슴으로 그녀가 다가오던 때를 아프게 기억해야 했다.

날이 갈수록 저녁 산책길에서 밝은 빛이 사라지고 어둠이 감겨들었다. 섬세한 실핏줄까지 드러낸 나무는 고뇌 깊은 이마를 허공에 대고 있었다. 바짝 마른 가슴에서 가랑잎 서걱거리는 소리가 났다. 땅이 얼어붙고, 재잘거리며 흐르던 물소리가 얼어붙고, 별들마저 꽁꽁 얼어붙어서 차갑게 빛났다.

가장 어두운 날, 동지가 지나자 해가 노루 꼬리만큼씩 길어지기 시작했다. 조금씩 밝아지는 날들을 보며 그녀를 간절히 기다릴 때 그녀가 멀리서 보이기 시작했다. 그녀가 흙바람 속에서 올 듯 말 듯, 다시 돌아가 버릴 듯 애를 먹이는 동안 모두들 숨죽이고 기다렸다. 그녀의 맨발이 문턱을 넘어서자 참았던 숨을 토해내듯 꽃망울이 터지고, 새

소리가 날아오르고, 물소리가 흘러갔다.

그녀는 또다시 돌아왔다.

해마다 떠났던 애인이 돌아온 것처럼 봄을 맞는다. 자주 가버려서
속을 썩이지만 미워할 수 없는 그녀, 앞으로 얼마나 더 떠났다가 돌아올까?

강물은 흐른다

||| 안 영 실 | | | | | ||||

　　오래전부터 나는 앨범에 사진을 꽂지 않는다. 살아온 세월을 증거라도 하듯 사진은 점점 많아졌다. 넘쳐난 사진들을 종이 박스에 넣어 책상 아래에 넣어 두었다. 가끔 박스를 열고 사진들을 보면서, 이것이 나일까? 하고 스스로 묻는다. 기저귀를 찬 백일의 아기, 소꿉친구가 처음 생긴 아이, 한쪽 무릎을 구부린 원피스의 소녀, 휴가 나온 남자 친구와 멋쩍게 웃는 여자, 어깨를 드러낸 웨딩드레스의 여자, 갓난아기에게 젖을 물린 채 손사래를 치는 여자, 어느 스산한 겨울 바다에서 바위를 향해 머리를 부딪는 파도를 보고 있는 여자, 눈도 턱도 입도 아래를 향해 기울기를 보이는 나이가 되어 버린 여자, 여자, 여자들. 얼마 전에 지하철에서 만난 대학교 때 남자 친구가 말했다.

　　야! 너, 언제 그렇게 푹 퍼진 아줌마가 됐니? 영원히 공주처럼 살 것 같더니 말야. 바지라곤 입지도 않고 늘 야들야들한 옷만 입고 다녔잖아?

그 친구의 앨범 속에 저장된 나의 기억은 내게 너무 낯설다. 이제 나는 늘 바지를 입고 지내며, 공주처럼 사는 여자의 이기심을 들여다볼 수 있다. 지나치게 예쁜 옷은 사지 않고, 새로 사지 않은 듯한 옷을 더 좋아한다. 화려한 색보다 무채색의 옷을 즐겨 입는다.

동생은, 누나에 대한 기억은 릴케를 읽던 낭만이야, 하고 내게 말한 적이 있다. 그러나 나는 이제 세상에서 푹푹 썩고 곰팡이가 슬며 고통 받는 영혼들에게 관심이 있다. 자신의 이득을 위해 배신을 하고 말았던 그 사람의 배신보다 그의 갈등을 읽는다. 그 사람의 착한 눈빛보다 그렇게 자신을 치장해야 했던 그의 속내가 더 궁금하다. 누구에게 나는 커다란 보석 반지를 끼고 자기를 드러내고 싶어하던 모습으로 기억되고, 다른 사람에게는 앞치마를 입은 모습과 손에서 나는 김치 국물 냄새로 기억된다. 그들의 기억에 놓인 앨범 속의 나는 지금의 나와는 다르다.

앨범 안에는 친구들과 사랑한 사람들의 얼굴이 늘어서 있고, 내 힘겨웠던 발소리가 있다. 비록 내가 읽은 책이나 음악이나 교류한 사람들이 보이지는 않지만 그곳의 정원에서 그들이 속삭인다. 춤을 춘다. 메아리도 울려 퍼진다. 가쁜 숨소리를 내며 오르던 설악산의 능선이 있고, 계곡의 물소리가 있고, 고추잠자리가 맴도는 가을 하늘이 있다. 그리고 세월의 강물에서 건져 올린 나였던 나와, 나를 거친 나와, 나로 기억되는 내가 있다. 시간의 강물 위에서 나는 항상 새로운 물로 태어난다.

강물은 언제나 흐르지만 어제의 그 강물이 아니다. 먼 옛날의 그 물이 아니다. 나는 늘 새로운 물을 마신다.

어느 날 앨범을 펼쳤더니 시간의 강물이 콸콸 흘러넘쳤다.

그녀들의 통과의례

||| 유 경 숙 | | | | | ||||

장날, 봄 밤이었다.

그악스럽게 울어대던 개구리 울음소리가 딱 그쳤다. 신작로에 납작 엎드려 귀를 갖다 대면 질딱질딱 그의 발짝 소리가 점점 가까워지고 있었다. 아이들은 숨을 죽이고 논두렁 밑에 쪼그려 앉는다. 그의 청력은 동물적 감각을 지녀 먼 데의 소리도 관박쥐처럼 잡아낸다. 인기척이 조금이라도 들리면 멈춰 서서 오지 않거나 다른 길로 내빼 버린다.

그가 5미터쯤 앞으로 다가올 때까지는 콧구멍도 벌름거리지 않고 숨죽여 기다린다. 그러다가 도깨비귀신처럼 튀어나와 길을 막으면 그도 꼼짝없이 당하고 만다. 아이들의 지능은 점점 영악해졌고 그의 피난 방법도 나날이 발전해 갔다. 아이들은 스크럼을 짜고 길을 막는다. "별 따먹어라." 그는 하늘의 별을 맛있게 따먹는다. 아이들은 다음 단계로 돌입한다. "꼬추는 어딨~지?" 그는 바지춤을 내리고 시꺼먼 물건을 꺼낸다. 아이들이 "에게게, 에게게, 그렇게 쪼그만해" 하며 혀를 차면 그는 물건에 힘을 준다. 전혀 변화도 없는 물건에 끙끙 힘을 가한다. "성이 뭐지?" "부여 서씨유." 이것으로 통과의례가 신속하게 끝나면 아이들은 팔을 풀고 길을 열어 준다. 그의 발걸음이 빨라진다. 찔딱 찔딱 찔딱 그가 저만큼 멀어질 때까지 아이들은 "별 따먹어라, 별 따먹어라"를 외치고 그는 계속 팔을 뻗어 하늘의 별을 따먹으며 도랫말 모퉁이로 사라진다.

낮게 뜬 상현달이 서녘 하늘에서 빙그레 웃는 밤, 여남은 살배기 계집애들은 개구리처럼 깨굴깨굴거리며 마을로 돌아온다.

양촌, 연산, 마산, 강경, 논산 오일장을 비가 오나 눈이 오나 연중 순회하는 별따배기는 연무대 사람 서씨였다.

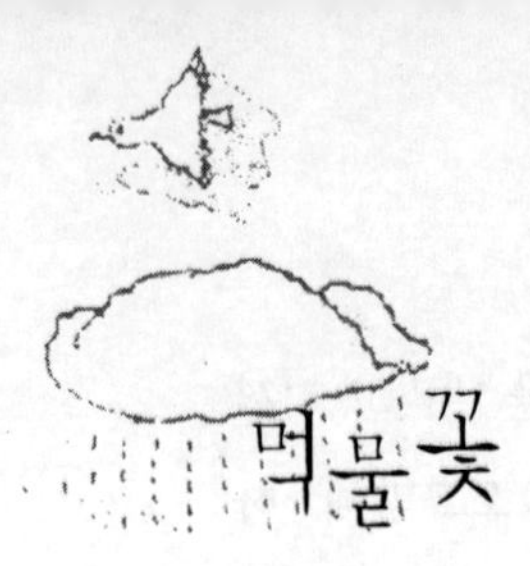

먹물꽃

||| 유 경 숙 | | | | | | ||||

나, 연꽃을 보았지.
진흙 속에 뿌리박고 피어난 연꽃 말고
먹물을 거름으로 해서 피어난 연꽃.

그는 먹물들의 분탕질 늪을 벗어나 홀로 피어 있는 청아한 연꽃이
었지.

오더운씨 부부의 피서법

||| 백 경 훈 | | | | | | | |||

서울에서도 제법 높은 곳.

오더운씨가 사는 산동네.

저지대보다는 한결 기온 낮은 그곳도 2005년 여름에는 불가마 속이다.

밤이 되어도 절절 끓는 오씨의 집.

그 흔한 에어컨 없이 지내자니 오씨와 그의 부인의 몸은 불덩어리다.

잠이야 또 설친다 해도 연속극이 문제다.

오씨 부부가 알콩달콩 꼭 보고야 마는 일요일 밤 연속극만은 쾌적하게 보고 싶다.

찬물을 뒤집어써 본다.

그때뿐이다.

더위에 녹아 가는 머리를 굴려 봐도 별다른 방법이 없다.

덥다.

오오, 더울 뿐이다.

연속극 시간이 다가온다.

무슨 방도가 없을까…….

눅눅해진 담배 한 대 문 오씨가 화장실로 간다.

우라질, 화장실 안은 더 덥다.

짜증이 극에 달한 오씨가 신경질적으로 힘을 준다.

한 덩어리 쾌하게 빠져나갈 즈음 눈에 띄는 한 가지 물건!

"여보, 여보, 이거야 이거!"

찬물이 반쯤 담긴 대야를 들고 티브이 앞으로 가며 오씨가 외친다.

선풍기 앞의 오씨 부인이 눈을 동그랗게 뜨고 오씨를 바라본다.

"크하하하, 이걸 왜 여태 생각 못했을까. 여보, 발을 대야에 담가 봐. 어때…… 시원하지?"

"어머! 그렇네요."

"겨울에도 발이 뜨듯하면 버틸 만하잖아. 바로 그 원리를 역으로 생각해 냈지, 크하하하하."

오씨 부인의 오른발과 오씨의 왼발이 대야에 들어간다.

"자, 바꾸자" 하는 오씨의 말에 두 사람의 다른 발이 대야에 들어간다.

대야에서 빠져나온 발들을 선풍기 앞에 들이댄다.

왼발, 오른발, 들락, 날락…….

양발이 시원, 온몸이 시원…….

더 재밌게 보이는 연속극.

오씨 부부, 바꾸자는 말 없이도 척척 서로의 발을 바꿔 대야에 담근다.

가끔 마주 보며 킬킬대고 웃는다.

웃고 즐기는 사이, 대야의 물이 덥혀진다.

오씨가 대야의 물을 바꿔 오며 부인에게 묻는다.

"어떻게 됐어? 가뜩이나 열받게 만드는 그놈이 뭐라 그랬어?"

오씨 부인이 손짓 발짓 동원하며 설명하는 바람에 대야의 물이 밖으로 튄다.

그래도 아랑곳않는 두 사람의 발이 대야 속을 연신 들락거린다.

연속극이 끝날 무렵.

문득, 바닥에 고인 물과 극에 빠져 있는 천진한 부인의 옆 얼굴을 바라보는 오씨.

"대야를 하나 더 살까……."

오씨가 중얼거리는 말과 극중 대사가 엉킨다.

발을 대야에서 빼낸 오씨.

부인의 나머지 발을 잡아 대야에 담근다.

섬 중독

||| 이 진 훈 | | | | | | | | |||

물은 없어도 섬은 늘 그곳에 있었다.
섬 주인이 죽자 섬은 몇 개의 섬을 더 낳았다.
섬마다 섬을 찾는 사람으로 북새통을 이루었다.
섬에서 사람들은 저마다 마주치는 사람들을 멀리 했고
또 다른 외딴 섬을 찾아 나섰다.
물은 없어도 섬은 매일매일
또 다른 섬을 낳고 있었다.

이런저런 인연으로 사람 사이에 만남은 점점 늘어난다.
그러나 저마다 파편이 되어 자기만의 섬을 만들어 떠나려 한다.

하염없이

6

minifiction

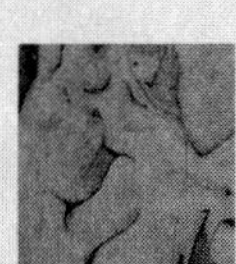

하염없이

||| 김 홍 근 | | | | | ||||

"자네도 검버섯이 피었네그랴."

"자네도."

"자네는 이제 삭기 시작하네그려."

"이렇게 우리가 나란히 지붕에 얹혀 비바람과 눈과 태양빛을 쪼인 지 벌써 얼마나 됐나?"

"까마득해서 이젠 기억도 나지 않네그려."

"지금까지도 어쨌든 그럭저럭 잘 버텨 왔지만 앞으로는 어찌될지 몰라."

"글쎄, 또 이렇게 무정한 세월이 하염없이 흐르겠지."

지붕 위에 나란히 얹힌 기왓장들이 나직이 대화를 나누고 있었다. 긴 세월의 동행을 말해 주듯이 서로 비슷비슷하게 색이 바래고 이끼 가 슬고 마모되어 있었다.

람람 싹티예

||| 백 경 훈 | | | | |||

그는 그 강가에서 오랜 나날 서성였
던 적이 있습니다.

3000년 고도(古都). 세계에서 가장 오래된 도시 바라나시. 거기서
그는 짙은 구릿빛 몸뚱어리 현지인의 보트 위에 누워 아주 진한 담배
를 피웠지요.

안개보다 더 진한.
영육(靈肉)이 온통 둥둥 뜨는.

('퇴폐'와는 아주 거리가 머언…… 아름다운…… 바라나시, 그 강
가에서 시간을 역류해 본 적 있으신가요)

화장터 앞을 흐르는

생(生)의 강……

사(死)의 강……

'람 람 싹티예…… 람 람 싹티예…….'

'신은 이긴다…… 신은 이긴다…….'

시신이 얹혀진 들것을 어깨에 지고 강가로 향하는 이들이 무덤덤 외치는 소리…….

그 소리와 몸짓을 물 위에서 바라보며 마냥 담배를 피워 제꼈지요.

슬프지도 아프지도 않았지요.

그저 죽음보다 긴 연기를 거칠게 빨아들이며 둥둥 떠내려갔지 요…….

* 바라나시 옆을 흐르는 갠지스 강을 현지 말로 '강가'라 부릅니다.

인도 바라나시에 가면 꼭 혼자 보트를 타세요. 한 일주일쯤 갠지즈 강변 화장터 옆을 스치면 보일지 몰라요. 젠장할 놈의 삶이라는 거, 죽음이라는 거. 신이라는 거.

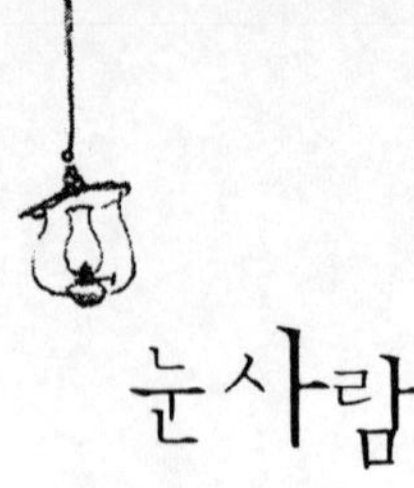

눈사람

||| 최 서 윤 | | | | | |||

　　　　　　지난 여름 열정의 흔적인 가랑잎들이
찬바람에 날리고 있습니다. 따뜻한 바람이 불어오면 피어날 꽃들은 땅
속 깊이 파고든 나무뿌리와 작고 단단하게 뭉쳐진 씨앗 속에 숨어 있습
니다.

　하늘에서 눈이 내립니다. 땅에게 전할 말이 있는 모양입니다. 햇빛
이 비치고, 비가 내리고, 천둥이 치고, 번개가 번쩍이는 것은 땅에게
건네는 하늘의 말입니다. 하늘에서 전하는 순백의 뜻에 귀기울인 산
골 마을에 정적이 스며듭니다. 잡다한 세상사에 한눈팔고 있지 않은
아이들은 하늘의 말을 잘 알아듣습니다.

　눈 내린 세상을 보고 신(神)바람이 난 아이가 조그맣고 따뜻한 손
으로 눈가루를 뭉쳐서 나를 만들었습니다. 그 손이 나를 땅 위로 굴

리고 다니는 동안 나는 내가 지나는 길에서 만나는 것들을 모두 받아들입니다. 소복이 쌓여 있는 눈뿐만 아니라 그 밑에 있는 낙엽, 마른 풀, 과자 봉지, 구겨 버린 종이, 흙까지 모두 내게 붙여서 나를 키웁니다.

처음에는 아이의 작은 손아귀에 쏙 들어 있던 내가 점점 자라서 아이가 마음대로 끌고 다닐 수 없을 정도로 덩치가 커졌습니다. 이제 종종 아이가 지나갈 길의 방향을 정하지 못하고 내가 이끄는 곳으로 끌려 다니기도 합니다. 하지만 아이보다 덩치가 커지고 힘이 세졌다고 해서 아이와 힘겨루기를 하지는 않을 것입니다. 스스로의 덩치와 무게를 믿고 오만해진 것들이 가파른 비탈길에서 구르다가 깨지는 것을 보았기 때문입니다.

나는 내가 지나온 길입니다. 나를 실타래처럼 살살 풀어 보면 내가 지나온 길들이 차례대로 나올 것입니다. 그 길은 나를 뭉쳐서 키운 아이가 지나온 길이기도 합니다. 그러므로 나는 그이고, 그는 나입니다.

아이가 또 다른 눈덩이를 내 위에 올려놓고 거기에 솔가지, 숯 토막, 나뭇잎을 이리저리 붙여 놓습니다. 그리고 '눈사람'이라고 이름 붙였습니다.

동그랗게 뭉쳐진, 길과 길이 만난 우리는 각자 지나온 길, 가지 않은 길을 애기하느라 날이 저무는지 날이 새는지 몰랐습니다.

가까이 다가온 태양빛이 나(우리)를 부르는 하늘의 뜻을 전합니다. 그 뜻에 감격한 나(우리)는 온몸이 환희로 반짝이며 눈물을 흘립니다.

온 천지에 퍼져 있는 따뜻한 기운이 내 몸에 스며들어 눈물이 흐를수록 나(우리)의 몸이 줄어듭니다. 결국 나(우리)가 서 있던 땅에 질척한 흔적만 남았습니다. 이것도 흐르는 시간 속에서 바람과 햇빛이 깨끗이 지웁니다.

▌ 나는 내가 지나온 길입니다. 길과 길이 만나는 것이 사랑입니다.

비운의 왕자

||| 박 종 윤 | | | | | |||||

일본 육군 중좌(中佐)인 대한제국의 왕자 이우(李鍝)는 일본에서 돌아와 운현궁(雲峴宮)에 칩거하고 있었다. 그가 일본 육군에 신청한 전역은 받아들여지지 않았다. 조선으로 배속시켜 달라는 요청마저도 거절당했다.

이우는 고종 황제의 둘째 의친왕(義親王) 이강(李堈)의 아들이었다. 이우는 다섯 살 때 흥선대원군 집안의 종주(宗主) 이준용이 후계자 없이 죽자 그 뒤를 이었다. 이우는 대한제국이 망하지 않았다면 당연히 황가(皇家)의 왕이 되어야 했다.

그는 열 살 되던 해 숙부 영친왕(英親王)과 마찬가지로 일제의 황실 말살 정책의 희생자가 되어 강제로 일본으로 건너갔다. 성격이 강직한 이우는 일본 육군사관학교 포병학과에 다니면서 급우들과도 마찰을 자주 일으켰다. 일본 정부는 그를 요주의 인물로 감시 대상으로 삼고 있었다.

이우는 감시와 군대 생활의 제한 속에서도 대한제국의 황족으로서 전혀 나약한 굽힘을 보이지 않았다. 사관학교 생활 동안 일본말은 거의 쓰지 않았고 조선인 생도들에게는 모국어를 커다랗게 거침없이 외쳐 댔다.

일본인들에게는 난폭해 경계의 대상이었지만 조선 동포에게는 항상 부드럽고 따뜻한 그였다. 이우는 술자리를 가지면 언제나 '황성 옛터'를 불러 고국의 그리움을 달랬다.

영친왕을 일본인 마사꼬 방자(方子)와 강제 결혼시킨 것처럼 일제는 계략대로 이우의 결혼을 서둘렀다. 이우보다 세 살 많은 형 이건도 일본에 순종하여 저항 없이 일본 여자와 결혼했었다. 이우는 완강하게 거절해 버렸다. 그는 눈치볼 것 없이 조선으로 건너와 고국 여자와 결혼을 하고 말았다. 고종과 아버지 의친왕은 일제의 힘 앞에 굴하지 않고 황실의 기개를 보여 준 이우를 대단히 사랑했다.

군사 교육을 마친 이우는 황족은 선봉에 서야 한다는 일제의 정책으로 중국 산서성의 도시 태원으로 전출하게 되었다. 그곳에서 북지방면군 제1사령부 정보 참모로 중좌까지 진급하였다.

이우는 대한제국의 독립을 위해 밤낮으로 그 꿈을 불태우고 있었다. 그는 산서성 태원에서 3년 동안 근무하면서 독립운동을 치밀하게 준비했다. 그가 사관하교 동기 이형석 장군에게 "일본 군복을 입고 있는 것이 부끄럽다. 우리 군복을 입고 당당히 살 때까지 기다리라"고 전한 편지도 있었다.

그는 정보 참모로 있으면서 전황이 일본에 불리해질 것을 대비해 태항산과 백두산 주변의 유격대, 독립군, 일본군 내의 조선 병사들과 일본 관동군을 공격 섬멸한다는 계획을 세워 놓고 있었다. 이우는 망해 버린 대한제국의 독립을 쟁취하는 데 황족으로서 선두가 되고 싶었다.

일제는 이우의 행동이 아무래도 심상치 않다는 것을 간파했다. 그들은 그의 보직을 교육 참모로 바꾸어 히로시마로 발령을 내버렸다.

이우가 운현궁으로 오게 된 것은 히로시마의 배속을 늦추기 위한 것이었다. 그는 운현궁에 있으면서도 자신이 세운 독립운동 계획이 실패로 돌아갈 경우를 대비했다. 그가 키워 놓은 태항산 유격대를 상해 임시정부 광복군에 편입시키고자 태항산과 지속적으로 연락하고 있었다.

운현궁 이우는 자신의 부관인 요시나리와 함께 있었다. 요시나리는 이우와 같은 계급이었다. 일본 정부가 심어 놓은 감시원인 그는 이우에게 히로시마로 갈 것을 설득하고 있었다.

요시나리는 이우의 일거수일투족을 감시하여 상부에 보고하는 일제의 충실한 밀정이었다. 그런 그가 얼마 가지 않아서 이우의 사람으로 돌변해 버렸다. 요시나리는 이우의 인품과 배포에 매료되어 그를 존경하고 따랐다.

녹음이 짙은 한여름 운현궁 정오의 뜨락은 한가롭기만 했다. 이우는 아까부터 뒷짐을 진 채 찌는 창 밖을 내려다보고 있었다.

"요시나리! 히로시마로 꼭 가야 하는가?"

이우는 자신의 뒤에 서 있는 요시나리에게 단호하게 질문을 던졌다.

"옛! 저들에게 의심받을 필요가 없습니다. 그리고……."

요시나리는 말끝을 흐리고 있었다.

"그리고, 뭣인가?"

이우는 뒤돌아보지도 않고 채근했다.

"만약…… 만약, 히로시마로 가지 않으시면 숨긴 뜻을 이루지 못하십니다."

요시나리는 은밀히 독립운동을 하고 있는 왕자 이우의 마음을 벌써 꿰뚫어보고 있었다.

조선에서 히로시마로 건너간 이우가 부대에 첫 출근을 하는 날이었다. 히로시마의 아침은 어느 때보다도 맑고 평화로웠다. 더러운 야욕의 마음으로 전쟁을 일으킨 나라의 아침이라 하기에는 너무 조용했다. 이우는 그 거리를 말을 타고 부대로 향하고 있었다. 그가 다리 옆을 지날 때였다. 맑은 하늘에서 상상하지도 못한 엄청난 원자폭탄이 투하되는 순간이었다.

이우가 타고 있던 말은 그 자리에서 바로 죽어 버렸다. 다친 그도 쓰러져 정신을 잃었다. 이우는 일본군에 의해 급히 병원으로 옮겨졌다. 상태로 보아 별 큰 부상은 아니었다. 머리와 다리를 조금 다쳤을 뿐이었다.

그는 초저녁에 깨어나 주위 사람들에게 전황과 피해 정도를 물어보기도 했다. 요시나리는 이우의 정밀 치료를 위해 시설이 좋은 도쿄로 이송 요청을 해놓았다.

그날 밤 숙소로 돌아간 요시나리는 통행금지 시간이 다 되어 급보를 받았다. 왕자 이우가 병원에서 갑자기 숨을 거두었다는 것이었다. 황급히 달려간 요시나리는 의문에 휩싸였다. 그는 도저히 믿을 수가 없었다. 초저녁까지만 해도 원기를 회복하고 밝고 또렷했던 이우의 갑작스런 죽음이 이해되지 않았다. 그 순간 요시나리의 눈이 번쩍하고 날카롭게 빛났다.

"더러운 야수들!"

요시나리는 주위 사람들을 나가게 하고 이우 시신 옆에서 조용히 상의를 벗고 무릎을 꿇었다. 그는 호흡을 한 번 길게 가다듬고 예리한 비수를 복부 깊숙이 찔러 넣었다. 그리고 미련 없이 옆으로 힘있게 그었다.

그는 왕자 이우의 죽음은 자신의 책임이라는 유서를 남겼다. 그리고 조국 일본보다 진정한 용기를 가진 조선의 한 인간을 더 사랑했다고 했다.

이우의 시신은 경기도 마석에서 장례를 치렀다.

그날은 전쟁을 일으킨 일본이 항복을 하는 날이었다. 등 떠밀려 라디오를 통해 항복 선언을 하는 일왕(日王)의 목소리는 모기 소리처럼 몹시도 가냘프게 떨리고 있었다.

씨앗

||| 김 정 묘 | | | | | | ||||

땅속에 있는 씨앗에게 누군가 말했다.

—힘을 내, 땅을 뚫고 나와. 너는 지금 캄캄한 땅 속에 묻혀 있어.

씨앗이 말했다.

—캄캄한 어둠이라니요? 그게 무슨 말이죠? 여기가 땅 속이라구요? 제가 지금 뚫고 나가야 할 땅이 있다구요? 그러니까 뭔가 저를 덮고 있다는 말씀인가요?

씨앗은 믿기지 않는다는 듯이 놀란 눈으로 물었다. 그때, 옆에 있던 다른 씨앗이 문득 반기며 말했다.

—아하, 왜 이렇게 캄캄한가 했더니 땅 속이었군요. 저는 정말 캄캄합니다.

또다른 씨앗이 의심이 가득 찬 눈빛을 애써 감추며 물었다.

—그런데 어디 땅이 있나요? 땅은 무엇으로 되어 있지요? 제가 땅을 뚫고 나갈 수 있을까요?

씨앗에게 누군가 말했다.

—물론 땅을 뚫고 나올 수 있지. 씨앗은 원래 땅을 뚫고 나올 수 있는 힘이 있어.

—에잇! 거짓말!

댓글 1 : 씨앗들이 '누군가'의 말을 안 들었다고 새싹이 안 나올까요?

댓글 2 : '그 누군가'는 왜 씨앗에게 땅을 말해 준 걸까?

댓글 3 : 씨앗들은 거짓말을 들었고 거짓말을 했다.

댓글 4 : 이미 있는 마음인 '누군가'가 말한 것이므로 새싹이 부인하든 긍정하든 간에 새싹은 땅을 밀며 올라올 것이다. 김쌤의 강의에 따르면 그것은 누구에게나 있는 불성이며, 진리이고 생명력이므로…….

댓글 5 : 그럼, 눈물의 씨앗은 눈을 뚫고 나오나요?

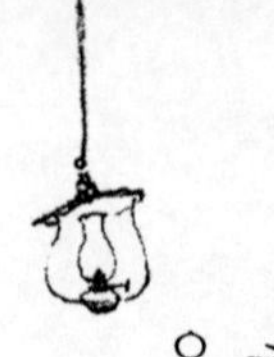

우후산촌춘경 雨後山村春景

색 경(色景)

고즈넉이 낮춘 은회색 이마 아래 뽀얀 물안개 머금은 청보랏빛 능선을 아미 삼아 황금별 부스러기 같은 산수유 눈망울이 반짝반짝. 그 가운데 소슬한 흰빛 콧날 세운 백양나무 이쪽저쪽으로 청매화의 상아색 귓밥들 탐스럽다. 반들반들한 검정 비닐 가발 둘러쓴 삼단 머리채 치렁치렁 늘어뜨린 밭이랑들. 그 사이로 붉은 황토 살빛 미처 다 못 가린 채 연두색 버들 주렴 뒤에 숨어 진달래 꽃잎 연분홍 입술 달싹이며 검푸르게 젖어 마냥 씽씽한 소나무 장정들 희롱하는, 봄 땅의 혼빛을 보다.

음 경(音景)

찰찰-퀼-솰쏴알, 넘쳐나게 불은 개울물 흐르는 소리. 삐삐쭉-삐쭉 쎄에-쎄에 꽉악-꽉 찌직-찌지직 후이-후위이, 이름모를 새들이

짝 찾는 소리. 철퍼덕-슉 철퍼덕-슉, 물새 날갯짓 소리. 스슷-스스쑷, 어린 뱀 풀섶 가르는 소리. 워우-웍윅워욱, 충직한 누렁개 낯선 사람 기척에 짖어 대는 소리. 꼭뀌루우-루, 때없이 위엄 부리는 장닭 울음소리. 쩌어-엉, 멀리 어디선가 불현듯 달려드는 산울림 소리……. 이 모든 소리를 뚫고 두두두두 맥박 치며 아스라이 번지는 봄 하늘의 숨소리를 듣다.

심경(心景)

원주 매지리 회촌 저수지 가장자리 무성한 억새 덤불 속에 세워진 집짐승의 무덤인가, 네모 반듯하고 귀퉁이 정성껏 공굴려 다듬은 쬐그만 묘석 곁에서 청록빛 못물에 사람 그림자 어리어 수초처럼 흔들리는 것 하염없이 바라보다 어느 순간 못 속으로 걸어들어가 물 위에 반듯이 눕자 어찌나 편안한지 어느새 나른한 잠에 빠져들어 꿈속에서 이끼가 되었다가 수초가 되었다가 송사리가 되었다가 물방개가 되었다가 누렁소가 되었다가 삽사리가 되었다가…… 돌고 돌아 사람이 되어 저수지가에서 물에 어린 제 그림자 바라보며 섰는데 여전히 꿈인지 어쩐지 알 수 없어 봄 잠의 미로를 헤어나지 못하다.

올 4월 한 달은 토지문학관에 가 살았다. 싸들고 간 소설 작업은 뒷전인 채 미치도록 매혹적인 자연과 희롱하느라 도끼 자루 여럿 썩혔다.

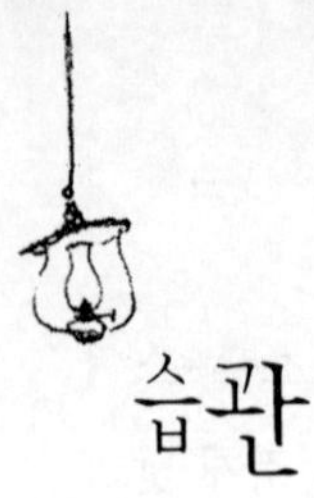

습관

||| 배 명 희 | | | | | |||

정수리를 내리쏘는 태양이 뜨겁다. 굵은 땀방울이 이마를 지나 눈으로 들어간다. 손등으로 땀을 훔쳐 보지만 별 소용이 없다. 숨은 턱에 차고, 허리는 끊어질 듯 아프다. 무거운 짐 때문이다. 하지만 결코 불평을 해서는 안 된다. 만약 짐을 내팽개친다면 잘 곳이 없다. 뿐만 아니라 식사도 제공받지 못한다. 게다가 이정표가 서 있는 넓고 평탄한 길로 갈 수 없다. 이 길을 가는 사람들은 모두 짐을 옮겨 주는 대가로 안락한 잠자리와 영양가 높고 맛좋은 식사를 제공받았다. 거기에 또 한 가지 범죄나 다른 폭력에서 보호를 받는다.

때로 소수의 사람들은 짐을 내려놓고 슬그머니 사라지기도 한다. 그들은 더 이상 약속된 큰길로는 가지 못한다. 짐을 버린 사람들이 어디로 사라졌는지 알 수 없었다. 산짐승에게 잡아먹혔다고도 하고, 숲에서 자유롭게 살아간다는 정반대의 소문도 떠돌았다.

해가 뜨거우면 짐은 더 무겁게 느껴졌다. 그러면 안락한 잠자리도

푸짐한 음식도 귀찮았다. 진드기처럼 달라붙은 짐을 떼버릴 수만 있다면 뭐든지 할 수 있겠다는 생각이 들기도 한다. 하지만 걸음을 걷기 시작할 때부터 등에 진 짐을 간단히 내려놓을 수는 없었다. 그건 뭐랄까 마치 남자 하면 여자가 떠오르고, 비 하면 우산이 생각나는 것과 같았다.

잠시 쉬어 갈 생각으로 길가에 앉았다. 흔적만 남은 작은 길이 눈에 띄었다. 나무 냄새가 났고, 바람이 살랑 불어 뜨겁게 달구어진 뺨의 열기를 식혀 주었다. 그러는 사이에도 동료와 친척, 친구들은 짐을 메고 지나갔다.

샛길로 가보고 싶었다. 그때 누군가 보따리를 냅다 집어던지더니 숲 속으로 들어가 버렸다. 나도 모르게 벌떡 일어났다. 그리고 짐을 묶고 있던 끈을 잘라 버렸다. 몸뚱이가 하늘로 둥실 떠오르는 듯했고, 머리를 짓누르던 온갖 걱정과 근심이 순식간에 사라졌다. 나는 날 듯이 숲 속으로 뛰어들었다. 어깨를 누르던 짐이 없으니 걷는 것쯤은 아무것도 아니었다. 큰길과는 달리 햇빛은 적당히 들어왔고, 맨발로 걸어도 좋을 만큼 땅은 부드러웠다. 숲 속에서는 이글거리는 태양에 몸뚱이를 고스란히 내맡기지 않아도 좋았다.

그것만으로도 불편한 잠자리가 참을 만했고, 나무 열매나 풀뿌리 혹은 옹달샘의 물만 먹어도 배고프지 않았다. 외로움이나 두려움도 뜨거운 태양에 비하면 얼마든지 견딜 수 있었다. 그런데 이상했다. 무언가 허전해서 견딜 수가 없었다. 몸은 점점 생기를 잃었고, 엇갈리는 기계처럼 삐걱댔다.

사흘째 되던 날, 나는 수십 번이나 망설이다가 끝내 돌아섰다. 숲으로 들어오는 입구에 다다랐다. 내가 내팽개친 짐은 먼지를 덮어쓴 채 그대로 놓여 있었다. 나는 커다란 짐과 태양이 사정없이 내리쬐는 드넓은 길을 번갈아 쳐다보았다. 미적거리며 나는 도로 등에 짐을 둘러맸다. 무거운 짐은 원래 내 몸의 일부였던 양, 몸뚱이에 빈틈없이 밀착되었다.

나도 모르게 긴 한숨이 새어 나왔다. 큰길로 나서기 전, 뒤돌아보았다. 몸도 마음도 자유롭던 숲에서 멀어진다고 생각하니 가슴이 쓰렸다. 무서운 것은 굶주림이나 고독이나 부자유, 그리고 존재에 대한 위협이 아니었다.

어릴 적엔 이 닦는 게 싫었다. 저녁이면 엄마가 회초리를 들고 매일 감시를 했다.
어른이 된 지금 이를 닦지 않으면 잠이 안 온다.

어느 봄날에

||| 유 경 숙 | | | | | |||

　　　　　　　우째! 날이 끄무레한 게 빗방울이 들
것 같기도 하고, 바람도 한 점 없는데 물비린내는 지독하게 풍기고, 우
울한 봄날이 저물어 가오.

　이것 보시오! 류(柳) 영감 왜 그렇게 눈물을 찔끔찔끔 짜며 주접을
떠시는지. 날씨도 우중충한데. 어라! 누가 나를 류 영감이라고 부르
는가? 아무도 없는데. 누구긴요? 이 무덤의 주인이지. 맨날 내 발치
께에 와서 찔끔거리며 소주를 푸면서 유택의 주인장도 몰라보다니.
당신은 참으로 무례한 사람이오. 거, 주인장께 소주 한잔 부어 올리
면 어디 동티라도 날까 봐 당신만 홀짝거리며 입 싹 닦으시오. 인정
머리도 없는 늙은이라고. 당신이 해질녘이면 찾아와 강물을 내려다
보며 한숨을 들이쉬고 내쉬어서 나도 엄청 스트레스를 받는다오. 여
기 있는 내 이웃 혼령들도 그렇고. 하지만 무심한 게 정이라고 어느

새 당신과 살짝 정이 들었나 보오. 오늘은 내가 당신 얘기를 차분히 들어줄 테니 말해 보시구려. 왜 그렇게 찔찔 짜며 주접을 떠는지. 아니, 이래 봬도 내가 과거에 한자리 했던 사람인데 근본도 모르는 당신에게 뭘 떠벌리라는 것이오. 가당찮은 말씀 마오. 아하! 그렇지. 나는 당신을 알지만 당신은 나를 모르지요.

나로 말할 것 같으면, 지금으로부터 꼭 백 년 전에 죽은 지가의 혼령이요. 이 산기슭 동네에 살았었지요. 그때는 한 오십여 호가 옹기종기 모여 살던 농어촌 부락이었는데, 커다란 소금 창고가 두어 동 있었고 현재는 저 우성아파트 입구 오동나무가 서 있는 그 자리지요. 아마 염창 표지석이 지금도 있지 싶은데. 한양·경기 사람들이 먹어야 할 소금을 저장했던 창고였지요. 염창 나루에 배가 들면 소금 가마니를 창고까지 이적할 일꾼들이 모여들었고 동네가 시끌벅적했더랬지요. 그것보다 더 재미가 쏠쏠했던 것은 미곡을 잔뜩 실은 전라·충청 지방의 세곡선이 마포나 용산으로 올라가다가 요 앞 난지도 맞은편의 험난한 암초에 부딪쳐 배가 뒤집히거나 반파되어 그 많은 백미가 강물에 퐁당 빠지는 일이 자주 발생했었소. 어둠이 내리면 그걸 몰래 건져다 떡도 해먹고 술도 빚어 먹던 사람들이 많았지요. 그래서 이 산 이름을 증미산(拯米山)이라고 불렀지요. 건질 증(拯) 자에 쌀 미(米) 자를 써서. 내가 한창 젊었을 때는 어깨가 낭창낭창했었소. 소금 한 가마니를 지고도 휘바람 불며 내달릴 정도였으니까. 여름날엔 어깨에 소금기와 땀국이 절어 짓물렀고 옴두꺼비처럼 더께가 앉기도 했죠. 그래도 나는 환갑을 넘겼고 그때 나이로는 장수한 거였지. 나는 본디 갱갱이(강경) 사람이었소.

묘지석이 없어 당신을 몰라보아 죄송하오. 이제 잘 알았소이다, 강경 사람 지씨였다고. 나는 평생을 초등학교 훈장 노릇만 했고 교장으로 정년퇴임을 한 류가요. 그런데 내 생의 유일한 꽃이었던 마누라가 먼저 갔소이다, 삼 년 전에. 위암을 앓다가 겨릅대처럼 마른 몸피로 떠났지요. 아내의 손길이 너무 그리워…… 으흐흑. 아니, 이렇게 쪼다리 같은 늙은이가 있나. 지금 당신 나이가 몇 살인데 마누라가 그립다고 찔끔거리오. 어서 콧물이나 닦으시오. 오래전부터 거시기도 안 될 나이구먼. 그러게 말이오. 나도 내가 이렇게 바보인지 마누라가 떠나고야 알았소이다. 나는 양말 한 짝도 내 손으로 사본 적이 없고 마누라 손맛에만 입맛이 들어 살았소이다. 통 입맛을 잃어버린 요즘엔 아침저녁으로 소주만 마시고 산다오, 새우젓 안주에다. 늘 따끈한 공양에 깨끗한 의복을 챙겨 주는 마누라 치마폭에 싸여서 오직 학교만 오가며 살았었지요. 여자의 손길이 사무치도록 그립소이다. 빨리 여자 곁으로 가고 싶소. 이봐요 류가, 당신 얘기를 듣고 있자니 내가 눈물이 절로 나오. 나는 평생 총각으로 늙어 죽어 부부의 애틋한 정을 모르고 살았소이다. 으흐흑 이 불쌍한 지가 신세. 오늘 참말로 속상한디, 내게도 소주 한잔 따라 주시오. 그러면 오늘밤 내가 저승사자를 만나 급행 백을 써볼 테니. 이미 코가 빨갛게 물든 아주 불쌍한 늙은이 한 사람을 빨리 데려와야 할 것 같다고. 아니, 아니 그게 아닌데…… 나는 일편단심 민들레가 아니라 버드나무요. 새로운 이쁜 꽃을 데려다 주면 참으로 고마울 텐데……. 아! 산 자와 죽은 자의 커뮤니케이션은 어찌 할 수가 없구먼.

* 증미산 : 서울 강서구 염창동 한강 쪽에 위치한, 해발 55.2m에 면적 11만 2천㎡의 동산이다.

낙엽

||| 최 서 윤 | | | | |||||

등창 난 계절이 돌아누운 뒤 우리들의 이마에는 촛불처럼 작은 흔들림이 어린다.

하늘은 앉으나 서나 마찬가지로 멀었으며 그래도 우리는 때때로 뛰어올랐고, 때로는 누워 있었다.

유랑의 기억을 지피며 들불이 번져 가는 저녁, 우리는 오랫동안 이야기하다 침묵한다.

▌가을이면 기도하고 싶다. 하늘 길로 떠나는 낙엽에게 내 기도를 실려 보내고 싶다.

유홍초 화신

||| 김 정 묘 | | | | | |||

결국 유홍초만 남았다. 가을볕이 바들바들 떨며 베란다 유리창에 달라붙어 있던 날, 유홍초는 마침내 붉은 촉수를 열었다.

나는 병원 철 침대에 똑바로 누워 천장을 쳐다보고 있다. 침대 위를 가로지른 쇠파이프에 쇠사슬 손잡이 두 개가 그네처럼 흔들린다. 흰 붕대를 감아 놓은 손잡이는 창 쪽에서 비치는 희미한 불빛을 받아 순간 눈앞에서 사라졌다 순간 나타나곤 한다. 꿈속처럼 희미한 기억들이 흔들리는 손잡이를 잡고 길을 떠난다.

유홍초는 의지가지없이 제 살끼리 똬리를 틀며 넝쿨을 감아올렸다. 몸부림은 몸부림을 만난다. 무덤가를 돌던 시간들이 넝쿨손으로 뻗어 나간다.

인도가 끝난 길 끝에 멈춰 서서, 나는 어디로 가야 할지 망설였다. 나무 밑동을 밟으면 한 발짝 떼어놓을 만한 길이 보였다. 앞으로 갈 길, 그 끝을 넘겨다보았다. 나는 마침내 직진을 시작했다. 위험한 진행이었다. 두려움은 왜 익숙해지지 않는 걸까.

유홍초는 나보다 오래 살 것이다.
'아주 오래된 미래' 가을볕이 바스락거리는 해질녘이면 척추교정기를 몸에 감고 해가 지나간 길을 더듬듯 느릿느릿 무덤가를 돌고 있는 여자를 만날 것이다. 딱딱한 척추교정기 안에서 가쁜 숨을 쉬고 있던 여자가 저녁노을 한 송이를 건네며 속삭일 것이다.
"가을꽃이죠. 유홍초."
유홍초를 들여다보는 사람들 눈에 노을처럼 눈물이 고일 것이다.

매미

一蟬, 逸蟬

||| 김 의 규 | | | | | ||||

　　　　　　　　내가 태어난 그때로부터 걸음마 전까지를 나는 똑똑히 기억한다. 그때엔 세상 모든 사물의 이름을 내 식으로 지어 불렀다(물론 이렇게 지은 이름은 후일 아무 소용이 없게 되었지만……). 처음엔 그저 있다는 대상의 존재로부터 단순한 변화 즉 저건 움직인다와 움직이지 않는다라는 식이었고 저건 내 맘에 든다와 안 든다라는 차별적 주관이 대상에 반영되어 좋고 싫어함은 지금에 이르러 내가 태어난 까닭을 알게 하는 중요한 근거가 되었다.

　이를테면 파아란 하늘과 살살 움직이는 조각구름은 내게 아무런 자극을 주지 않고 거기 그렇게 무한히 펼쳐져 있어 나를 지극히 편안하게 해주었다. 내 뜻대로 몸을 가누지도 못하던 그때에 무슨 큰 변화가 눈앞에서 일어난다면 나는 상당히 놀랄 수밖에 없으며 그 변화가 나를 아프게 하지 않는 대상으로 여겨질 때까지는 많은 반복과 확인이 필요했다.

내가 처음으로 안심한 대상은 어머니의 미소였다. 하늘을 온통 가리고 그윽하게 나를 내려다보며 하늘만큼이나 퍼지는 잔잔한 미소, 처음엔 그것에도 놀랐으나 그 미소, 눈빛은 마치 맑은 하늘빛, 조각구름과 같은 종류였고 때때로 내 볼에 가해진 입맞춤도 처음엔 역시 두려웠으나 그 또한 아무 아픔이 없는 것임을 알게 되어 기꺼이 받아들일 수 있게 되었다. 눈부신 하늘 때문에 눈을 가늘게 뜨면 살이 당겨져 입꼬리는 절로 조금 올라간다.

그것을 보고 어머니는 우리 아가가 웃는다며 같이 웃었다. 눈을 동그랗게 뜨면 입도 따라 동그래진다. 눈을 찡그리면 입도 따라 삐죽이게 되고 그러다간 울게 되기 십상이다. 그때엔 하늘 같은 것으로 여겨지는 것을 대해야 울음이 삼켜졌다.

지금 생각해 보면 한번 터진 울음을 삼켜 그치는 것이 결코 쉬운 일이 아니었다. 숨이 심장의 박동과 적절한 비율로 잘 섞여야 편안했으나, 갑자기 놀라면 순간 숨이 멎으며 가슴이 뻐근하게 아파 왔고 그러면 숨을 힘있게 토해내야 했다. 바로 그때에 울음소리도 나오게 되고 그 소리에 놀라 더욱 크게 울었었다.

아아, 그때, 어머니의 슬프고 안타까워하는 얼굴이란…… 그 모습이 하도 이상해서 가끔은 까닭 없이 울어 어머니의 표정을 살펴보도 하고 또한 재미로 그래 보기도 했다.

그러다 재미있어 웃으면 어머니도 따라 웃었다. 그때에 어머니와 나는 같은 사람이었다. 내가 하자는 대로 움직여 주는 어머니는 꼭 필요한 도구였다.

처음으로 그를 불러 보았다. 또 하나인 나를 불러 보았다. "어엄무, 엄무." 그러자 또 하나인 나는 스스로를 엄마라고 가르쳐 주었고

나는 그때부터 그를 엄마라 부르게 되었다. 엄마는 나이고 나는 엄마
의 엄마가 되어 한동안 그렇게 살았다.

부활의 부활, 굼벵이로 땅속에서 몇몇 해, 매미로 나무에서 한여름, 한철,
네 정체는 무어냐? 나는 다시 태어나 나의 어미가 되고 아비가 되고 나는 다시 태어나
나의 아들이 되고 또 그 아들이 되고지고.

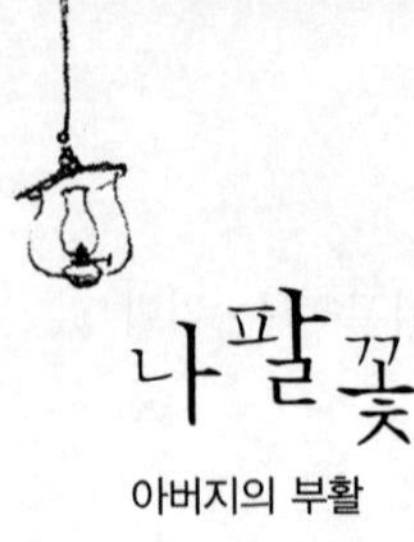

나팔꽃

아버지의 부활

||| 윤 신 숙 | | | | ||||

지휘자 금난새 씨가 '음악 그림' 연주회를 기획한다고 한다. 음악회에 온 청중들에게 음악을 들려주고 그 이미지를 그림으로 연상해 보게 하는 아주 재미있는 기획이다. 음악 그림으로 풀어낼 두 곡은 림스키 코르사코프의 관현악 모음곡 '세헤라자데'와, 무소르크스키의 모음곡 '전람회의 그림'이다. '세헤라자데'는 '아라비안 나이트'의 몇 토막을 관현악곡으로 옮긴 것이고, '전람회의 그림'은 화가 겸 건축가인 빅토르 하르트만의 그림에서 영감을 얻어 작곡했다고 한다.

꽃밭 I

맨 앞줄의 채송화들은 분홍, 노랑, 빨강 족두리를 이고 꼭두각시 춤을 춘다. 채송화 뒷줄의 주홍빛 한련화는 동 동 동 작은북을 친다. 꼬불꼬불 맨드라미 꽃머리는 클래식 기타의 트레몰로 주법이다. 세상 이야기가 궁금한 봉선화는 아가씨들 손톱에 꽃물로 스며 첫눈이 내릴 때까지 온 세상을 떠돌아다니는 꽃밭의 이단아. 글라디올러스는 바이올린의 고음을, 칸나는 붉은 활로 휘젓는 첼로와 베이스의 저음을 연주한다.

우아하게 퍼지는 관현악 모음곡은 접시꽃과 분꽃들의 몫이다. 색색의 겹백일홍이 가는 몸 길게 빼고 발레복을 나풀대면 꽃밭은 베를리오즈 환상곡 2악장의 무도회장으로 순식간 펼쳐진다. 금낭화의 늘어진 꽃주머니를 더듬어 내는 플루트의 은은한 소리로 꽃밭의 열기가 식을 무렵 병풍처럼 펼쳐지는 나팔꽃의 대합창! 매미는 반주자로, 나비는 지휘자로 여름 꽃밭에 동참했다.

아버지가 연출한 꽃밭은 모양과 색과 향기로 풀어낸 무음의 오케스트라이며 부동의 무도회장이다.

30여 년 전 그 여름의 음악 꽃밭은 그것으로 멈췄다.

아버지의 몸은 흙으로, 영혼은 나팔꽃 줄기 따라 하늘로 오르셨다.

꽃밭 Ⅱ

우리 동 경비 아저씨는 하모니카를 잘 분다. 3년 전 우리 동으로 온 뒤로 주민들은 그의 구슬픈 연주를 자주 만나게 된다. 현제명의 '고향 생각'이 단골 레퍼토리이다. 아저씨는 해마다 고향 생각에서인지는 몰라도 나팔꽃 키우는 일에 온갖 정성을 다 한다. 현관 입구의 테라스 위의 대형 화분에 나팔꽃 10여 포기를 심어 놓고는 15층 옥상에서 줄을 늘어뜨려 나팔꽃들이 벋어 오르게 했다. 비상 계단의 창마다 줄을 타고 올라온 나팔꽃이 커튼을 드리우고 있다.

옥상으로 벋어 오르는 나팔꽃의 생명력은 말러 교향곡 2번 '부활'

연주 중 간간이 나오는 성악곡의 대합창과 같다. 말러 곡의 대부분은 죽음이 주제이다. 같은 해에 부모와 누이동생을 잃은 슬픔을 겪은 말러는 스스로 영원히 살기 위해선 죽어 보아야 한다는 말을 남기기도 했다.

아파트 주변 자투리 땅 어디든지 아저씨의 손길이 닿아서 꽃밭으로 변했다. 자투리 땅에 촘촘히 박힌 색색의 꽃들은 30여 년 전 아버지의 꽃밭을 다시 보는 듯하다.

아버지의 꽃밭은 아버지가 내게 준 무형의 유산이다. 아버지의 꽃밭을 배경으로 찍은 사진은 모두 흑백의 모습뿐이다. 그러나 내 안에는 알록달록 천연색 필름의 꽃밭이 선명히 남아 있다. 그 필름을 흙에서 인화하는 작업을 나는 이 여름 나팔꽃을 올려다보며 꿈을 꾼다.

해마다 여름이면 나팔꽃을 본다. 아버지의 또 다른 인생도 부활하여
세상 어느 곳에선가 이어지고 있는 것이 아닌지?

붉은 소파

||| 안 영 실 | | | | | |||

　　　　　　　　　"가장 귀한 것은 뭐지?"

　네 삶에서 말야, 하고 붉은 소파가 그에게 물었다. 그야 당연히 카메라지. 하마터면 그는 그렇게 대답할 뻔했다. 그는 이제 수염이 나기 시작했다는, 몇 년째 보지도 못한 아들의 해사한 얼굴이, 웃으면 갈색 고양이 같은 아내가 떠올랐다. 작업이 끝나면 그는 텅 빈 동굴이 된다. 누군가 발아래에서부터 내부의 뭔가를 쭉 잡아 빼버린 느낌이다. 그는 6년 동안 앵글 속의 설치를 담당했던 붉은 소파에 길게 누워 있었다. 마지막으로 작업을 끝내고 휴식을 취하는 자신의 모습을 담을 예정이었다. 그때 느닷없이 소파가 질문을 던진 것이었다. 뭐지? 대답은 그 안의 계곡 사이를 부딪히며 새로운 메아리가 되어 돌아왔다. 돌아오면 다시 질문이 되고, 그것은 태초의 물음이 된다.

　"당신이 피사체가 되어 준 사람들에게 묻던 질문이잖아."

　이젠 당신 차례라고 붉은 소파는 말한다. 그는 일어나 앉았다.

처음에 벼룩시장에서 고급스러운 붉은 소파를 헐값에 사들였을 때, 덩치가 커서 그의 작업실 출입구로 들어갈 수가 없었다. 그래서 바로 앞 공원에 소파를 며칠 놓아 두었다. 그러자 사람들이 공원에 어울리지 않는 붉은 소파에 관심을 가지기 시작했다. 때마침 초록이 왕성한 유월이었다. 소파 위에 앉은 사람들은 나름대로 완벽한 피사체였다. 곧 닥칠 죽음을 바라보는 노인의 시선도 있었고 뉴욕의 거렁뱅이의 머뭇거리는 시선도 있었으며 조각 시간에 샌드위치를 밀어넣는 외무사원도 있었다. 의도적인 구도나 그로테스크한 배치는 필요 없었다. 그저 놓여짐으로써 붉은 소파는 시대의 증언을 하고 있었다.

길을 떠났을 때 그는 전 인류의 이야기를 사진에 담겠다는 커다란 명분을 갖고 있었다. 궁전과 쓰레기장, 도살장, 그리고 빙산 위에도 붉은 소파는 놓여졌다. 그 소파 위에 앉은 사람들에게 몇 가지 질문만 던지면, 그들은 곧 자신이 걸어온 시간의 선(線)을 보여 주었다. 사진 속에 고정된 평범한 사람들의 평범하지 않은 일생. 그것은 정말 멋진 일이었다. 그저 붉은 소파를 가져다가 그들이 살아온 자리에 놓기만 하면 되었다. 그러면 자신의 왕국의 왕이 된 그들이 그의 앵글을 빛내 주었다. 그가 만났던 사람들은 〈플레이보이〉지 발행자로부터 코소보 평화유지군, 갓 잡은 곰과 함께 포즈를 취한 버몬트의 사냥꾼, 리드 보컬리스트, 설치예술가 등 세상의 갖가지 일들을 하는 사람들이었다.

"나는 평범한 가구인 너를 인류의 갤러리로 업그레이드시켰어."

그는 퉁명스러운 소리로 우물거렸다.

"그야 잘 알지. 그래도 그건 내 질문에 대한 답은 아닌걸."

붉은 소파는 미소를 지었다. 지난 6년간 25개국, 10만 킬로미터를

저 붉은 소파를 끌고 다니는 여행이 그에겐 더 이상 즐거움만은 아니었다. 국경을 넘기 위해 온갖 고초를 겪어야 했고 출입국 사무소에서는 낡아빠진 붉은 소파를 버리지 않고 가져가겠다는 각서를 쓰기도 했다. 그러나 앵글을 들여다보면 붉은 소파를 사랑하지 않을 수가 없었다. 붉은 소파는 앵글 안에서 스스로 빛났다. 진부하지 않으면서도 대표성을 지닌 인물들을 담아낸 사진을 찍기 위해서 필요한 것은 바로 붉은 소파 자신뿐임을 스스로 알고 있었다.

작업이 진행되는 동안 붉은 소파는 스스로 진화하고 성장했다. 그래서 이제는 자기 스스로 땅이며, 역사였고, 철학이었으며, 예술이 되었다.

"네게 가장 중요한 것은 뭐지?"

붉은 소파는 묻고 있었다. 그는 소파에서 내려왔다. 마지막으로 찍을 사진은 그가 아니었다.

붉은 소파를 마지막으로 촬영한 자리는 아이슬란드 팅벨리르였다. 민주적 정치모임의 근원지이며 유럽과 아메리카가 맞닿는 그곳, 우리네 삶처럼 수많은 협곡과 빈틈이 있는 그곳에 붉은 소파는 놓여졌다. 붉은 소파를 앵글에 사로잡았을 때 그와 함께 한 시간의 선들이 기록되어졌다.

그는 결국 붉은 소파의 질문에 대답하지 못했다. 어쩌면 그 질문을 알기 위해 아직도 셔터를 누르고 있는지도 모른다.

* 독일의 사진작가 워커 베스의 작업을 소재로 썼음.

▌ 문학의 길을 스스로에게 묻다.

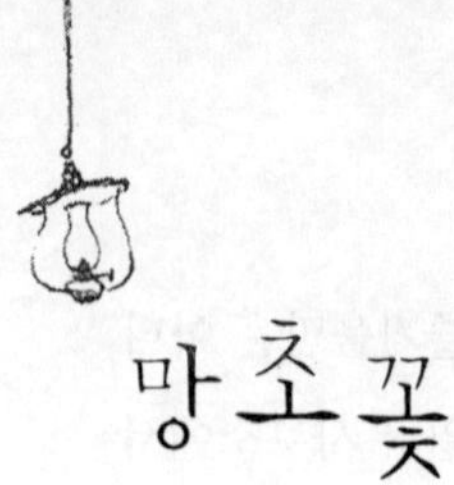

망초꽃

||| 김 영 은 | | | | | | |||

시장 가는 길, 풀숲에서 망초꽃이 불쑥 목을 뺀다. 삐딱하게 고개 외로 꼬고 째려본다. 나도 그를 꼬나본다. 숨죽인 잡초들의 시선이 일제히 쏠린다. 망초꽃이 비릿하게 웃는다. 누렇게 바랜 표정에서 쓸쓸함이 묻어난다. 과거는 쓸데없는 낙서일 뿐이라고…… 젊었을 땐 투명한 사랑으로 얼마나 빛났을까.

우리 아들 신학교에 가기로 했어. 한동안 전화 속에선 아무 말도 들리지 않았다. 나도 무슨 말이든 해야겠는데 말문이 열리질 않았다. 친구는 소리 죽여 한참을 흐느꼈다. 막내아들이었다. 딸 넷을 낳고 아들 보겠다고 겨우 공들여 낳은 아들인데…….

친구네가 병원 건물 오층을 올리고, 산모들 입원하는 온돌방에서 동창들이 하룻밤 묵으며 미역국을 먹던 기억도 새롭다. 우리는 툭 하면 인천에 있는 그 친구 집으로 쳐들어가 빈 산모 방에 죽치고 앉아, 해다 바치는 밥 꼬박꼬박 받아먹으며 수다를 떨곤 했다. 그런 친구였는데……. 환자 가족들이 병원 건물 앞에서 시위를 벌이더니 급기야 경매로 병원 건물이 넘어가고 나앉게 된 것이다. 정확한 속사정이야 알 수 없지만 몇 번 의료 사고가 날 때마다 사채로 보상금을 끌어다 쓴 모양이었다. 첫딸은 교사, 둘째는 약사, 셋째는 항공사 승무원이고 넷째가 작년에 신문기자에 합격했다. 그래도 자식 농사는 성공했다고 아들만 잘 되면 더 욕심부리지 말라고 친구들은 위로했다. 그런 중에도 딸 넷은 모두 결혼을 했고 아들이 신부가 되겠다는 주장을 꺾을 수가 없노라고. 어느 겨울, 친구는 양지 바른 마루에 앉아 말을 풀었다.

그래, 우리는 모두 망초 같구나.

시장 가는 길.

한순간, 망초꽃의 늙음을 읽고 목이 멘다. 그리움의 모서리들은 둥글어지려고 또 얼마나 아팠을까. 달맞이꽃도 피지 않을 무렵. 가슴에 흐르는 물기 털며 햇볕에 쨍쨍 나앉아 사랑은 사탕이다 사탕은 사탄이다 사탄은 사탄은…… 중얼거리다 망초는 말문이 막힌다. 못 박힌 사랑을 당신의 십자가로 빼달라고 기도하는 걸까.

봄이 오고, 마음 정리는 됐는데 막상 내일 신학교에 데려다 주려니 마음이 아프다고 친구는 울었다. 우리 아들이 수도자의 길을 잘 가도록 기도 많이 해달라는 말도 잊지 않았다. 병원 꾸려 가면서도 성당에서 살다시피 하더니 그 신심을 보고 하느님이 점찍으신 게 틀림없었다. 우린 그렇다. 그럴 나이가 된 것이다. 오직 자식 잘 되기만을 기도하며 사는 일밖에 무엇이 더 남았을까. 자식들이란 어미의 존재를 그저 피상적인 어머니로만 알겠지. 그 이상의 어떤 간절함을 자식들은 모르리.

망초꽃을 바라보다 장바구니 움켜쥐고 도망치는데 장바구니가 묵직하다. 내가 져야 할 십자가가 거기 있다. 아들을 위한 십자가다. 제발, 이 엄마의 여린 등짝에서 무거운 짐을 내려다오.

시간이 흐르다 어딘가에 고여 있는,
어느, 마음이 비릿해지는 날, 나도 세상을 망초처럼 째려보고 싶겠지.

꽃을 따러 갔다가

||| 박 명 호 | | | | |||||

동구 밖 보리밭 건너 외딴집 감나무의 감꽃이 탐스러웠다.

우리는 배꼽까지 자란 보리밭 고랑을 살살 기어서 다가갔다.

울타리 너머 튼실한 감나무 가지가 손에 잡힐 듯 다가왔지만

임자가 무서워 침만 꼴깍꼴깍 삼키고 있었다.

아무도 섣불리 울타리를 넘지 못했다.

살랑살랑 부는 바람결에 감꽃 향기는 우리의 코를 자극하고 있었다.

아, 그 쌉쌀한 감꽃 맛…….

결국 내가 용기를 내어 울타리를 넘어 감나무에 올랐다.

"임자요, 자 보소. 감꽃 따 가니데이!"

아이들이 저만치 줄행랑치면서 일러바치고 있었다.

엉겁결에 나는 보리밭으로 떨어져 까진 무릎을 감싸쥔 채 숨을 죽였다.

오월 푸른 보리 고랑은 바람에 출렁이고 있었다.

쉰의 고개에 감꽃이 있다.
바람이 불면 내 마음의 감꽃 향기는 오월 보리밭 고랑보다 더 출렁
거린다.
탐스러운 감꽃들은 울타리 너머까지 피었지만
나는 감꽃을 따러 울타리를 넘지 못한다.
쌉쌀한 감꽃 한 입 가득 털어넣으련만
늘 침만 꼴깍꼴깍 삼킬 뿐이다.

니미럴,
"임자요, 자 보소. 꽃 따러 가니데이!"

덧붙임 : 감꽃이 먹을 만할 때는 이미 열매가 맺어 있어 꽃을 따먹는다 해도 감나무 가
지가 부러지지 않는 한 주인(임자) 입장에선 전혀 손해가 없다.

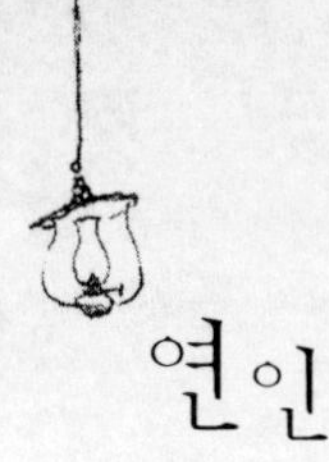

연인

||| 최 서 윤 | | | | | |||

어두운 땅속의 작은 씨앗에서부터 하늘로 오르는 꿈을 키운 나무와 아기의 숨결보다 약한 공기의 파동에서부터 바다와 육지를 가로지르는 꿈을 뭉친 바람이 만났다. 그들은 벅찬 환희로 몸이 휘도록 안았다가 잎사귀 사이사이로 놓아 주고 떠나가는 그런 사랑을 한다.

> 그 사람의 모든 것을 품어 안을 수 있고, 그 사람의 모든 것을
> 놓아 줄 수 있는 넓고 깊은 사랑을 꿈꾸며……

눈물겨운 우정

||| 김 병 언 | | | | | |||

"아빠, 오늘 제가 학교에서 좋은 일 한 가지 했어요."

토요일이라 일찍 퇴근해서 귀가한 그에게 초등학교 3학년인 딸아이가 쪼르르 곁으로 다가와서 말했다.

"그래에……? 무슨 일을 했니?"

"근데 말예요, 아빠. 제가 그 때문에 선생님한테서 꾸지람을 들었지 뭐예요."

"좋은 일을 했는데 왜 선생님이 그러셨단 말이냐? 무슨 일인데?"

그는 딸아이의 마음이 상했나 싶었는데 생글생글 웃는 표정으로 보건대 그렇진 않은 모양이었다.

"제가요, 유진이 무릎에 있는 피딱지를 손톱으로 확 긁어 버렸거든요."

"뭐? 그게 좋은 일이란 말이야? 게다가 유진이는 너하고 단짝 아니냐? 우리 집에도 자주 놀러오는 개 맞지? 인사 잘 하는 애.”

“맞아요. 근데 개가 오늘 반장 선거에 나갔다가 떨어졌어요. 겨우 세 표밖에 못 얻었으니 망신을 당한 거죠. 세 명이 나갔는데 꼴찌를 했지 뭐예요. 딴 애들은 열 표 이상씩 얻었는데.”

“그래, 그건 그렇다 치고 네가 개한테 왜 그런 짓을 했니?”

“반장 선거가 끝나고 나서 쉬는 시간에 유진이가 자기 무릎에 있는 피딱지를 만지면서 울었어요. 아이 아퍼. 아이 아퍼, 하면서요. 며칠 전 체육 시간에 넘어져서 생긴 피딱진데 이제 다 아물었는데 왠지 뜯어져서 피가 나오더라구요. 그래서 제가 손톱으로 그걸 확 긁어 주었죠. 진짜 아프라구요.”

“원, 친한 친구한테 그게 무슨 짓이냐? 그걸 좋은 일을 했다고 아빠한테 자랑하는 거야?”

그는 혀를 찼다. 딸아이의 속내를 도모지 알 수 없었다.

“아빠.” 딸아이가 정색을 하고 말했다. “제가 친구로서 유진이를 도와주었던 거예요.”

“그건 또 무슨 얘기야?”

“유진이는 반장 선거에 떨어져서 눈물이 나왔던 거예요. 참지를 못하니까 피딱지라도 뜯었던 거죠. 다른 애들에게 창피를 당할까 봐. 피딱지가 뜯어져서 우는 걸로 보이려고 한 거예요.”

“차암, 애들도…….”

그는 실소를 머금었다.

“그럼 된 거지 네가 왜 그랬어?”

“아빠는 모르실 거예요. 우리 반 애들이 얼마나 눈치가 빠른지. 유진이가 피딱지 핑계 대고 운다는 걸 금방 알아차릴 게 뻔했어요. 그러면 유진이는 더욱 쪽 팔릴 거 아니어요? 그래서 제가 장난치는 척 하면서 유진이를 아프게 만들어 주었죠. 피가 많이 나왔어요. 유진이 는 마음놓고 큰 소리로 울 수 있었어요."

"너도 참⋯⋯."

그는 딸아이의 영악함에 질리는 느낌인 채 말했다.

"네 의도는 그렇지만 유진이가 그걸 용납할까? 네가 괜히 친한 친 구 하나 없애는 짓을 한 것 같구나, 아빠 생각엔."

"그렇지 않아요. 유진이는 다 알 거예요, 내가 왜 그랬는지. 아까 내가 우리 집에 놀러오라고 했으니까 올 때가 됐는데⋯⋯."

그때, 현관문에서 벨이 울렸다.

"보세요, 아빠. 유진이가 왔잖아요."

딸아이가 방긋 웃으며 말했다.

깃털만큼 가벼운 존재의 스침들

정현기_문학비평가, 우리말로 학문하기 모임 회장

1. 모든 이름에 대하여

나는 어려서 내 이름에 대하여 모진 앙탈 법석깨나 떨었다. 아아 어리지도 않았다. 대학생 때였으니까! 정현기가 도대체 무슨 뜻이냐? 鄭顯琦라! 정나라에 나타난 구슬이라? 낄낄낄! 〈문학사상〉에 무슨 평론이랍시고 내었더니 이어령 선생께서 물었다. "자넨 이름을 어쩌려나? 한자로 쓸 거야, 아니면 한글로?" 내 이름 저 한문 글자가 어찌나 때글때글한지 그대로 써놓을 지경이면 아는 이도 많지 않을 것이고 꼴새부터 김이 샌다고 생각한 나는 "한글로 써주십시오"라고 대답하였다. 그런데 잡지사 편집자 중에는 부득불 한자를 대라고 고집하는 꼴통도 꽤나 있었다. 재수 없는 꼴통! 이름은 참 중요하다.

나는 외래어를 싫어한다. 그 가운데도 식스틴 소총을 싫어하고 대포(大砲)를 싫어하며 미사일은 더 싫어하고, 아이엠에프나 에프티에이 따위는 질색이다. 그래서 하이 서울(Hi Seoul)이라고 시청 광장 여기저기 큰 글씨로 써갈긴 것을 묵인하였거나 그러라고 시켰을 그 시장을 나는 천민이라고 비웃기도 여러 번이었다. 남의 돈으로 함부로 누리면서 거들먹대는 벼슬아치 정도란 천민 중의 천민, 더욱 더러운 천민이라고 써대던 때이니까! 꼴불견!

글쓰기 종류에도 그 갈래는 참 많다. 시, 소설, 비평, 희곡, 시나리오, 그리고 소설 종류에도 장편, 중편, 단편, 콩트, 연작장편, 대하장편소설, 전작장편 따위 절름발이 이름들이 난무, 난동!

같은 물 속에서 잡은 물고기도 맛은 천양지판이다. 굴비와 그 비슷한 고기로, 원양어선에 실려와 부려진 굴비 종류의 맛은 아주 다르다. 부세와는 얼마나 또 다른가? 모양은 똑같은 것들끼리 살 맛을 달리하다니! 그래서 한국 물고기 가운데 굴비는 어디까지나 고급스런 굴비로 군림한다. 부세가 굴비 흉내를 내며 명절 때마다 서민들을 골탕먹이지만 부세는 부세, 굴비는 굴비다!

미니픽션에 대해서 퍽 좋은 느낌이면서도 나는 좀 꺼림칙하다. 미니스커트까지는 모른 체 넘어갔다. 그건 순전히 내 눈 호강 사탕발림이 나를 마취시킨 결과일 터! 부끄럽다. 뻠 이야기꽃! 이게 내 마음을 사로잡는다. 말꽃, 이렇게 여럿이 모여서 이야기꽃들을 피우다니! 소설이라는 말에 대해서도 내 속에서는 부글부글 거부감이 일어, 그런 본디 말 찾기 꿍꿍이가 나온 거품! 이름은 한번 붙여지면 굳어지기 십상이다. 그 맛이나 크기, 생김새, 무게, 길이, 두께, 다른 이름과의 어울림 따위, 이름은 무조건 부르기 쉬운 것으로만 붙여서도 손해볼 위험이 많다. 이상한 민족주의자라고? 그런 건 서양 지식 바이러스에 물든 지식 숙주들(또는 서양 지식 프랑켄슈타인!)에게서나 듣는 이야기다. 남의 나라로 쳐들어가 재산과 문화를 훔쳐내는 따위 더러운 도둑질에 오래도록 재미 붙인 서양 것들과 그것들을 흉내내던 쪽발이들! 오랫동안 자기들이 지켜 오던 이 조그만 자기 종족의 순수성을 지키겠다는 깜냥까지 다 나쁜 민족주의라고 때려 갈기니, 웃기고도 남는 그런 건 폭력이다!

2. 존재의 깃털, 뼘 이야기꽃

목화송이에 핀 목화, 아 저 화려하고도 가벼운 그 송이, 송이 흰 송이를 아는지? 그것은 가볍고 정다운 솜털이고 때 안 탄 존재 그 자체이다. 그 송이의 솜털 갈래를 뽑아 가늘게 자은 것이 실이다. 가늘고 포근포근한 목화송이 같은 곱고 깊은 뼘 이야기꽃들은 쟁이(匠人)들이 피우는 화려한 말과 짙은 시름의 시, 수필, 소설, 철학 단상, 비평적 내용을 모두 감싸고 있어 보인다. 그런데 솜을 꼬아 감은 실은 벌써 좀 무겁고 질기다. 그 실들을 묶어 다시 꼬면, 꼬고 더 꼬고 몇 겹으로 꼬면, 동아줄이 된다. 물론 동아줄은 삼실로도, 총올치(칡넝쿨 섬유질을 뽑아 만든 노끈)로도 만든다. 김승옥의 소설 『60년대식』이었나? 친구 몇이 모여 몸보신한답시고 돼지를 몰고 가을 들판을 가다가, 돼지 목끈 놓쳐 버린 사건을 이야기하는 장면이 있다. 날뛰는 돼지와 날뛰던 소년들의 난장판 이야기! 이 능청이 한 말! '밀가루와 찐빵!' 밀가루는 아무 힘이 없지만 일단 그게 뭉쳐 찐빵이 되면 못할 일이 없는 무서운 힘이 된다고 썼다. 개인과 집단의 차이! 집단 속에 들면 일단 익명성이 보장된다는 착각에 사람들은 빠진다. 그래서 행동이 함부로 되거나 마음대로 뻗치기 쉽다. 그걸 김승옥이 집어내 보였던 거다. 익명성이 사람들에게 가하는 저 어두운 잡담과 악의를 작가는 잘 아는 분들이다. 사회 속에서 자주 벌어지는 이야기 내용! 글쓰기와는 좀 다르다.

그러면 뺌 이야기꽃이 여럿 모이면 장편소설이 되나? 그 이야기 갈래는 좀 길게 나가야 할 판이다. 시멘트, 물, 모래, 쇠붙이, 안료, 유리, 철근, 나무들을 한 군데 모아 쌓는다고 건물이 되는 건 아니니까. 뭔가 깨알 같은 마음 속셈이 붙어야 하는 게 아닐까? 역시 이름이라! 문학 종류의 이름! 이미 '뺌 이야기꽃'은 그것 자체가 개성과 체취, 태깔, 그릇이 정해져 보이기 시작한다. 물론 이 글쓰기 모임에 참여한 작가들이야 '미니픽션'이라고 계속 써 달고 다니겠지만, 촌닭처럼 나는 '뺌 이야기꽃'이라고 강변한다. 이미 밀가루와 목화송이 성분에서 달라진 목화송이 실이다. 찐빵에 가까운 물건!

지난 한 주일 동안 나는 「박경리의 『토지』 2부로 읽기」라는 제목의 글을 쓰느라 눈이 짓물렀다. 읽고 쓰고 우와! 140장의 원고인데 그것 참! 그 길고도 긴 이야기 마디들을, 얽히고 설킨 이야기 마디들을 마디대로 엮어 무슨 이야기의 길을 만들어 보자니 어깨가 무너지는 듯싶었다. 이 글이 끝나자마자 이 '뺌 이야기꽃' 뭉치를 받았다. 순식간에 읽어 보고 잠을 청하니 잠은 오지 않고 자꾸 총올치 생각과 목화송이 생각만 난다. 아픈 어깨를 한 팔로 떠받들고는 컴퓨터, 맞다! 아아 이 기계 붓, 붓앞에 앉으니 말들이 마구 쏟아져 나온다. 이 말들은 앞에 지껄인 이야기가 전부인데! 아아 어쩌나!

그런데 막상 이 글을 다 읽고 나서 아차 싶다. 모두 22명 작가들 작품 101편의 작품들을 읽고 어떻게 그것에 대해 이야기를 시도하나? 난감하다. 스물두 명의 작가들이 써놓은 작품 자체도 몇 낱씩의 마디로 이루어져 있는데 이 숫자가 만만치 않다는 것은 나를 고통스럽게 한다. 뺌 이야기꽃의 가장 큰 약점의 하나가 여러 편을 한꺼번에 읽었을 때 도무지 기억이 하나로 뻗치지 못하게 한다는 데에 있다. 박경리의 『토지」속에 든 여러 뭉치의 이야기 마디들이 서로 엉킨 채 자주 반복되어 나타나는 데 비해 이들 스물두 명의 작가들이 피어올린 이야기꽃들은 하나의 줄기나 갈래로 이어지지가 않는다. 그렇다면? 작은 이야기꽃 마디를 아예 더욱 작게 줄이거나 아니면 이 마디를 크게 부풀려 길게 만드는 방법이 있다. 부풀리는 방법을 쓴다? 그렇게 하려면 이 작품론 은 단 한 작가 작품을 가지고 해야 한다. 그것도 안 된다면 이야기의 화 두를 한자리에 모아 놓고 중얼거리는 수밖에 없다. 내 이 글의 나아갈 길은 그 수밖에 없다.

모든 이야기꽃은 사람살이의 삶과 죽음에 이르는 긴 여로에 관한 것 이다. 삶의 긴 여행길이라! 여로는 길고 멀지만 그 가는 길목에는 여러 가지 꽃과 노루와 뫼와 가람과 살랑이는 바람과 무섭게 내리퍼붓는 장 대비와 우박, 때론 꽁꽁 언 얼음판 위에서 춤추는 광대 짓과도 닮아 있 다. 요즘 기후로 말한다면 내리쬐는 햇볕, 태양 아래 웅크리고 있는 사 물들이 모두 촛농처럼 녹아내리는 듯싶은 그런 팍팍하고도 무더운 길 을 우리는 걷고, 걷고 또 걸으며 나아간다. 삶이라는 나팔을 불면서 우 리가 가는 곳은 어디일까? 뻠 이야기꽃 작가들은 가볍게 때로는 묵직 하게 이야기의 꽃들을 심어 놓는다.

3. 뻠 이야기 꽃밭에 핀 꽃들, 그 갈래

글쟁이들이나 무슨 교수연하거나 학자연하는 사람들의 글 자리에서 글 을 쓰려고 하면 으레 먼저 갈래를 가르는 일부터 시작한다. 갈래나누기 〔分類〕를 시작하면 키 차례나 크기 차례, 닮은꼴 찾기로부터 각자 나누인

몫은 제가끔 거기 맞는 자리에 나란히 놓인다. 나 역시 그걸 시도할 수밖에 없다. 화려한 꽃밭 한가운데로 걸어들어가면 누구나 어지럼증에 시달린다. 이 어지럼증을 달래는 길은 이야기꽃들을 한 군데씩 무더기로 모아 같은 꽃이라고 강변해야 한다. 101편의 뱀 이야기 꽃밭이라! 눈부시고 화려한 이야기 금수강산에 나는 질펀하게 떨어졌다.

사람은 지나간 일만이 뚜렷하고 앞날의 일은 잘 모르며 지금 진행 중인 일에 대해서는 어리둥절하여 두리번거리기 십상이다. 나이가 들면서 이 증상은 더욱 심해져 어린아이 적 이야기만 선명하게 기억하는 경우가 많다. 이 지나간 기억의 공간 내용들에 대한 이야기 꽃밭부터 나는 이야기를 시작한다.

1) 옛살이 기억 되살리기 또는 신비한 겪음

나는 이 스물두 분의 작가들이 되살려 내는 옛살이 기억이 아주 많은 것을 보았다. 옛살이 기억들 속에는 잊을 수 없는 신기한 것과 신비한 것들, 깊은 인상으로 남아 있는 겪음들로 채워져 있다. 홍적의 「백사」. 아주 선명하고도 인상적인 이 기억의 저편에는 신비한 존재의 샘물이 번쩍이며 다가든다. 똥을 누는 행위만큼 신성하고도 열심인 행위가 어디 있는가? 체코의 기막힌 작가 쿤데라가 신을 떠올리며 궁리한 이 똥 누기 말이다. 몰두에 몰두! 그런데 엉덩이 바로 밑에 똬리를 틀었거나 올려다보고 있는 물건이 있다. 그 긴 물건, 반짝이는 하얀 뱀! 어린 시절 시골에서 산 사람들은 대체로 이런 기억들을 지니고 있다. 고귀한 빛깔의 이 하얀 뱀이라! 로렌스의 「날개 돋친 뱀」 이야기에까지 인상이 닿는다. 같은 작가의 「죽음—어린 날의 삽화 2」 또한 따뜻하고도 가슴 시린 할머니와 어머니가 살아 있다. 죽음과 삶, 그것은 질기게도 우리 몸을 휘감아 마음 깊은 우물 속에 담겨 남는다. 김명이의 「체위」도 아주 인상적인 사랑 행위 이야기인데 그 꽃이 내뿜는 향기가 너무 강렬해서 어떤 모양새로 그런 사랑을 겪었는지는 그저 안개 길일 뿐! 이것도 지나간 추억의 한 그림자처럼 스친 발걸음이 아닌가?

「특별한 소포」로 한 학자의 긴 호흡을 일러 준 유경숙은 일곱 편의 작품을 실었다. 유경숙의 「그녀 4-개태사역」. 두 소녀의 길고 긴 기다림과 추위 견딤 이야기 속에는 울음과 슬픔, 애틋한 사랑이 녹아 있다. 가난살이에 익숙한 두 자매. 귀향길에서 잃어버린 짐 보따리와 그 속에 든 선물 꾸러미 생각으로 울어 퉁퉁 눈 부은 설움들이 이 이야기 꽃밭에서는 가슴 치밀어 오르는 아림으로, 그렇게 멀고 긴 기억의 조각으로 살아 있다.

최옥정의 「냉장고」와 「The World's Best Avocado Juice」. 이 이야기 꽃들은 아주 짧으면서도 깜짝 놀랄, 또는 아름다운 기억의 한 조각들로 우리를 사로잡는다. 동물병원 하던 분이 이사가면서 주고 간 냉장고 속에서 끔찍한 짐승들의 소리가 들린다는 착상은 놀랍다. 뭐랄까? 무심하게 잊고 지내는 것들 가운데 죽어 가는 것들에 대한 이 감각은 독특하게 울린다. 주스 한 잔을 팔기 위해 그것을 만드는 기계를 사들이고 재료를 구해다가 정성껏 대접하는 한 장사꾼의 안개 같은 인정 또한 그윽한 삶의 향기를 뿜어 꽃밭을 데운다.

박명호의 「꽃을 따러 갔다가」. 이것도 어린 시절 감꽃 따먹으러 갔다가 뺑소니친 기억을 되살려 내고 있다. 어린 시절에는 두려운 것도 많고 모르는 것도 많아 참 삶이 싱싱해 보이는 그런 세월이다. 그 시절 시간이란 배꼽에만이 알려 줄 뿐이니까!

2) 나이 듦과 정신의 밥

나이가 든다는 것은 누구나 등에 짊어진 운명이고 그게 삶의 고릿길 걷기다. 이청준은 자신의 어머니가 90을 바라보면서 몸이 태 속에 든 아이처럼 꼬부라져 곡옥처럼 되더라면서 어머니는 삶의 모든 모습을, 처음부터 끝까지, 자식인 내게 전해 주더라고 했다. 사람살이의 일생은 나이 들어 감, 그렇게 나이 들면서 만나 겪은 것들, 부딪치고 넘어지며, 허허 웃거나 슬피 울고, 깊은 고뇌로 밤을 새우며, 근심과 걱정, 그리고 스스로는 도저히 이해할 수 없는 일들이 몸 속에서 서서히 꿈틀대며 어깨도 아프고 허리도 아프며, 위장도 쓰리고, 눈도 침침, 무릎 마디가 쑤시거나 아프고, 머리칼도 이상하게 빠지며, 거 뭐였더라, 오줌발도 시원찮아 가랑이를 적시는 일이 있거나, 자주 무언가를 잊는 일이나 잃는 일들, 새벽에 눈이 떠지면 다시는 잠이 들지 않아 끙끙대는 일이 잦고, 그렇게 일정한 시간대에 만나 사랑하며 보채던, 그러다가 포기하고 마는 그런 여로의 집합이라고 읽을 수나 있지 않을까? 이런 빈 마음에까지 도달하기 위해 그 많은 시간을 바장이며 보낸 나이 듦이란 실은 큰 대학 도서관 하나쯤의 지혜를 담고 있는 것이나 아닐는지! 아니면 거기 따스한 마음을 키워 비록 헐벗고 춥고 슬프더라도 스스로 자기 짐을 내려놓지 않고 묵묵히 남에게 감사할 줄 알며 걷는 그런 정신의 밥을 몸 속에 지닌 것이나 아닐는지! 나이가 든다! 우리 모두는 나이가 들어, 들어, 들고 든다!

윤신숙의 「고릿길 69」. 낳고 죽는 일은 스스로 결정하기 어렵다. 아니 안 된다. 그래도 사람들은 자기 죽음만은 스스로 결정할 수 있지 않겠느냐고 다지고는 한다. 나이 69세쯤 되면 그 문제에 마음을 쓰고도 충분하게 남을 나이다. 몸에 흔적처럼 붙어 다니던 첩의 자식이라는 짐

(이런 짐은 이 작가 다른 작품 「동감」에서 빚이라는 짐과도 이어져 있다)을 등
에 지고 살았지만 그래도 자식들만큼은 학비 걱정 없이 유학까지 시켰
다. 잘난 자식 둔 부모 이야기는 꽤 공통적인 내용이 있다. 버림받음!
자식들도 살기 바쁘게 사느라고 갖은 핑계로 부모와는 떨어져 살려고
한다. 외롭다는 것은 나이 듦의 가장 큰 적이다. 자살 충동! 분노와 슬
픔과 외로움이 합쳐지면 이런 충동이 문 앞에서 손짓한다. 윤신숙의
「고릿길 69」은 나이 듦과 외로움에 대한 서러운 이야기꽃 비명이다.

김영은의 「망초꽃」. 나이가 든다는 것은 많은 것을 먹고 버렸고, 겪
었고, 꿈을 꾸었다가 접었다가, 스스로도 이해할 수 없는 일이 내 몸과
내 주변에서 일어난다는 것을 아는 나이를 지녔다는 것일 터이다. 김영
은의 단 한 편 이야기꽃인 이 꽃 속에는 수채화와 같은 슬픔이 그려져
있다. 한때는 그렇게 많은 친구들을 불러 밤새워 먹고 마시며 떠들썩하
게 삶을 노래했건만 이제는 나이가 들어 길가에 핀 망초꽃처럼 지나가
는 사람들을 째려본다. 아니 째려보는 망초를 본다. 길가에 홀로 핀 망
초꽃, 그게 바로 오늘 너이고 나일 줄 누가 아는가? "시간이 흐르다 어
딘가에 고여 있는, 어느, 마음이 비릿해지는 날, 나도 세상을 망초처럼
째려보고 싶겠지." 아아 거 인생 참 더럽게 허무하구나!

원고지 한 장짜리 이야기꽃 두 편! 놀라운 글솜씨에 입만 벙긋할 뿐
이다. 김홍근의 「하염없이」. 지붕 위의 기왓장 두 개가 말을 한다. 나이
듦에 대한 이야기다. 속절없이 지나가는 세월과 거기 낡아 가는 존재의
덧없음! 기법으로야 우언에 속하는 것! 대화 일곱 마디에 작가가 집어
넣은 말 두 줄뿐인 이 이야기꽃. 그거 참! 이걸 놓고 미니, 미니, 미니
하고들 있나 보다. 아기 손으로 반 뼘도 안 되는 이야기꽃, 꽤 그럴듯하
다! 그의 다른 작품은 영어 제목이다. 「Let it be」라! 이 작품도 아홉 줄

짜리인데 기막힌 철학이 들어 있어 보이네! 내가 좀 과장하나? 존재의 안과 바깥이라! 안쪽의 꽃과 바깥쪽의 꽃. 나이가 들면 이렇게 안과 바깥을 잘 갈라 본다. 안쪽의 저 깊은 소리와 향기와 빛을 말이다!

이진훈의 「사람이 그립다 4」. 이 작가는 낚시꾼 교장 선생님과 물 웅덩이를 퍼서 먹을 고기를 잡던 아이들의 선심을 없던 일처럼〔無化〕 하는 이야기 「늦가을 삽화」와 농촌에서 살려면 짐승들에게 반은 주고 남은 것만 챙겨 먹어야 한다는 슬기 이야기 「반타작」, 그리고 아주 짧은 이야기꽃 「섬 중독」, 「사람이 그립다」 이음 이야기꽃 다섯 편을 싣고 있다. 나이 든 부부 이야기 사이에는 아주 많은 우스갯말들이 있다. 대개는 남편이 아내에게 망신을 당하거나 쫓겨난다는 식의 이야기다. 젊어서 남편이 너무 아내를 부렸거나 속여 먹은 데다 바람깨나 피웠다면 여지없는 축출감이다. 그래서 남편은 나이 들어 빌빌거리며 아내 눈치나 살피는 몰골로 비실거린다. 더러운 수컷 일생이라니! 운명일 것인지? 이 작품이 바로 그런 내용의 이야기꽃이다. 중국 여행길에 진주 목걸이까지 사다 바쳤는데 그만 말 한 마디로 망신살이 뻗쳐 보인다. 가소로운 우리들 삶!

노인 한 사람의 죽음은 곧 박물관 하나가 불타는 것과 같다고 어떤 서양 개잡놈이 떠들었단다. 늙은이도 늙은이 나름 아니겠느냐는 또 어떤 시비꾼의 항의도 들었다. 늙은 마음속에 똥이나 탐욕, 더러운 욕심만 잔뜩 들어 일체의 슬기나 따뜻한 마음씨라곤 찾을 수 없는 그런 개잡것 늙은 것들이 얼마나 많은지 아느냐는 바로 그 말! 박종윤의 「겨울 찻집」과 「비운의 왕자」. 앞 작품 거길 가면 아주 따뜻한 노인 한 분을 만날 수가 있다. 추운 겨울날 찻집 앞에 야채 좌판을 놓고 하루 종일 물건을 하나도 팔지 못한 노인이 떠난 다음 홍당무 댓 개를 봉투에 담아 놓고 간다. 거 참, 눈물나게 하네! 이 작가는 사람들 속에 든 고귀한 정신이 있음을 결코 놓치지 않고 잡아내어 우리에게 힘찬 어조로, 아니 가만가만 조용한 말투로 이야기꽃을 피워 보인다. 왜놈에게 나라를 먹혀 참담한 시절을 보내던 시절, 조선조 이우 왕자의 굳고 단단한 정신의 알을 보여 주고 있어 감동을 준다. 비운의 왕자라! 나이 듦 속에는 정신의 밥을 지닌 나이가 있다고 말하는 이 작가의 말 들으니 마음 참 푸근하다. 정신의 밥은 죽음과 삶을 눈앞에 두고 사람들이 지님직한 그런 여유의 일종일 터이다.

백경훈의 「람 람 싹티예」. 죽음을 이기는 생물은 없다. 어떤 생물도 죽음을 거쳐야 한다. '람 람 싹티예'는 신은 이긴다는 뜻의 인도 말인가 보다. 갠지스 강가에 널브러져 주검이 재로 되어 강물로 사라지는 광경은 아마도 꽤 장관인 모양이다. 젊어서는 이 광경이 충격이겠지만 나이가 들면 아하 저게 내가 건너가야 할 강물이겠구나, 하고는 마음속에 그 광경을 심는다. '슬프지도 아프지도 않았지요' 라고 읊을 수 있는 단계에 오면 나이 듦 속에 깊은 정신의 밥을 지닌 눈이 든 게 아닐까! 또한 작품 「외도(外島)에서」 이야기꽃도 나이 든 사람의 눈길이 아주 고요하고 잔잔하게 묘사되고 있다. 바다를 그리든, 상어를 그리든 섬 밖이라는 이름을 지닌 섬 이름 외도의 정적을 이 작가는 담담하게, 맑게 그려 보인다.

구자명의 「그대 곁에 영원히」. 이 작가는 농사꾼으로 보면 직파 파종을 즐겨 하는 작가다. 이야기에 양념 발라 직접 굽되 핵심만을 골라 내보이는 직파 농투성이 기법. 사실주의라고 이름 붙여 풀이하곤 하는 그런 강경한 골격의 작가. 돌아간 분들을 어떻게 처리해야 옳은지는 아주 오랫동안 사람들이 걱정에 걱정을 일삼아 온 장례 문제의 하나다. 화장을 하여 보석으로 결정된 유골을 반지로 해 끼면 영원한 곁살이가 될 터이다. 놀라운 이야기꽃 하나. 그의 다른 작품 「일의 개념」, 「파리-호텔 꼬레」, 「푸른 장미」 등 여섯 편의 빼어난 이야기꽃들 속에 들어 있는 개성 있는 인물과 그 강렬한 목소리를 들을 수 있어 즐겁다. 모두 다 잘 읽어 보실 것이겠지?

구준회의 「지하철」. 나이가 들면 그게 꽤 값나가던 시절이 있었다. 어른 대접을 해줘야 양반됨, 아니면 사람됨으로 쳐주던, 유교 이념이 사회를 떠받치던, 그런 시대 말이다. 이광수가 웃기는 시로 기찻간에 여러 계층 사람들이 타고 가던 그 신기하고도 대단한 변화를 이야기하던, 아니 이젠 기계가 발달하여 더욱 가열하게 집단화되어 있는 그런, 바로 그런 기계 시대를 우리는 산다. 그러니 어른됨을 대접받는 일은 점점 어렵게 꼬여 간다. 능력 시대, 빠른 시대, 경쟁 시대, 이겨야 사는 시대, 그런 상업주의 시대에 어른 값은 똥값이다. 그래도 마음 한쪽에 어른들을 공경해야 한다는 도덕 윤리가 남아 있어 어린이에게 그걸 가르치는 부모들도 있다. 그건 건강한 가정에서 하는 일이다. 그런데 가끔씩 꼴불견 사건들이 지하철에서 자주 생긴다. 앉을 자리는 정해져 있고 사람은 많고, 그럴 때 집에서 교육을 잘 받은 젊은이는 죽어난다. 하루 종일 시달린 몸을 좀 앉아 쉬려고 해도 유교적 윤리 틀은 그걸 허락하지 않기 때문이다. 나이깨나 좀 들었다 싶은 노인들이 그들끼리 모이며 수군수군 젊은 것들 탓하며 자리를 마땅히 차지해야 한다고 믿는 꼴은 보기에 좀 천격이다. 구준회는 그걸 꼬집어 내보이고 있다. 웃기는 젊은 것들이 있는가 하면 정말 더럽게 웃기는 늙은이들도 많다. 조금 나이 든 여인들이 자리 찾아 앉았다가 양보한 사람이 다리 없는 환자임을 알고 난 다음 겪는다는 부끄러움 이야기! 그래도 이 이야기꽃 속에는 부끄러움, 염치가 들어 있어 좋다! 아주 좋다!

강인석의 「북극성」. 나이가 든다는 것, 앎을 쌓아 간다는 것, 슬기로움이 늘어 간다는 것, 그런 것은 각기 차이가 있더라도 모든 이들에게 해당되는 말일 터. 일정한 시간대에 그가 살았었다는 것에는 그가 마주친 공간 내용들이 풍요롭다는 뜻도 있을 터이니까! 그러나 삶을 그럭저럭 적당히 살면서 요리조리 자기 편한 대로만 살아, 남의 살림 아픔이나 남을 괴롭힌 거대한 폭력의 악의에 얹혀 지낸 사람들은 여러 가지로 떨떠름한 자기가 되어 있을 것도 뻔한 불보기! 나이가 든 학자 출신이 세상 읽는 법과 젊은이가 세상 읽는 법에는 꽤 큰 차이가 있다. 역사학에서 말하는 이른바 '사료 비판과 재해석' 이야기. 실제로 있었던 사건이나 사실을 놓고 시대에 따라 어떻게 해석하고 비판해야 하는지에 대해 북극성을 푯대로 이야기하는 나이 든 사람의 도덕적 잣대, 내 눈에도 그게 옳아 보인다. 망망대해에서 선원들이 보는 북극성, 그것은 도달하려는 곳이 아니라 삶의 지표라는 것, 삶의 지표가 사라진 사람들의 저 행악들을 보면 이 이야기가 하고자 하는 뜻의 깊이에 도달할 수 있지 않겠나?

김정묘의 「씨앗」과 「희미한 옛 사랑의 그림자 3」. 지난 언젠가 이 작가가 쓴 이야기꽃 속에서 나는 「유홍초 화신」이라는 작품을 눈부시게 읽고 뭐라고 한 마디 지껄였었다. 이 작품집에는 거기 세 편을 더해 네 편을 싣고 있다. 「초여름 산중 차담」까지. 이 작가의 특징은 아주 짧게 쓰면서 뭔가 큰 내용을 노린다. 존재의 덧없음 또는 삶의 속절없음을 이 작가는 꽤 깊이 꿰뚫어 읽고 있어 보인다. 「씨앗」도 그렇고 「희미한 옛 사랑의 그림자 3」도 그렇게 뻥 뚫린 시간과 공간을 말로 피워 올린다. 뚫고 올라갈 땅이 어디인가? 씨앗은 말한다. 땅 속에 묻혀 있는 씨앗이나 우리들 망망대해에 놓여 있는 존재나 모두 살다가 그렇게 가고는 한다. 그걸 선생들은 뭔가 있는 듯이 힘내라고 지껄인다. 바짝 마른 석류 하나를 해골로 읽는 그이 눈길 속에는 푸르른 강물과 짓푸른 나무숲들과 젊음의 물들도 파랗다. 그러나 김의규의 뼘 이야기꽃 「허무양」 주인공처럼 이미 그것은 말라 버린 물건이다. 존재의 물건화라! 옛 사랑의 그림자를 아예 제목부터 희미하다고 그는 썼다. 반짝이는 번개처럼 지나가는 삶의 소나기에 흠뻑 젖어 본 사람들이 느끼듯, 우리는 그렇게 늙어 가고 약해져 가고 물 말라 가고 사라져 간다. 이야기 기법이 독특한데 그것을 무엇에다 넣어야 할지 몰라 그냥 이런 저런 마음만 실어 내보인다. 사는 일은 일종의 심심풀이고 바람내기이며 땅 밀어 올리기일 뿐인 것! 겉절이 쇠비름나물 맛이 난다. 슬프게 미끄러운 그 맛!

3) 말 빗대 글쓰기

우의(寓意), 우언(寓言), 골계(滑稽), 풍자(諷刺), 알레고리 따위로 문학교실에서 논의되는 이야기꽃 피움 방식은 한국 사람들이 아주 오래전부터 즐겨 써온 수사법이다. 무엇을 썼느냐가 아니고 이것은 어떻게 썼느냐 하는 기법 갈래의 하나다. 말이 궁하면 이렇게라도 뻗는 수밖에 없다. 골계 속에는 대부분 해학(諧謔)과 풍자가 동시에 들어 있어 잘못된 일이나 행실, 어리석음을 비웃거나 비꼬는데 거기에 엷은 웃음을 담는다. 두꺼운 웃음이 그런 자리에 끼어들기도 하겠지, 참!

　김의규의 작품들은 대체로 이런 우의나 골계, 풍자, 해학으로 가득 찬 이야기로 꽃을 피운다. 모두 열 편의 이야기꽃을 내건 김의규의 이야기 방식은 하나같이 빗댄 세상 읽기다. '한 마리의 양' 이음글 일곱 편이 모두 양을 빗대어 사람의 성정이나 행티, 말법 따위의 됨됨에 대해 슬기로움을 날린다. 김의규의 「매미(一蟬, 逸蟬)」. 한 마리의 매미와 허물 벗는 매미라는 두 가지 뜻을 한자말로 덧붙인 이 이야기에는 재치와 사랑, 가슴 울림이 있다. 어린아이와 엄마의 닮은꼴 시절 이야기, 매미와 굼벵이가 허물 벗어던지며 내는 맴 소리 따위, 마치 한 장 사진을 놓고 써놓은 롤랑 바르트의 「카메라 루치다」 따뜻한 방에 들어간 느낌이다. 이 이의 이야기 말투는 이른바 기지라고들 내세우는 빗댐으로 가득 차 있다. 한 마리 양을 집어 양들로 세상 사람 빗댐을 그린 작품들 말고 「탈출기」, 「도인이도인(道人而盜人)」들도 양 빗댐 이야기꽃과 같은 흐름의 우언, 기지, 풍자, 골계의 수사법을 담고 있어 웃다가 기막힐 일 만든다! 「탈출기」의 앵무새와 노처녀, 고양이의 말투는 홍적의 「너구리 보호법」에도 있다. 우언 소설이라! 동식물이나 물건에 빗대고 비틀고 베끼고 비웃으며 삶을 빠는 이야기꽃들!

　이런 우언, 말 빗댐 작가에 또 한 사람 뛰어난 배명희가 있다. 그는 이 작품집에 「공모」, 「선녀와 회사원」, 「신화」, 「습관」, 「우리가 서 있는 곳」 이렇게 다섯 편을 내놓았다. 모두 배꼽을 잡아야 할 풍자 작품들이다. 배명희의 「선녀와 회사원」. 예전의 선녀와 나무꾼 이야기를 꼬아 베낀(패러디) 이 이야기는 우리 시대의 어느 한 계층을 너무 빼닮게 그려 배꼽이 튀어나올 만큼 우습다. 외아들 하나를 잘 먹이고 잘 공부시키고 잘 발라 훤칠하게 키워 놓고 적당히 남편 꼴통도 보기 싫었을 때 하늘로 날아 보려고 용을 쓰는데 발이 영 떨어지지를 않는다. 너무 처먹여 놓아 몸이 무겁기 때문이란다. 낄낄낄 갸걀갸걀! 박상륭 소설식으로도 웃어 볼까? 참을까! 날개가 부력을 받아 날려면 아이 셋이면 안 된다는 공식을 믿고 아들 하나만 낳아 잘 길렀더니 아들 셋 무게로 이 아이가 자랐다는 비꼼. 거 참!

　이 방면에 빠지지 않을 또 한 사람 작가로 윤용호가 있네! 「가슴 시린 독백」, 「그대 이름을 물었더니」 등 열 편의 작품을 낸 이 작가도 만만치 않은 풍자 작가다. 윤용호의 「모녀 삼대」. 대체로 자식들은 아버지 어머니를 통해 자신의 나아갈 길을 선택한다. 그리고 가난했거나 결코 유복하지 못한 삶을 지닌 부모를 둔 사람 쳐놓고 부모를 닮지 않겠다고 맹세하지 않는 작자란 없다. 또 그래서 자신이 부모를 닮지 않은 작자 또한 그리 많지 않다. 이 무슨 해괴한 절망인가! 이 작품은 어머니를 모질게 바라보며 절대로 어머니 닮지 않겠노라고 중얼대던 딸자식이 다시 어머니처럼 외롭고 슬플 때 술 마시는 버릇 장면을 눈 시리게 그려 보이고 있다. 세상을 가볍게 두들겨패는 이야기 꽃밭이 말 풀들로 무성하구나! 슬픔이나 아픔보다 주체는 빠져 저만치서 웃고 있는 풍자적 비꼼이 주류라고 보인다, 틀리지나 않나?

박명호의 「호호설(狐虎說)」. 이 작품 참 재미있다. 어쩌면 이렇게 짧은 말로 우리 시대 삶을 비웃고 꼬집어 비트나 그래? 이솝 우언 뺨치네! 폭군 호랑이 시절이 가고 호랑이 이가 빠졌을 때 여우가 지나치게 모질게 구는 장면을 보여 주면서 뭔가 정치판이나 싸움판에 돌을 던지네. 그래서 이 이야기꽃 주인장은 스스로 보수주의자를 자처한다. 그러나 내가 보기에 폭군 호랑이는 늙어 이가 빠지면 여우 아니라 토끼에게도 그 폭군 시절에 저지른 죄악에 대해 침 뱉음 받아 싸고 발길질 당해야 옳다. 그러나 문제는 여우란 놈이 호랑이를 못살게 구는 심보로 남들 위에 서서 폭군으로 바뀐 모습이 더럽다는 데 있을 법하긴 하다. 여우가 이 빠진 호랑이 등에 타고 앉아서 거드름 피우는 꼴은 가히 볼 만한 비위 뒤틀림이겠지. 하지만 이 빠진 호랑이가 여전히 거드름을 피우는 꼴은 더욱 가관일 수도 있다! 돌멩이가 항아리 위에 떨어지는 것은 죄악이니까 항아리의 불행만 놓고 볼 일은 아니다. 돌멩이는 제자리에 놓여 있어야지 남의 항아리에 떨어져서는 안 된다는 것, 그래도 그게 떨어져 항아리를 깨쳤다면 그 돌은 더러운 돌로 욕먹어야 한다는 것, 더럽고 꾀죄죄하고도 엉뚱한 돌에 맞은 항아리로 깨어지는 아픔을 겪어 온 나이기에, 그래서 탐욕과 행패로 사람들을 괴롭혀 온 폭군 호랑이란 늙고 병들었어도 여전히 더럽다고 생각하고, 그래저래 나쁜 호랑이는 늙었어도 맞아 싸다는, 그런 심보를, 나는 지금도 지니고 있다.

강인석의 「서생원들의 흥망사」. 이 이야기꽃도 인간의 어리석음을 잘 보여 주는 빗댐 이야기꽃이다. 풍자와 베껴 더침(패러디) 수사법으로 세상읽기를 시도하는데 어리석음이란 언제나 자기 본 대로만 세상을 읽는 버릇에 길들여졌다는 가르침도 들어 있다.

정성환의 「어느 성(城)」, 「돼지들」. 정성환은 이 두 이야기꽃으로 이 세상을 비틀어 비웃고 이를 드러내어 웃으며 깨문다. 「어느 성」 속에서도, 「돼지들」 속에서도 작가는 이런 인간을 똥이라고 비웃는다. "그들만이 이 세상을 지배할 수 있는 권리가 있고, 그들의 시간만이 귀중하다는 듯이" 생각하는 모든 사람들에게 이 작가는 긴 침을 놓는다. 말만 잘 하는 사람이 권좌에 앉아 권세 누림에 이골이 난 한 천격 독재자를 내세워 그가 그런 독재자를 물러나라고 말하던 많은 사람들 성대를 수술하여 '말이 사라진 침묵의 도시'로 만들었다고 대침을 놓았다. 거 참, 통쾌한 대침이로구나. 그런데 그걸 맞은 놈들이 아파나 할까? 가가 대소, 깔 깔 깔! 강인성의 북극성처럼 삶의 지표는 되는 거겠지!

4) 신기한 것들의 존재 층위, 결정론

안영실의 작품, 아니 뺨 이야기꽃들을 읽으면 숨이 막힌다. 기가 막혀

서 그렇다. 눈길은 넓은데 이야기꽃은 아주 단아하고 아름답다. 제목이 들온말이어서 좀 뭣하지만 그래도 참 재미있는 존재의 덫을 기막히게 꽃 피워 올린다. 안영실의 「라그랑주 포인트 1」과 「라그랑주 포인트 5」. 아버지와 딸. 허리 낭창낭창하고 가슴 불룩하며 웃음 나긋나긋한 딸자식 가진 아비의 심정만큼 고약한 것도 없을 거다. 저걸 꼭 쥐고 놓지 않자니 터져 버릴 것 같고, 그냥 놓자니 훨훨 날아갈 것 같고! 다 컸다고 배밀이 날갯짓은 얼마나 오죽한가? 가슴에 불은 이글이글 타는데 어떤 놈팡이가 자꾸 얼굴을 내밀어 딸을 유혹하거나 아예 달라고 조른다. 비록 낚시질로 연명을 하는 아비일지라도 영사 아니라 별거라도 미국 놈팡이에게 딸은 어림없다는 아버지! 거 참! 야이 쌍! 저 호수 물이 하루 밤새에 홀라당 마른다면 모를까 어림도 없는 수작 말라! 아마 그랬던 모양이다. 「라그랑주 포인트 1」 이야기다. 저 러시아 어디에선가 일어났던 이야기라고 넌지시 허풍을 넣고 말이지! 미국 놈 영사 놈팡이가 그래서 그런 아버지에게 죽임을 당했다는 이야기로 작가는 너와 나 사이에 놓인 벼랑에 대해 묻는다. 그 벼랑에 다가가는 방법을 이 작가가 모를 리 없다. 뻠 이야기꽃이니까 그는 이 정도에서 말을 자른다.

「라그랑주 포인트 5」. 이 외국인 노동자 이야기꽃도 같은 존재의 층위, 그 까마득한 존재의 덫을 내보인다. '사랑의 얼굴' 이음 이야기꽃들도 삶의 신비한 허공에 대해 말하지만 나도 말을 줄여야 한다는 강박감에 숨이 막힌다. 신기함, 또는 신비함을 만드는 것은 무엇인가? 신령한 것, 그건 아마도 사람 그 자체일 뿐일 시 분명하다. 사람이 곧 귀신이고 귀신이 곧 사람이니까! 사람 속에는 도무지 말로 풀이하기 어려운 그런 신이 들어 있는 것 같다.

김병언의 「'숨은 벽' 위의 여자」와 「몽정기」. 빼어난 단편소설 「성수도(星宿圖)」와 「개를 소재로 한 세 가지 슬픈 사건」의 작가 김병언이라! 한 여인이 오랫동안 사라진 애인을 기다리다 주검으로 만난다는 이 이야기꽃이나 노승이 욕정을 몽정으로 풀어 가면서 느끼는 존재함의 불가해를 다룬 「몽정기」 이야기꽃은 그다운 독특한 직파 농법으로 삶의 겉보기와 속보기의 다름을 잘 보여 주고 있다. 이 주인공 노승에게는 절간에서 밤마다 웬 여인이 꿈에 나타나 깊은 정사를 치르게 하면서 속옷을 버리게 한다. 아침마다 속옷 빨이꾼 이 노승은 그렇게 길든 욕정 풀이 문제를 풀지 못한 내역으로 결국 절을 떠난다. 이런 노승의 절간 가출 행적은 남들이 보기에 도를 얻어 훨훨 날아간 도인으로 보이지만 이 작가가 우리에게 귓속말로 전해 준 이야기는 그 노승의 머릿속에는 그리움만 남아 있었다는 거다. 그리움이란 무엇일까? 마음 그림자! 김지하식으로 말해 '마음 그늘(?)'. 많은 만남은 그림자를 만들고 그늘을 만들어 안타까운 애탐으로 남는데 그게 실은 속절없는 우리네 삶이라고 작가는 말한다.

5) 자연, 예술 또는 운명

모든 삶은 그것 자체가 자연의 일부이고 운명이며 예술 그것일 수가 있다. 우리 삶이란 따지고 보니 별로 볼일도 없는 거고 또 대단할 것도 없는 그런 속절없고 모진 짐꾼의 헛걸음질이나 아닐 것인지? 최서윤의 절묘한 이야기꽃들을 읽으니 거 참! 강의 시간에 내도록 떠들던 그런 플라톤식 관념론 이야기가 피어 올라 있다. 최서윤의 「숨은 벽 1」. "우리가 실재라고 굳게 믿고 있는 것들이 사실은 가상이라는 것을 말해 주는 거야. 우리 주변이 온통 가상인걸. 내가 바라보고 생각하는 대상은 물론이고. 이런 생각을 하고 있는 '나'라는 존재도 아마 가상일걸?"
"우리가 만들어 낸 위대한 환상"이라! 자연의 어김없는, 봄날의 다가
옴, 그러나 여전히 묵묵한 되돌림을 「그녀가 돌아왔다」로 풀어 주면서
피워 올리는 이야기꽃, 그건 좀 무섭다. 이 피조물에겐 속절없는 그런
깨우침이니까! 그의 「눈사람」도 그렇고, 「삼월의 폭설」도 그러하며, 프
로메테우스와 에피메테우스 이야기에 묻어 들어온 판도라 상자 속에
남아 사람들을 감질나게 하는, 희망이라는 허상 이야기꽃인 「상자 속
의 그대에게」도 모두 우리들을 서럽게 하기는 마찬가지다. 어째 볼 도
리 없이 굴려가야 하는 삶이라는, 무겁기는 오죽 무거운가!, 이 바퀴를
꽤나 잘도 보여 준다! 이 장면에 오면 김명이의 「꿈에 그리는 교향시」
와 「소리 없는 메시지」 같은 이야기꽃도 같은 인상의 물줄기로 겹쳐 떠
오른다. 환(幻), 착각이라니 원!

4. 구경 잘 하고 나가는 꽃길

길고도 긴 이야기에 취해 아픈 어깨를 움켜쥐고 허우적대듯 내 말과 씨
름을 하였다. 스물두 작가의 작품들을 다시 읽으면 읽을수록 할 말은 쌓
이는데, 더 말이 길어져서는 안 된다는 이상한 억누름이 나를 괴롭히는
바로 이 글쓰기였다. 우리는 모여 이야기하거나 노래 부를 때 남의 눈치
를 본다. 남들이 격려의 눈빛과 아우성을 쳐주면 신이 난다. 신바람, 그
것은 우리가 사는 데 아주 고귀한 양식이다. 그게 없으면 사람들은 금세
시무룩해져서 외로워진다. (누구였더라? 이 신바람이라는 말에다가 귀신 신
(神) 자를 붙였다. 그건 아니라는 생각 때문에 한참 글이 나가지 않아 미적거렸

다. 너무 억지로 한자를 덧대는 일은 작가들이 이제 좀 멈춰 줘야 한다고 나는 생각하였다. 예컨대 이 생각을 한자말로 生覺이라고 쓰는 게 맞는가? 멈춰야 할 때 멈추는 지성이 필요하다는 생각!) 나는 그냥 사람들에게 신바람을 일으키는 사람으로 글을 쓰는 것이려니 하였기에 말이다. 그래서 나는 그래도 내 깜냥껏 이 신바람을 일으키려고 노력하였으나, 그게 뜻대로 되는 게 아니더라는 말로 이 이야기 꽃밭을 거닐며 즐긴 내 이야기를 끝내야겠다. 당신들 모두 다 하나씩의 신이고 위대한 이야기꽃 바람장이들이라는 생각만 깊이 새겨 놓았다는 말과 함께 시원한 내 한 기도의 바람을 보낸다.

2006년 8월 24일